U0532091

枕草子

[日本] 清少纳言 著
林文月 译

译林出版社

图书在版编目(CIP)数据

枕草子 /(日)清少纳言著;林文月译. —南京:译林出版社,2021.11
(林文月译日本古典)
ISBN 978-7-5447-8650-8

I.①枕… II.①清… ②林… III.①随笔-作品集-日本-中世纪 IV.①I313.65

中国版本图书馆CIP数据核字(2021)第190178号

本译作由台湾洪范书店有限公司授权,限在中国大陆地区发行。
著作权合同登记号 图字:10-2009-197号

枕草子 [日本] 清少纳言 / 著 林文月 / 译

责任编辑	韩继坤
装帧设计	金 泉
校 对	孙玉兰
责任印制	董 虎

出版发行	译林出版社
地 址	南京市湖南路1号A楼
邮 箱	yilin@yilin.com
网 址	www.yilin.com
市场热线	025-86633278
排 版	南京展望文化发展有限公司
印 刷	南京爱德印刷有限公司
开 本	880毫米×1230毫米 1/32
印 张	12.125
插 页	4
版 次	2021年11月第1版
印 次	2021年11月第1次印刷
书 号	ISBN 978-7-5447-8650-8
定 价	78.00元

版权所有·侵权必究

译林版图书若有印装错误可向出版社调换。质量热线:025-83658316

简体版序言

翻译的目的，简单说，是把一种语文转换成另一种语文。懂得两种或两种以上语文的人，时则会有需要为自己，或为别人做这种"翻译"的工作。

二十世纪三十年代出生于上海虹口江湾路的我，作为台湾人法律上是日本公民，而闸北虹口一带当时为日本租界，所以到了上学年龄，我就被指定去上海市第八国民学校读书。那所日本人设立的学校，除我和我的妹妹之外，其余都是日本孩子。说实在的，我们当时还以为自己也是日本孩子，只是家里有些生活习惯和别的同学们略微不同而已。

我的启蒙教育是日本语文。我读日本书，也用日本语文思想，或表达心事，似乎是自自然然的；直到小学五年级的时候，抗日战争结束，日本投降，中国胜利，我们台湾人的身份由日本籍变成了中国籍。次年，我们举家由上海乘船回到台湾。台湾是我们的故乡，却是一个陌生的故乡。

在陌生的故乡，我们开始了新生活。我听不太懂台湾话，而且在推行"国语"的环境之下，校内是禁止使用日语的。老师用闽南语解释"国语"。从小学六年级开始，我突然需要适应两种新语文。如今回想起来，大概我的翻译经验就是从那时候开始的。我的脑中经常需要把中国语文翻译成日本语文。这样的习惯，使我在读大学和研究所的时期，能够驾轻就熟地为台北东方出版社的两套少年读物——"世界名人传记"和"世界文学名著"——译成了五本书。那些书都是经由日本人改写为适合少年阅读的文体，所以几乎没有什么问题和困难。

任职大学之后，教学与研究成为生活的主轴，除了有限的一些日文的汉学研究论著之外，不再有空闲执译笔了。至于再度促使我提笔从事翻译工作，实缘起应邀参加一九七二年日本笔会主办的"日本文化研究国际会议"。依大会规定，参加者需提出一篇与日本文化相关的论文。我以日文书成《桐壶と長恨歌》提出发表。其后，我将日文的论文自译为中文——《〈源氏物语〉桐壶与长恨歌》，在台湾大学《中外文学月刊》刊载，同时为了读者便利而试译了《源氏物语》首帖"桐壶"，附录于论文之后，那篇日本中世纪文学深受白居易《长恨歌》的影响，中文的读者感觉既熟悉又陌生，产生莫大的好奇与期待，通过杂志的编辑部鼓励我继续译介全书。我在没有十分把握之下，答应下来，开始了逐月在《中外文学》刊载的长期翻译工作。费时五年半，共六十六期而译竟了百万言的《源氏物语》全书。

那五六年的时间里，我教书、做研究，又翻译，过着与时间竞走的生活，十分辛劳，却也感觉非常充实。翻译遂成为我生活中的一个重要部分。我选择日本古典文学作品为自己翻译的对象，是基于两个理由的：一者，日本文化从中世纪以来深受我国隋唐文化影响，而且日本人早已有系统地译介了中国的重要著作；相较之下，我们对日本的文学作品则相当冷漠。虽然近二十余年来逐渐有人译出日本文学，但以近、现代作品为主，古典文学的译介仍嫌不够。再者，我个人具备日本语文根底，其后从事中国古典文学的教学与研究，或可在这一方面略尽绵薄之力，弥补我们所当做而未做的事情，故自一九七三年以来，自我惕励，断续译出了《源氏物语》（一九七三——一九七八）、《枕草子》（一九八六——一九八八）、《和泉式部日记》（一九九二）、《伊势物语》（一九九五——一九九六）等四本平安时代的日本文学名著，以及十九世纪明治时代的樋口一叶短篇小说集《十三夜》（二〇〇一——二〇〇四）。

以上五本书，前四本的著成年代都在千年以上，最后一本也在一百多年前。每一个国家的语文都会随时间而有所变化。现在的日本人阅读古人的这些文学作品，多数会觉得很困难，所以自与谢野晶子（一八七八——一九四二）以降，已经有多种现代日语译的《源氏物语》等书出版了。

我的中译本诸书，虽然采取白话文，但是仍有许多地方非译文本身所能传达清楚，或者表现原文的巧妙之处，则不得不借助些注释。注释之中，特别值得注意的是，原著里引用日本的古老诗歌或隐喻，乃至于唐代以前的中国古诗文，因此对于中国读者而言，明白了这些道理，就会觉得既陌生而又熟悉，格外亲近动人。

《源氏物语》《枕草子》《伊势物语》《十三夜》以简体字横排出版。容我在此感谢南京译林出版社所有帮助我促成此事的各位。

林文月

二〇一一年一月十八日

目次

洪范新版序 1
清少纳言与《枕草子》 1

一　　春曙为最　　　　　1
二　　时节　　　　　　　2
三　　正月初一　　　　　2
四　　语言有别　　　　　6
五　　爱儿　　　　　　　6
六　　大进生昌府邸　　　7
七　　宫中饲养的猫　　　10
八　　正月一日、三月三日　14
九　　奏谢皇上　　　　　14
一〇　现今新宫之东侧　　14
十一　山　　　　　　　　15
十二　岭　　　　　　　　17
十三　原　　　　　　　　17

十四	市	17
十五	渊	18
十六	海	18
十七	陵	19
十八	渡	19
十九	宅	19
二〇	清凉殿东北隅	20
二一	没志向、老老实实	25
二二	扫兴事	27
二三	懈怠之事	30
二四	教人瞧不起之事	31
二五	可憎恶之事	31
二六	可憎恨者，莫过乳母之夫	34
二七	写信而措辞无礼者	35
二八	晓归的男子	37
二九	兴奋愉悦者	38
三〇	往事令人依恋者	38
三一	心旷神怡者	39
三二	槟榔毛牛车	40
三三	牛	40
三四	马	41
三五	饲豢牛者	41
三六	执杂役及侍从辈	41

三七	舍人小童	42
三八	猫	42
三九	讲经师父	42
四〇	往昔之藏人	43
四一	菩提寺	45
四二	小白川邸	46
四三	七月天热	51
四四	树花	53
四五	池塘	55
四六	节日	56
四七	树木	58
四八	鸟类	60
四九	高贵的事物	62
五〇	昆虫	62
五一	七月	63
五二	不相称者	63
五三	跟大伙儿坐在厢房里	65
五四	月夜空牛车	65
五五	主殿司者	66
五六	男性役者	66
五七	后宫苑内板障下	67
五八	殿上的点名	70
五九	年轻的贵人	71

六〇	小孩及婴儿	72
六一	牧童	72
六二	牛车走过人家门前	73
六三	贵人府第中门敞开	73
六四	瀑布	74
六五	桥	74
六六	里	75
六七	草	76
六八	诗集	77
六九	歌题	78
七〇	草花	78
七一	不安事	80
七二	无从比拟者	80
七三	常青树聚生处	81
七四	情人幽会	81
七五	而冬季寒夜里	81
七六	情人来访	82
七七	罕有事	83
七八	宫廷女官住所	84
七九	贺茂临时祭的试乐	85
八〇	后宫苑内林木	86
八一	无谓之事	87
八二	不值得同情之事	88

八三	得意畅快之事	88
八四	得意事	89
八五	佛命名之翌日	89
八六	头中将听信流言	90
八七	翌年二月二十五日	95
八八	退居乡里时	98
八九	令人感动的表情	102
九〇	去访左卫门阵后	102
九一	皇后在宫中期间	103
九二	辉煌之物	113
九三	优美者	115
九四	皇后提供五节的舞姬	117
九五	眉清目秀役者	120
九六	后宫内，在五节庆典期间	120
九七	无名之琵琶	122
九八	后宫御帘之前	123
九九	乳母大辅今日	124
一〇〇	懊恼之事	125
一〇一	教人受不了之事	127
一〇二	意外而令人扫兴之事	128
一〇三	遗憾之事	129
一〇四	五月斋戒精进时	130
一〇五	皇后的兄弟、贵公子，和殿上人等	138

一〇六	中纳言之君参上	139
一〇七	阴雨连绵时节	140
一〇八	淑景舍主人内为东宫妃之际	142
一〇九	皇宫方面	149
一一〇	二月末，风吹得紧	149
一一一	遥远的事情	151
一一二	令人同情的表情	151
一一三	方弘	152
一一四	关	153
一一五	森林	154
一一六	卯月末	155
一一七	温泉	156
一一八	听来有异常时之声音	156
一一九	画不如实物者	156
一二〇	画胜实物者	156
一二一	冬	157
一二二	夏	157
一二三	令人感动之事	157
一二四	正月，参笼寺中	159
一二五	极不满意之事	164
一二六	看来萧条之事	164
一二七	教人看来苦热之事	165
一二八	难为情之事	165

一二九	不成体统之事	167
一三〇	修法	167
一三一	窘事	168
一三二	关白公自清凉殿	169
一三三	九月的时分	171
一三四	七日嫩草	171
一三五	二月,太政官厅	172
一三六	头弁处送来的	173
一三七	为什么要用后宫东南隅土墙的木板	175
一三八	为了替先主公追福	176
一三九	头弁来到后宫	177
一四〇	五月,无月的暗夜	180
一四一	円融院丧期终了之年	182
一四二	无聊事	185
一四三	可慰无聊者	185
一四四	无可救药者	186
一四五	世间奇妙绝顶之事	186
一四六	故主公过世后,世间扰扰	190
一四七	正月十日,天空阴暗	194
一四八	两个清秀男子玩双六	195
一四九	贵人下棋	195
一五〇	可怕的东西	196

7

一五一	看来清爽的东西	196
一五二	看来污秽的东西	196
一五三	看来卑劣的东西	197
一五四	令人忐忑难安的事情	197
一五五	可爱的东西	198
一五六	人来疯	199
一五七	名称可怖者	200
一五八	写起来夸张者	201
一五九	杂乱无章者	201
一六〇	小人得意	201
一六一	看来极苦之事	202
一六二	可羡者	203
一六三	很想早早预见结果之事	205
一六四	令人焦虑之事	205
一六五	为故主公服丧时期	207
一六六	宰相中将斋信与中将宣方	209
一六七	记得也徒然之事	215
一六八	不可恃者	216
一六九	诵经	216
一七〇	似近而实远者	217
一七一	似远而实近者	217
一七二	井	217
一七三	地方官吏	218

一七四	地方官吏叙爵前暂任之职	218
一七五	大夫	218
一七六	六位之藏人	218
一七七	独身女子所住的房子	219
一七八	仕宫的女官宅里	220
一七九	积雪未深	221
一八〇	村上天皇时	223
一八一	一日,御生宣旨	224
一八二	当初,开始参上后宫	224
一八三	得意者	230
一八四	官位,可真是了不起的东西	231
一八五	风	233
一八六	台风过后次日	233
一八七	优雅有致之事	235
一八八	岛	236
一八九	海滨	237
一九〇	湾浦	237
一九一	寺院	238
一九二	佛经	238
一九三	文	239
一九四	佛	239
一九五	物语	239
一九六	原野	240

一九七	陀罗尼经	241
一九八	奏乐	241
一九九	游戏	241
二〇〇	舞蹈	241
二〇一	弦乐器	242
二〇二	笛	242
二〇三	值得参观的	243
二〇四	五月时节,漫步山里	247
二〇五	溽暑时分	247
二〇六	五月五日的菖蒲	248
二〇七	刻意熏染过香料的衣物	248
二〇八	月色分外明亮之夜	248
二〇九	大为佳者	249
二一〇	短小为宜者	249
二一一	与家庭相称者	249
二一二	出门途上见一清俊男子	250
二一三	天子行幸,诚可赏	250
二一四	最讨厌乘坐敝陋的车	251
二一五	有个不配在走廊出入的男子	253
二一六	皇后住在三条宫殿时代	254
二一七	十月十几日,月分外明亮时	255
二一八	再没有人比大藏卿更锐耳的了	256

二一九	砚台脏兮兮地积尘	256
二二〇	援引他人砚台	257
二二一	信函虽未必是稀奇之物	258
二二二	河流	259
二二三	驿站	260
二二四	冈陵	260
二二五	神社	260
二二六	自天而降者	264
二二七	日头	264
二二八	月亮	265
二二九	星星	265
二三〇	云	265
二三一	喧嚣者	265
二三二	不精整者	266
二三三	言语令人觉其无礼者	266
二三四	看似聪明者	267
二三五	公卿达人	268
二三六	贵族公子	268
二三七	法师	269
二三八	妇女	269
二三九	仕宫处	269
二四〇	可憎恨者，莫过于乳母之夫	270
二四一	一条院，而今称作新宫	270

11

二四二	教人感觉：莫非是投胎	
	重生的罢	271
二四三	雪降积得挺深	272
二四四	打开厢房的拉门	273
二四五	流逝不稍停者	273
二四六	他人不怎么注意事	273
二四七	五六月的向晚时分	273
二四八	参诣贺茂神社途中	274
二四九	八月末，参诣太秦	274
二五〇	极腌臜的东西	275
二五一	十分可怕的事情	275
二五二	可以告慰的情形	276
二五三	铺张万端，好不容易招了	
	女婿	276
二五四	可喜之事	277
二五五	皇后尊前，有众多女官	
	伺候着	280
二五六	关白之君于二月二十一日	282
二五七	神圣之事	301
二五八	歌谣	301
二五九	裤袴	301
二六〇	狩衣	302
二六一	单衣	302

二六二	不论男人或女人	302
二六三	穿在袍下的衣服	303
二六四	扇骨	304
二六五	桧扇	304
二六六	神社	304
二六七	岬角	305
二六八	屋宇	305
二六九	报时,最有趣	306
二七〇	日暖暖的中午	306
二七一	成信中将,系皈道者兵部卿宫的少爷	306
二七二	总是寄会后之情书来的人儿	311
二七三	早起,并无甚征兆的天空	312
二七四	庄严肃穆者	312
二七五	雷神大鸣时	313
二七六	坤元录的屏风	313
二七七	忌避方向	313
二七八	雪降积得挺厚时	314
二七九	阴阳师身边的小童	315
二八〇	三月的时候,为着忌避方位	315
二八一	参诣于清水寺之际	317
二八二	十月二十四日	318
二八三	仕宫的女官们退出之后	319

二八四	我喜欢房子宽宽敞敞	319
二八五	见了人就学的	320
二八六	不可掉以轻心者	320
二八七	有个右卫门尉者	323
二八八	又据说，小野之君的母亲	323
二八九	又如，业平的母宫	324
二九〇	将自己认为好的和歌	324
二九一	身份地位挺不错的男士	325
二九二	有一回，大纳言殿君	325
二九三	有一回，我跟僧都之君的乳母	327
二九四	有一个男子，母亲死后	328
二九五	定澄僧都无挂袍	329
二九六	真的要赴高野吗	330
二九七	有一位女官	330
二九八	某次，与一位男士	331
二九九	唐衣	331
三〇〇	裳	331
三〇一	织物	332
三〇二	花纹	332
三〇三	夏天的外衣	332
三〇四	俊美的贵公子	333
三〇五	疾病	333

三〇六	讨厌的事情	334
三〇七	来访仕宫女官的男子	335
三〇八	有一次去参诣初濑寺	336
三〇九	难以言传者	337
三一〇	四位、五位之盛装	337
三一一	品格	338
三一二	人的脸部当中	338
三一三	工人吃东西的样子	339
三一四	不管是普通讲话	339
三一五	有个地方	339
三一六	女官在退出、参上之际	340
三一七	好色之徒单身独居	341
三一八	清俊的年轻人	342
三一九	屋前林木高耸	342
三二〇	难看的景象	345
三二一	天色逐渐暗下	346
三二二	左中将仍为伊势守时	347
三二三	我只是想将自己心中所感动之事对人谈说	348

跋文　　　　　　　　　　　351

洪范新版序

一九八五年秋，我获得一项奖助赴欧、美、日各大学访问旅行，为期三个月。第一站抵达英国伦敦。我把大部分时间花费在大英图书馆的东洋写本版本部（Department of Oriental Manuscripts and Printed Books, The British Library），查阅该馆所藏有关《枕草子》的古今版本及研究资料。当时距我译完《源氏物语》近十年，主客观的因素，促使我又兴起再度执译笔的计划。

其所以挑选《枕草子》为第二个翻译的对象，一者因篇幅较短，我估计自己不太可能再投注五六年的时间去完成一部古典文学作品的译注；二者有见于《源氏物语》的作者紫式部在她的日记中品评清少纳言时，语带玄机，颇显现其妒羡交加的心态。何况，日本文学史上《源氏物语》与《枕草子》在平安文坛称为双璧，早有定论。这一本书很值得我再次努力以赴，译介于国人。

我在英伦停留的时间有限，无法细读有关《枕草子》的文本，倒也大体翻阅了一些与此书相关的论著，例如池田龟鉴《全讲〈枕草子〉》、树井顺《清少纳言周围人物》、安谷藤枝《〈枕草子〉的妇人服饰》及田中重太郎两大巨著《清少纳言〈枕草子〉研究》和

《〈枕草子〉本文研究》。浏览这些书之目的，在于为我日后翻译《枕草子》做预备知识之用；岂料专家的论著，越读越令我胆怯。原来，《枕草子》的篇幅虽较《源氏物语》短，但问题重重，难以处理。举凡版本异文、文义解释，乃至人名、地名之考证等等，古来歧见异论甚多，莫衷一是。有些疑虑几乎使我打消翻译《枕草子》的念头；直到有一个上午找到英人 Ivan Morris 译 The Pillow Book of Sei Shōnagon，才稍稍又恢复兴致与信心。我想，既然英国人能翻译，我为什么不能？

而后，在美国及日本各停留一个月的时间里，我也尽量访寻《枕草子》及其相关的论著阅读，并且与日本学界人士请益讨论，逐渐培养出翻译清少纳言《枕草子》的情绪和氛围。等我结束访问旅行，已是年底的事情；而译注正式在《中外文学》刊登，竟又逾半年，一九八六年七月才得付诸实践。

译注定期登载，是我催促自己做这一份正业之余的额外工作的良方。二十二期从未间断的缴稿过程，虽然较诸往时《源氏物语》六十六期为轻松，但散文移译之际字句的斟酌，有时则又甚于有故事脉络可依寻之物语译介。

其实，在我翻译《枕草子》时，周作人先生早已译完了他的《枕草子》，只是大陆出版周氏之译书，在我集结二十二期译文修正成册之后，而我个人辗转获得大陆人士赠书，更在若干年之后，所以当初无由参考前辈大家的业绩。这个情况，与我译《源氏物语》时竟未能参考丰子恺先生的译书，可谓完全相同。然而，也因此使得我在误以为"前无古人"的状况下，战战兢兢摸索前进，而不致产生侥幸依赖心理。周氏译法，似较偏向直译，执着于原文，例如原著中屡次出现之"をかし"一词，译文皆呈"有意思"，或"非常有意思"。事实上,"をかし"的内蕴相当复杂,既可解释为"有意思",又可解释为"有情趣的"、"可赏爱的"、"引人入胜的"、"奇妙透顶的"或"滑稽可笑的"等不同层次,甚至不同方向的意义,端视其上下文的气氛酝酿而定;英人 Ivan Morris 的译本 The Pillow Book of Sei Shōnagon 也采用多向移译而未定于一词。这次修订时,虽有周氏的译本可资参考,可我还是并没有舍己旧译而追随其法。

关于散文行笔之间时时出现的和歌,周氏倒是自创三行形式的白话诗以译出;这与丰氏译《源氏物语》用五言绝句或七言二句迥异,反而与我采三行楚歌体之译法较为接近。下面试举周译与我对同一首和歌的翻译,以供比较:

好不容易求得的莲花法露,
难道就此放下了不去沾益,
却要回到浊世里去吗?(周译 三二、菩提寺)

君难求兮促侬归,
　莲花瓣上露犹泫,
　　何忍离斯兮俗世依。(林译 四一、菩提寺)

如果我知道你是听子规啼声去了,
我即便是不能同行,
也让我的心随你们去吧。(周译 八七、听子规)

子规啼兮卿往寻,
　早知雅兴浓若此,

3

愿得相随今记吾心。（林译　一〇四、五月斋戒精进时）

虽然同采三行之形制，周氏所译者为完全的白话诗，而我的译诗则稍稍保留了古典趣味。关于我个人翻译和歌的考量诸事，已有另文专述，此不赘及。至于周译与我的译文在章段方面不一致，则是原著文本颇有歧异流派，各人所依有别之故。

自《枕草子》中译初版至今，忽忽已过十一年。承洪范书店美意，今将修订重刊面世，有关此书内容及相涉事端，已于初版代序《清少纳言与〈枕草子〉》中说明，此文略为之补充一二。书前所附古版图片，系叶步荣先生特为选购自东京书坊的珍贵资料，可供译文读者于阅读之际参考印证之用，亦借此短文表达由衷之谢忱。

林文月　识于台北辛亥路寓所
二〇〇〇年　春日

清少纳言与《枕草子》
——《中外文学》版代序

《枕草子》的作者为平安朝女作家清少纳言。此说在日本学界或一般人的常识中，殆已无疑问。但是关于清少纳言的生平事迹及家世背景等问题，则几乎无甚资料可参考。她所写的《枕草子》一书，遂成为后世借以塑造其人、复原其性格的重要资料来源。本文将综合近年来日本学界的研究成果，简单介绍清少纳言及其家世，并对《枕草子》一书的内容及其属性诸问题，略作说明。

清少纳言的父亲清原元辅，曾任肥后国守之职。官位虽不高，而颇有文才，其和歌作品收入《后撰和歌集》中者，有一○六首，而他个人亦曾担任《万叶集》的训点工作。其人个性，轻快洒脱，崇尚自由。他这种性格，似乎遗传给了女儿清少纳言。清少纳言的祖父春光及曾祖父深养曾，也都以擅长和歌著称。

关于清少纳言的母系亲属方面，则一无可考。

清少纳言有兄弟若干人：雅乐头为成、大宰少监致信、花山院殿上法师戒秀等。另有一姐，嫁与藤原理能为妻。

"清少纳言"这个称呼，乃是作者仕官为女官时所得之官衔。

"清",盖来自其娘家姓氏"清原"。在《枕草子》一书之中,皇后每称其为"少纳言";至于何以称"少纳言",则现阶段尚无定论。当时习惯,女官往往以其父、丈夫或兄弟等近亲者之官衔称呼,但清少纳言之近亲中,并不见有少纳言之官职者。或谓清少纳言在仕官以前,曾经有一位中纳言官衔的丈夫,因而得此称谓;另外又有别说,以为此官称系皇后所特赐。至于所谓少纳言出身,在女官官品之中,为属于下级至中级之间。

清少纳言的出生时间,也未能确定。从《枕草子》中的人际关系推算,或者在康保三年(九六六)左右,比定子皇后年长十岁,而与道长、公任,约为同年。

平安时代的男女关系,极难分辨其究竟为丈夫或是情人。从《枕草子》一书的文章看来,橘则光、藤原栋世都可能与清少纳言有过夫妻关系。此外,则又似乎与实方、行成、经房、成信也都有过亲密关系。

清少纳言可能有女儿一人,或二人。其中有一人或即与栋世所生。

关于她何时入宫侍定子皇后,学界也一直没有定论。可能在二十五岁前后,与橘则光的婚姻失败,乃促成入官之决心。从《枕草子》的文字可以想见,在清少纳言的眼中,定子皇后几乎是一个至高无上的完美的存在,而皇后亦十分欣赏并且倚重清少纳言。直至定子皇后于长保二年(一○○○)逝世,清少纳言都在官中随侍左右。至于退出官中,可能在皇后去世之年,或其后一年。

退出官廷生活的清少纳言一时曾住在摄津国。晚年则在京都郊外寂寞度过。关于她的卒年,也无从考知。

以上的介绍其实并无法令人充分把握《枕草子》的作者清少纳

言其人，一切都是模糊暧昧的。这种现象也容易令我们联想到《源氏物语》的作者紫式部。因为尽管《源氏物语》如今已誉满全球文坛，但大家所认识的作者却始终隐而不显，总是仿佛隔着层层纱帷，无法透视她的轮廓真面目。恰巧，《紫式部日记》有一段文字便是提及清少纳言的：

> 清少纳言这人端着好大的架子。她那样自以为是地书写汉字，其实，仔细看来，有很多地方倒未必都是妥善的。像她这种刻意想要凌越别人的，往往实际并不怎么好，到头来难免会落得可哀的下场；加以每好附庸风雅，故而即使索然无味的场合，也想勉强培养情绪，至于真有趣味之事，便一一不肯放过，那就自然不免出乎意料，或者流于浮疏了。像这般浮疏成性的人，其结果如何能有好的道理呢？

这一段文字出自《源氏物语》的作者紫式部，可说是对清少纳言的最早评论，而且同样是女作家，评论的重点也毋宁在论其写作方面。从介乎人物论与作品论的这些文字里，紫式部的话语，一方面提出了对同时代的另一位才女的批评，另一方面也同时显现出她自己的资质与感受。此后，日本文学批评界，总是有意无意间喜欢把《源氏物语》与《枕草子》相提并论。论者往往以为二者之间虽有时呈现对立的状态，实则又有极相似之处。至于紫式部的这一段表面看似严厉的批评，其实也未尝不是在敌对意识（rival consciousness）之中敏锐地观察到对方与自己有共通之点。

然则，《枕草子》究竟是怎么样一本书呢？

清少纳言把她仕官近侍一条天皇皇后定子时期里，在官中生活的种种体验，以随笔的形式记述下来。内容牵涉的范围相当广，大体言之，有关于四季天象、山川自然、草木花虫、身边琐物，以及男女之情、赏心悦目之事、个人好恶之性、宫中节会之事等等，以多样形式缀连而出。其间，长短各异，约由三百余篇组合而成。

大体言之，以"○○以○○为最佳妙"的形式成文者居多数，作者有时对于自己所以赏爱某事物的道理，有简单的叙述式解释，有时则只主观地罗列一些山川、原野、渡津或都邑等等，而别无理由追加说明，其文笔极为简劲、敏锐、犀利，日本学界推许为随笔文学之典范嚆矢。至于如此特殊的文体，近世学者中则又颇有人以为或者系受唐代李义山《杂纂》之影响。《杂纂》文稍长，兹引其中部分文字，以供参考。

从不来
　　醉客逃席　客作偷物去　追王侯家人　把棒呼狗　穷措大唤妓女

羞不出
　　新妇失礼　尼姑怀孕　相扑人自肿　富人乍贪　处子犯物议　重孝醉酒

不忍闻
　　孤馆猿啼　市井秽语　旅店砧声　少妇哭夫　老人哭子　落第后喜鹊　乞儿夜号　居丧闻乐声　才及第便卒

清少纳言在《枕草子》一书中所呈现的"类聚式章段"，确乎与义山《杂纂》有类似之处。

除了此类笔调之外，《枕草子》全书里，最显著的内容，则又与作者所近侍的定子皇后有极密切的关联。此部分的文章，一般称为"日记式章段"，约占着四十余段。不过，在日记式记叙中，除了描写宫中生活及定子皇后的言语举止而外，作者又往往借与定子的对话，以达到自我推崇赞美之目的。

这位定子皇后乃是日本历史上实际存在过的人物。生于贞元二年（九七七）。其母为才学兼具的高内侍（一说：高阶成忠之女，贵子。又称仪同三司母）。十四岁时嫁与当时十一岁的一条天皇（平安时代帝王贵族之间流行早婚。详见拙译《源氏物语》序文）。清少纳言之入官，大约是在正历四年（九九三），她二十八岁之时。

长保元年（九九九）及二年，定子接连产下第一皇子敦康亲王及第二皇女镁子，却不幸以二十四岁之年华（一说二十五岁），结束了短暂的生命。所谓日记式章段的文字，便是记述作者仕宦生活的前后十年间的见闻感想。

清少纳言看来是一位心直口快的女性。她说话的时候，往往单刀直入，不假思索；不过，也因此而经常都会事后懊悔不已。她所关怀的对象，大至宇宙自然的山川陵湖，小至生活周遭的蚊虫跳蚤，任何题材都能在多彩多姿的笔下自由奔放地运行。她的心地纯朴，禀质优异，才华与学识自然地流露字里行间，观察人生有其敏锐犀利之眼光，《枕草子》一书亦自有其引人入胜的独到之处。

贯穿于《源氏物语》一书之中的特色——"もののあはれ"（直译为"物之哀"），是极难具体地把握言传之词。大体而言，"物"是指客观对象的存在，"哀"是代表人类所禀具的主观情意。当人的主观情意受到外在客观事物的刺激而产生反应，进入主客观融和的状态，即呈现一种调和的情趣世界。相对于《源氏物语》的"もののあはれ"，《枕草子》一书中频频出现的"をかし"，也是具有多重含义、十分捉摸不定之词。根据金子元臣《〈枕草子〉评译》（东京明治书院，增订版）的说法：所谓"をかし"的根本性质，不是外在的，而是存在于人心内里。其内涵不是固定的，而是流动的。"をかし"与"もののあはれ"都是意味着精神内在处于美感兴奋的特殊状态而言；换言之，不是指那些个个变动的物象姿态，而是存在于一切形象内里的某种东西。美的对象可能随时代变迁，但美感经验则永恒不变，唯其不变，故美感经验的底层乃具有永生不灭的原理；而在其原理中，新的美无限产生，又无限崩坏。支配这种无限生灭的人类生命中根本、纯粹而持续的道理，便即是"をかし"的本质。

据日本辞典《大言海》，"をかし"一词，表面上可分为两类解释：其一是"可笑的"，其二是"可爱的"。不过，清少纳言在《枕草子》中随处使用的"をかし"一词，却有时意味着"可赏爱的""有趣味的""赏心悦目的""引人入胜的"，有时则又意味着"滑稽可笑的""奇妙透顶的"等不同的内涵，故而即使日本现代语翻译，也不宜使用"をかし"一词到底，而须视其上下文，给予适当的词汇变化。至于英文译本（*The Pillow Book of Sei Shōnagon*, translated and edited by Ivan Morris, Penguin Books, 1971），也前后移译为"amusing""pleasure""facinating""charming""attractive""delightful""enjoy"等不同的词。

《枕草子》亦可书为《枕草纸》，或《枕册子》。这个书名，殆非作者所自题，而系后人所取。平安时代并不见此书称谓。其后之文献，则有作《清少纳言》《清少纳言记》《清少纳言抄》《清少纳言草子》《清少纳言枕草子》《清少纳言枕》《枕草子》等不同称谓。大概在室町时代（一三九三—一五七二）以前，书名尚未统一。"清少纳言"指作者，"枕草子"似指作品，而"清少纳言所写的枕草子"，或即为其原来称谓亦未可知。

事实上，所谓"枕草子"，本是普通名词。"草子"系指"卷子"或"册子"。由于日文使用拼音文字，所以当其取汉字谐音时，便有多种同音异字产生的可能。因此又有"草纸"、"双纸"或"双子"的表记法可见。至于何以称"枕"，日本学界亦众说纷纭，举其重要学说，略有以下八种：

（一）备忘录，记忆的摘要提示。

（二）宝贝珍贵之物，不愿以示人者。

（三）寝具之枕头。

（四）枕词（日本古代修辞法之一种，有类我国歇后语）。

（五）枕词为诗文之中心，故《枕草子》即集合其诗文者。

（六）相对于《史记》（日语发音读如"敷"），故"枕"（头）为挂词，即枕词也。

（七）依《昭明文选》设类所收班固答宾戏："徒乐枕经籍书，纡体衡门。"（按：平安时代一般日本人汉文学之主要来源为《昭明文选》及《白氏文集》）

（八）白居易《秘书后厅》诗句："尽日后厅无一事，白头老监枕书眠。"

总而言之，关于《枕草子》其书及其作者，至今仍有许多争论未决之处，但是在日本文学史上，以《源氏物语》与《枕草子》为平安时代文学作品之双璧，则是不争之事实，而日人尊崇二书之作者，复又怀敬意而亲昵之，称紫式部为"紫女"，称清少纳言为

"清女"，并视为文学史上两大才媛，也是不争之事实。

千年以前的作品而流传至今日，书写转抄之间，当然不可能没有变化，而后人有意无意的增删之笔，亦势所难免。《枕草子》一书，几乎在作者清少纳言写定的当时，就有不同的版本出现；辗转流传至今，遂有四种主要的系统：能因本系统、三卷本系统、前田家系统及堺本系统。《枕草子》的研究，在日本学界，已与《源氏物语》之研究相抗衡，注释及现代语翻译的工作亦不寂寞，但往往各本其源，不同的版本自有不同的面貌与涵义。

这本中译《枕草子》，系根据小学馆所出版日本古典文学全集系列中的《枕草子》校注及译本而来。此书由当今日本平安文学权威学者秋山虔以下八位专家担任编集委员，由松尾聪与永井和子联合执笔，引用参考书目多达四十四种，重要相关论文二十余篇，堪称最具权威性。不过，由于态度严谨，多处宁存疑而不予臆测，又有些地方文笔十分生涩不顺，在翻译的过程中，造成极大困扰，所以我又另外参考其他的几种不同版本。其中，日文本有《新版枕草子》（角川文库，石田穰二译注，一九八四年版）及《枕草子》（新潮社日本古典集成，萩谷朴校注，一九八五年版）等。英文本则参考 *The Pillow Book of Sei Shōnagon* (translated and edited by Ivan Morris, New York, Columbia University Press, 1967)。

译文于一九八六年七月始刊载于《中外文学》，其后逐月刊出，共二十二期而全文译竟登完。时值炎炎暑期，乃以修订所刊之译文为消暑之方。整整花费一个月的时间，重新细读之。修订的重点，一方面在于文笔之润饰，另一方面在于注释之补充。《枕草子》是一部散文随笔，虽然有些段落也偶及于当时宫中故事的叙述，但绝大部分是没有故事性的抒情或写景，故而文字的表现十分重要。过去两年以来且译且刊,难免仓促间不及仔细推敲。此次修订,遂比对原作,斟酌字句,虽然绝不敢以为已臻完美,却应当较诸初稿稍有进步才是。至于注释方面,补充最多的是空间地名或地理山川之古今对照。初译时,认为中国读者或许对日本的古今地理不会产生兴趣,所以多数略而不提,此度重读,却不厌其烦地将日本学界既有的考证结果附录上去,实为表示对于学术工作的敬意。此外,则又将文中出现的和歌片段,逐一全译出,附于注中,以求更周全之目的。

本书能够顺利译完,并出版单行本,实有赖《中外文学》这一份超然坚守文学信念的刊物。在翻译过程中,台湾大学森林学系教授廖日京先生经常指教有关古代日文植物名称方面的知识,使我克服不少压力和困难;陈昌明同学帮助我单行本校对的烦琐工作;外子郭豫伦又一次为我费神设计封面并题字,容我谨志感铭之意于此。

林文月 一九八六年七月 初稿

一九八八年八月 修订

一 春曙为最

春,曙为最。[1]逐渐转白的山顶,开始稍露光明,泛紫的细云轻飘其上。

夏则夜。有月的时候自不待言,无月的暗夜,也有群萤交飞。若是下场雨什么的,那就更有情味了。

秋则黄昏。夕日照耀,近映山际,乌鸦返巢,三只、四只、两只地飞过,平添感伤。又有时见雁影小小,列队飞过远空,尤饶风情。而况,日入以后,尚有风声虫鸣。

冬则晨朝。降雪时不消说,有时霜色皑皑,即使无雪亦无霜,寒气凛冽,连忙生一盆火,搬运炭火跑过走廊,也挺合时宜;只可惜晌午时分,火盆里头炭木渐蒙白灰,便无甚可赏了。

---

[1] 清少纳言的文笔,以简劲著称,此冒首之句,即为传颂千古之名句,然原文过于简略,若直译为"春是曙",无法赏读,乃稍增益之;至于夏、秋、冬,原文亦极简洁,为求可读性,皆略有变动。

二　时节

时节以正月、三月、四月、五月、七月、八月、九月、十一月、十二月为佳。实则，各季各节都有特色，一年到头皆极可玩赏。

三　正月初一

正月初一，天色尤其可喜，霞雾弥漫，世人莫不刻意妆扮，既祝福君上，又为自身祈福，这景象有别于往常，实多乐趣。

七日，在雪地间采撷嫩草青青，[1]连平时不惯于接近此类青草的贵人们，也都兴致勃勃，热闹异常。为着争睹白马，[2]退居于自宅的人，则又无不将车辆装饰得美轮美奂。牛车通过待贤门[3]的门槛时，车身摇晃，大伙儿头碰着头，致梳栉脱落，甚或折断啦什么的，尴尬又可笑。建春门外南侧的左卫门阵，

1　《荆楚岁时记》："正月七日为人日，以七种菜为羹，剪彩为人，或镂金箔为人，以贴屏风，亦戴之头鬓。"平安时代崇唐之风极盛，故取中国习俗者颇多。
2　白马节会，亦为中国风俗之传入日本者，正月七日，于禁中左右马寮牵出二十一匹马，供天子御览之仪式。
3　原著作"中御门"，在皇宫内东侧门，以其近白马阵（建礼门），故由此入。

聚着许多殿上人[1],故意逗弄舍人[2]们的马取笑。从牛车的帷幕望出去,见到院内板障之外,有主殿司[3]、女官[4]等人来来去去,可真有趣。究竟是何等幸运之人,得以如此在九重城阙内任意走动啊!有时不免这般遐想;实则此处乃宫中小小一隅而已,至于那些舍人脸上的粉往往已褪落,白粉不及之处,斑斑驳驳,一如黑土之上的残雪,真个难看极了。马匹跃腾,骇人至极,连忙抽身入车厢内,便也无法看个透彻。

八日[5],人人为答礼奔走忙碌。车声喧嚣,较平时为甚,十分有趣。

十五日为望粥之节日。[6]既进粥于主上,大伙儿偷偷藏着煮粥的薪木,家中无论公主或年轻女官,人人伺机,又提防后头挨打,小心翼翼的样子,挺有意思。不知怎的,打着人的,高兴得笑声连连,热闹极了;那挨了打的,则娇嗔埋怨,便也难怪她们。

去年才新婚的夫婿,不知何时方至,[7]害公主们等待得焦虑万分。那些自恃伶俐的老资格女官,躲在里头偷窥着,伺候

---

1 五位、六位之可上殿执役者。
2 执宿卫、供奉、杂役之舍人,此指挈马之人。
3 后宫十二司之一,掌管灯油、薪炭、扫除诸事者。
4 指宫中命妇以上之上级女官。
5 正月八日为女官叙位晋级之日,故云。
6 正月十五日,食"望日之粥",以除邪。习俗以煮粥之薪木敲打女性腰部,则可望生男,故下文据此而来。
7 当时风俗,男女婚后,住于女家,由男方往访,故云。

公主跟前的，不禁会心莞尔，却又被连忙制止："嘘，小声！"女主人倒是一副毫不知情的样子，仍端庄地坐着。有人借口："让我来收拾收拾这儿。"遂趁机靠近，拍了女主人的腰便逃走，引得举座之人哄笑。男主人只是微微地笑着，倒也没有什么特别吃惊的样子，面庞泛红，别有风情。大伙儿互相打来打去，竟也打起男士来。这究竟是什么心境呢？于是又哭又生气，咒骂那打的人，连不吉的话都说出来，倒也挺有趣。像宫中这种尊贵之处，今天大家也都乱哄哄，不顶讲究礼节了。

叙官除目[1]时节，宫里头可就更热闹了。大雪纷飞，天寒地冻之中，人人捧着自荐书奔走。那些官居四位、五位的年轻人，精神抖擞，看来挺令人欣慰；另有一些白头老人，托人关说，特别到女官处所自吹自擂，年轻的女官们却学着那口吻开玩笑，当事人又怎会知晓呢！"千万拜托，向主上好好儿禀奏啊！"说得可真费心。得着官位的固可喜，若是得不着，岂不太可怜！

三月三日，风和日丽。桃花始绽，柳色亦欣欣然可赏。而柳芽似眉，更是有趣，但叶卷一旦舒展开来，便惹人憎厌。花散之后，也同样教人不愉快。撷取盛开的梅枝长长，插入

---

[1] 官吏变动，除前官之任，而就新职。于每年春秋二季举行之，此指春季叙官也。

大大的花瓶里，反较在外时为赏心悦目。[1]无论是客人，或皇后的兄弟公子们，瞧他们穿着面白里红的直衣[2]，袍子下端露出美丽的内衣，就近谈话的模样儿，真个风流极。若是遇着鸟虫啦什么的在可辨其面貌的附近交飞，可就更饶情致了。

贺茂祭[3]时，尤其可乐。树叶尚未臻茂密，叶色青嫩，而无霞无雾的天空，令人有说不出的快感；稍稍阴暗的黄昏或夜晚，忽闻远处子规啼声隐约，在可辨与不可辨之间，那种心境，真是不可言喻！

等到祭日近时，喜见使者们捧着用纸张随便包裹着黄绿色啦，深紫色等布帛，忙碌地到处奔走。那些染成下端深色的，或深浅斑斓的，以及扎染的，[4]也都看来较平时显得好看些。女童们稍经梳洗，衣裳倒是仍穿着敝旧断了线的，足上的鞋履也绷断了带子，却一个劲儿蹦跳地嚷嚷，盼祭日快快来到。那光景，有趣极了。这些平时满不在乎挺好动的少女，一旦妆扮停妥，竟然会一变而好像捧香炉的法师似的装模作样练步子。这未免教人不放心，故而大概总会有些亲族中的

---

1 此句原文未详其意，姑就上下文判断译出。
2 公卿贵人的日常服，总称为直衣。
3 原文只书"祭"，自时序文及内容推断，为当时人共知之故。四月酉日之祭也。
4 以上各种染织法，当时均有专称，今采意译。

妇女或长姊等人作陪，随时照顾着她们。

四　语言有别

语言似同，实则有别：和尚的话。男人与女人的话。至于下层贱者的话，总嫌其絮聒多余。

五　爱儿

让爱儿出家去当和尚，实在是够狠心。可怜天下父母心，总是寄予厚望的，但世人却视若木屑，概不予以重视。精进修身，吃的是粗陋的斋素，连睡个觉都遭人议论。年轻和尚嘛，难免有些好奇心什么的，对于女人住所，岂能回避而不偷窥一下呢？如是，则少不得又要遭到非难了。至于那想当法师者，可就更苦了，得走遍御岳、熊野等人迹罕到的深山，历经种种可怕的事情；一旦修行得道见灵验，自然有了名气后，则又到处有人延请，愈受世人重视便愈不得安宁。对着病重的人降妖制邪，困倦至极，稍一打盹儿，别人就会责备："一天到晚只会睡觉。"真个烦恼，本人不知怎么想法？不过，这都是过去的事情；时下当和尚的，看来是好过多了。

六　大进生昌府邸

　　大进生昌府邸，为迎接皇后光临，东侧之门特改造为四柱，供凤辇进入。侍女们的车辆则由北门进。大家以为反正也不会有什么守卫的武士在那里，发型难看的人，也没有特别费神去整妆，总以为车子直接靠妥便可下来。怎样，槟榔毛的牛车[1]因为门小，被挡住而无法进入，只得循例铺上地毡，下车步行。这事真教人懊恼，但亦无可如何！这么一来，殿上人啦，地下执役之司，便都站在那儿看热闹，可恨透顶！

　　到皇后跟前禀报方才种种，却没想到反被取笑："难道这儿就不会有人看吗？怎么可以这样大意！""可是，这边的人都是些熟面孔，若我们过分打扮，反而会教他们吃惊的吧？倒是这般堂堂一所府邸，门口小得连车子都通不过去。真有这等事情呀！下次见着，一定要好好儿嘲笑嘲笑。"正说着时，生昌来到。"请将此呈上。"他从帘下推入一具砚台。"您这人真坏，怎么把门造得那么狭小，亏您还住在里头呢！"我这么故意嗔怪他，没想到对方竟然答道："凡居家得配合身份呀。""但是，听说也有人故意把闾门造得高高大大的啊。""哟，那可不敢当！"对方像似吃了一惊的样子，接

---

[1] 以蒲葵叶晒干者装饰车厢之牛车，为当时贵族女性乘车。女官亦可乘用。此指作者及其同侪所乘用之车。

着又说:"说的可是于公的故事[1]吗?倘非修积学问的进士,恐怕连听都听不懂这话的内容哩。所幸,我在文章之道用功多年,所以才能辨明你话中的含义。""这是哪儿的话啊?只是,那'道'可也不怎么样啊,虽然铺着地毡,大伙儿踩都踩不稳,害众人大惊小怪的。"遂趁机又挖苦他一下,对方便托词:"下了雨,恐怕是难免的吧?好啦,好啦。再在这儿待下去,不知道又要给你损成什么样子,还不如快些退下算了。"说完,真的走了。皇后问:"怎么啦?生昌好像颇吃不消的样子嘛。""没什么。跟他提起车子进不来的事儿罢了。"差不多就在这个时候,我跟同房的年轻女官们困极而睡着了。连正殿东侧西厢北边的门没有下锁都忘了注意。生昌是这屋子的主人,当然晓悉一切,所以轻易便打开门进来。他用枯嗄怪异的声音一再央求:"可以进来吗?可以进来吗?"从睡梦中惊醒,一看,几帐[2]后头立着的灯火竟然通明。门拉开约莫五寸许,人就在那里讲话。真是滑稽透顶。平时连做梦都想不到会好渔色的人,一旦家中有皇后光临,竟也这般情不自禁得意忘形,竟当作可以为所欲为的吧,真个好笑!

我连忙摇醒睡在身边的同伴说:"瞧,不知是谁在那边

---

[1] 典出《汉书·于定国传》:"始定国父于公,其闾门坏,父老方共治之,于公谓曰:'少高大闾门,令容驷马高盖车。我治狱多阴德,未尝有所冤,子孙必有兴者。'至定国为丞相。"

[2] 布帷制成之屏风,可用以间隔室内者。

啊。"她抬头望望那方向,忍不住笑得挺厉害。"那是谁呀,可是看得一清二楚的哦!"对方连忙抢白道:"不,不。是屋主人想跟这房间的主人商量些事情呢。""门的事儿倒是提过,可没有提过打开房门的事儿哟。""对啦,就是来商量这事情。可以进来一下吗?可以吗?"他还在那儿央求,引得众女人笑:"真是不像话!还说什么进来不进来。"[1]生昌这才觉察到。"哦,原来另外还有年轻的人在一起哪。"遂赶紧关好门离去。事后,大家笑成一团。想进来就进来好了,也无须先打招呼什么的。哪儿会有人听此央求便说"可以进来"的呢?真是太可笑,所以翌晨便去禀报皇后。"从来也没听说过他这类事情。大概是昨夜的话题[2]令他衷心佩服的吧?可怜,教你给贬损成那样子。"她笑着说。

皇后吩咐替公主[3]的女童侍们准备服装,生昌问道:"敢问女童们的衵服上装[4],要取何种颜色呢?"这就难怪又引得众人大笑不止。

生昌又说:"公主的膳食,若照惯例,恐怕不妥。要使用高盘、高杯才好。"我乃趁势说:"是啦,那就正好让穿着衵

---

1 众女嘲笑生昌,谓既然好色,独断进入可也,何劳一再央求。
2 指于定国之门一事。
3 一条天皇之长公主修子,其母为中宫定子。修子生于长德二年(九九六),此时当为四岁。
4 "衵"为着于底衣及上衣之间者,女童装束,衵之上装称"汗衫",本来有现成之称谓,而生昌迂回称之,故下文乃有引众女发笑事。

服上装的女童侍来就近伺候喽。""别再取笑人家了。生得老老实实的人,瞧他,怪可怜的。"皇后连忙制止,但是,实在太可笑了。稍得空闲时,有人来传告:"大进说,有话要同您讲。"皇后听了便担心地说:"不知道他又要讲什么话,教人取笑了。"真有意思。不过,她还是催促道:"去吧,去听听他怎么说。"故只得专程前往。未料,生昌只说:"我跟中纳言[1]提到那晚关于门的事情。他大感兴趣,叫我一定要安排个机会,让他跟你谈一谈。"就这么一点儿事情而已,更别无他事。我还以为他会提到前夜溜进房里来的事,心中难免一阵骚动;没想到,只是说:"容我日后再到你那边好好儿谈吧。"便径自退下。回来后,皇后问起:"到底是什么事啊?"遂将生昌所说的话一五一十禀报,趁势跟大家说:"又不是什么大不了的事,值得大惊小怪传人叫我去。这么点儿小事,大可趁着便时静静地在房间里提一下就好了嘛。""他大概是以为你会高兴听到他所尊敬的人夸奖,才急着要告诉你的吧。"皇后说这话时候的模样,自有一种优美从容的神态。

七 宫中饲养的猫

宫中饲养的猫,得蒙赐五位之头衔,又赐名"命妇之

---

[1] 生昌之兄,平惟仲,当时为中纳言。

君"[1]。猫儿生得乖巧，备受宠爱。一次，那猫儿跑到廊外去，负责照顾的马命妇[2]叱道："真不乖，进来进来。"但它全然不顾，径自在那儿晒太阳睡懒觉。那马命妇想要吓唬吓唬它，便谎称："翁丸呀，在哪儿啊？来咬命妇之君哦！"怎知道那笨狗竟当真，直冲了过去，害猫儿吓得不知所措，躲进帘内去。正值皇上在餐厅，见此情形，也大吃一惊。他把猫儿揣进怀里，传令殿上男子们上来。藏人[3]忠隆应命而至。皇上乃命令："替我把这翁丸痛打一顿，流放到犬岛去！"于是众人即刻围拢过来，忙乱追逐一阵。皇上又责备马命妇说："另外换个看顾的。这样真教人放心不下。"马命妇自是吓得要命，再也不敢露面了。至于那狗，则继续围捕到手，令泷口的卫士[4]放逐出去。

"唉，怪可怜的。平时大摇大摆。三月三日的时候，头之辨[5]还替它在头顶插上柳枝啦，桃花等簪饰，腰间又系上梅枝啦什么的，得意地跑来跑去；怎么料到如今竟落得这个下场呢！"大伙儿为之喟叹不已。"皇后娘娘用膳时，总有它蹲在对面伺候着的呀。现在可真寂寞啊。"你一句、我一句的，竟

---

1 命妇为五位以上女官之称，此以称呼皇上之爱猫也。
2 饲猫之女官，盖以其父兄掌马寮之职，故称"马命妇"。
3 掌殿上杂务之职司，曰藏人。
4 清凉殿东北隅的警卫。
5 辨官之首，亦掌宫中杂务。

也过了三四天。

中午时分,有犬吠声挺凄厉。正诧异着,究竟是什么狗呢,叫得这么久?末后,连别的狗也加进来一齐吠叫。扫厕妇跑来相告:"不得了啦,狗儿给两个藏人打得半死!说什么放逐出去的又跑回来了,在那儿惩罚它哩。"多可怜哪,一定是翁丸无疑。道是"忠隆和实房在打它",便差人去制止。过不多久,好容易才停止吠叫。"死掉了,把它给拖到门外丢了。"听见人这么说,黄昏时分,正心疼着,见一犬浑身肿胀,狼狈至极,抖抖颤颤有气没力地跑过来。"咦?这不是翁丸吗?这种时候,还会有什么别的狗呢!"众人嚷嚷。"翁丸。"叫它也不理。"是翁丸。""不是翁丸。"大伙儿七嘴八舌的,皇后乃道:"右近[1]认得,快去叫她过来。"便遣人去把原本退下休息的右近叫来:"快快,十万火急之事。"遂令她仔细察看。"这只狗可是翁丸吗?"皇后问。"像倒是挺像的。只是变得好惨!平常若是喊它'翁丸',总会高高兴兴跑过来;可是,现在叫它都不理。恐怕不是吧。不是说翁丸已经给打死了吗?两个壮汉打死它,怎么可能还会活着呢!"皇后听此,心中难过极了。

天黑后,给它东西吃,但它不吃,大家便认为是别的

---

[1] 皇后近侍之女官。

狗而不再予以理会。次晨，伺候皇后盥洗梳栉之际，皇后正用水，我在一旁拿着镜子让她映照梳理，见狗儿正窝在柱子边上。"唉，昨天可把翁丸给打惨啦！大概是死掉了吧。真可怜！也不知道它如今转生做什么去了，可真教它受不少罪哦。"我不觉地说。没想到，这睡着的狗竟浑身颤抖，眼泪直淌。真令人大大吃惊。"咦，那么这正是翁丸无疑。昨夜它一定是强忍着的。"心中既怜悯又欢喜，遂连镜子也不顾地随便放置在一边，连呼："翁丸呀。"那狗竟然趴下来，叫得十分厉害。

皇后亦又惊又喜地笑起来。众人便都围拢靠近。皇后招来右近，"如此这般"说明一番，大伙儿笑闹一阵。皇上闻悉，亦走过来，笑说："真想不到，狗竟也有这种心情哩！"伺候皇上的宫女们也都靠近来，纷纷叫唤。如今，它倒是站起来到处跑动了。脸上仍然还有些肿胀。"该弄点儿什么给它吃才好。"我提议。"它总算表白了自己啊。"皇后也笑说。此时，忠隆闻讯自膳房方面赶来。"是真的吗？请让我瞧一瞧。"乃遣人回话："吓死人的，没那回事。"对方却道："终究会晓得的呀，瞒着也没用。"

其后，皇上的禁令与惩罚都消除，翁丸又恢复了先前的自由之身。我却总难忘记它当时又发抖又吠叫的样子。那真是世上无比悲惨又感人的事情。每有人提及此事，都不禁令我泪流不已。

八　正月一日、三月三日

　　正月一日、三月三日，以天气和煦为佳。五月五日，宁取其天阴。七月七日，则愿日间阴天，七夕之夜晴空，月明星熠。九月九日，晨间微微有雨，菊花带繁露，花上覆棉[1]自是愈染香味，特饶情趣。雨虽早早收敛，天空阴霾，随时可能下雨的样子，那光景最是动人。

九　奏谢皇上

　　看官员们蒙赐新爵，来奏谢皇上，最为有趣。瞧他们个个把礼服的下摆在身后拖得长长，手执笏板，面朝皇上站立的模样儿！尔后，既礼拜又舞蹈翩跹，好不热闹！

一〇　现今新宫之东侧

　　现今新宫之东侧，称为北门。楢木长得十分高大。"到底有几多寻[2]高呀？"人们常对着它发问。有一回，权中将[3]说

---

1 重阳节日，以棉覆菊花，取其沾露拭身，谓可以忘老，为当时习俗。
2 双手张开之长为一寻，约六尺。合今一点八米长。
3 官位，此指源成信。

过:"恨不能将它连根砍断,做成定澄僧都的枝扇。"[1]后来,僧都住持于山阶寺[2],上宫礼拜之日,权中将正巧充当近卫之士,亦来到宫中。僧都穿着一双高齿屐,身材尤其显得高大。待其退出后,我问:"怎么不让他拿着那把枝扇呢?"权中将尴尬地笑答:"你可真有好记性啊。"

十一 山

山以小仓山[3]、三笠山[4]、木暗山[5]、健忘山[6]、入立山[7]、鹿背山[8]、比睿山[9]等为最妙。至于笠取山[10],更令人对之好奇有兴趣。此外,又有五幡山[11]、后濑山[12]、笠取山[13]、比良山[14]则曾蒙圣武天皇[15]咏颂"莫为泄吾名",故而特别饶富情味。

---

1 "枝扇",义未详。或谓以其枝为扇骨。又推测:定澄和尚身材高大。
2 即今奈良兴福寺。
3 在京都近郊,为红叶名山。
4 在奈良,春日山之一岭。
5 未详。
6 未详。
7 未详。
8 在京都与奈良之境。
9 京都名山。
10 未详。
11 在福井县敦贺市。
12 在福井县小滨市。
13 在京都。与注10同名异山。
14 在滋贺县。
15 一说指天智帝,未详孰是。

伊吹山[1]。朝仓山[2]，以"别处见"[3]见称，遂可喜。岩田山[4]。大比礼山[5]之名，常会令人想起清水八幡的临时祭使。手向山[6]。三轮山[7]，挺有情趣。音羽山[8]、等待山[9]、玉坂山[10]、耳无山[11]、末松山[12]、葛城山[13]、美浓山[14]、柞山[15]、位山[16]、吉备中山[17]、岚山[18]、更级山[19]、姨舍山[20]、小盐山[21]、浅间山[22]、片溜山[23]、归山[24]、妹背山[25]，皆可赏。

---

[1] 在滋贺、岐阜二县交界。
[2] 在福冈县。
[3] 句出《古今六帖》和歌。
[4] 或谓在京都府。
[5] 未详。
[6] 在奈良县。
[7] 同上。
[8] 在京都市东山区。
[9] 在摄津。
[10] 同上。
[11] 在奈良县。
[12] 在宫城县。
[13] 在奈良县与大阪府间。
[14] 即今岐阜县南宫山。
[15] 在京都府。
[16] 在岐阜县。
[17] 在冈山县。
[18] 京都名山。
[19] 在长野县。
[20] 同上。
[21] 在京都市。
[22] 在长野、群马县之境。
[23] 未详。
[24] 在福井县。
[25] 在和歌山及奈良县。以上诸山，或取古称，多已不可考知。其中颇多有音亡字者，故译笔取汉字谐音。

十二　岭

岭以鹤羽岭[1]、阿弥陀岭[2]、耶高岭[3]为佳。

十三　原

原以高原[4]、瓶原[5]、朝原[6]、园原[7]、萩原[8]、粟津原[9]、奇志原[10]、髻儿原[11]、阿倍原[12]、筱原[13]为佳。

十四　市

市以辰市[14]为佳。椿市[15]，在大和[16]众多市集之中，以参诣长

---

1 未详。
2 在京都市东山区。
3 在滋贺、冈山县。
4 未详。
5 在京都府。常为和歌作者所引用。
6 在奈良县。
7 在长野县。
8 在和歌山县。他处亦有同名者。
9 在滋贺县。
10 在奈良县。
11 未详。
12 在大阪府。或谓系大如之安倍。
13 在滋贺县。但日本全国同名者甚多。
14 辰日之市集。指奈良。
15 在奈良县。
16 旧称也。属今奈良县管辖。

谷寺[1]的人所必住之处，或者有观音菩萨之缘分，予人格外不同之感。此外，阿负市[2]、饰磨市[3]、飞鸟市[4]亦佳。

十五　渊

渊以畏渊[5]为佳。究竟是看穿了什么样的心底而取名若此呢？颇耐人寻味。莫入渊[6]，则又不知是何人教谁不要进入的？至于青色渊[7]，才更有趣，仿佛藏人之辈要穿上身似的。[8]另有稻渊[9]、隐渊[10]、窥渊[11]、玉渊[12]，亦佳。

十六　海

海以琵琶湖[13]为佳。与谢湾[14]、川口津[15]、伊势湾[16]亦佳。

1　在奈良县樱井市初濑町。
2　未详。
3　在兵库县姬路市。为蓝染之名产地。
4　在奈良县高市郡明日香村。
5　未详。
6　未详。
7　未详。
8　当时服饰依官位而有别，六位藏人着青色袍，故云。
9　在奈良县。日语"稻"音同"否"。
10　未详。
11　未详。
12　未详。
13　在京都市。日文汉字"海"可通用于"海洋""湖泊""池塘"等。
14　为京都宫津湾之古称。
15　或谓指淀川之川口。
16　在伊势，常见引用于古代文学。

十七　陵

陵以莺陵[1]、柏陵[2]、天陵[3]为佳。

十八　渡

渡以鹿管渡[4]、水桥渡[5]为佳。

十九　宅

宅以近卫门[6]一带为佳。二条院[7]、一条院[8]亦甚好。染殿之宫[9]、清和院[10]、三日居[11]、菅原院[12]、冷泉院[13]、东院[14]、小野宫[15]、红梅

1　陵，谓皇族墓陵。此或系大阪府百舌鸟之仁德陵别称。
2　指京都市桓武帝之柏原陵。
3　未详。
4　在爱知县宝饭郡。
5　为越中之水桥。
6　宅，谓建筑物。此指阳明门也。
7　村上帝母后藤原稳子之宅。
8　藤原伊尹之宅。
9　藤原良房之宅。
10　清和帝母后宅。
11　未详。
12　菅原道真宅。
13　嵯峨帝以来历代皇帝之后宫。
14　东宫。
15　惟乔亲王宅。后为藤原实赖所继承。

殿[1]、县井户殿[2]、东三条院[3]、小六条院[4]亦佳。

二〇　清凉殿东北隅

直衣

　　清凉殿东北隅那扇隔开北侧的纸门上，画着苍海及生物之怪异可怖者，如长手长脚之人。[5]弘徽殿的门一打开，便看得见这些，真惹人嫌，大伙儿总是笑说讨厌。

　　今日，高栏上搬来一只大的青瓷花瓶，插了许多枝五尺许长盛开的樱花，花儿直绽开到高栏边来。近午时分，大纳言之君[6]穿着面白里红柔软服帖的直衣光临。他下着深紫色的裤袴，身上重叠几层白色衣裳，外加深红织锦裰子。正值皇上幸临于此，他便端坐殿前户门外的木板间，伺候言谈。帘

1　菅原道真或其子孙之宅。
2　在一条之北，东洞宫西角之宅。
3　藤原良房宅。后为兼家所继承。
4　或谓指北宫。
5　《山海经·海外南经》记有长臂国。
6　定子皇后之兄，藤原伊周。

内,女官们都穿着宽松的唐衣[1],颜色有面黄里青啦,面褐里黄等,缤纷多彩的袖端都溢露出帘外,好不鲜丽悦目!午膳厅内,大伙儿正忙着端运皇上膳食。藏人辈的来往步声不绝于耳,还时时听得见他们说"让路,让路"的声音。春光明媚令人陶醉之际,最后一队端着高脚盘的藏人进来禀报:御膳已经备妥。皇上乃自中门前赴膳厅。

大纳言之君奉命陪侍,也过来坐在方才那樱花下。皇后将前面的几帐推向一边,来到帘前廊边。她那一举一动,似若不经意,而华贵雍容之气质自露,令我们这些伺候左右的人倍感荣幸安慰!大纳言之君从容歌咏:

　　日月迁兮不稍待,

　　　唯独三室山外宫,

　　　　久经年岁兮春常在。

托歌道出祝贺皇后万寿无疆幸福长驻之意,令人十分感佩。皇后的光华难掩,我也由衷盼望她千年恒如斯。

伺候膳食的宫女们还在那里招呼藏人们上来收拾膳具之间,皇上已经回到殿里来了。皇后虽然下令"研墨",但我只

---

[1] 女官礼服。

一心专注仰望着皇上那边，心不在焉，险些儿误了事。皇后将白纸折叠好，命令道："你把现在记得的古诗写下来吧。"害我急得连忙向坐在帘外的大纳言之君讨救："这可怎生是好？"岂料，他反而把我递给他看的纸推还过来说："就随便写一些好了。这种事情，男人怎么可以插嘴呢？"而皇后也将砚台挪移过来催促道："赶快啊，别想太多了。无论是难波津[1]啦，或是别的什么，只要把现在记得的写下来就行了。"然而不知怎的，我竟窘得满脸通红，思绪纷乱。

上席的几位女官倒是径写春歌啦，花事等有关季节的二三首，催说："在这里接下去写。"于是，写成：

既经年兮又添龄，
　吾身渐老遂减喜，
　　见花忘忧兮爱芳馨。

故意将古和歌里"见君"之句改写成如此以呈上。未料，竟蒙夸奖："其实就是想要试一试你的机智。"又说："圆融院[2]的时代，曾于御前令殿上人：'在这草子上写一首诗。'结果，许

---

1 古歌起首之词。为当时一般习字入门之帖词。
2 一条天皇之父。日本第六十四代天皇（九六九—九八四年在位）。天皇逊位后，称"院"。

多人都不堪其任而婉辞了。后来，院上说：'别管字写得好与不好，诗歌也不必拘限是否适合季节。'大家便只得勉强写出。现今之关白[1]君，当时还在三位中将之职。

似潮满兮水沉深
波浪去来出云浦
思君缅邈兮是我心[2]

他把恋歌末句巧妙地改成'思君心'，所以深得皇上欣赏。"听他这么一说，不免更加令人汗颜了。不过，若换作年轻人辈的话，恐怕是写不出这样的东西来的吧。即使平时擅长写作的人，遇着这种场合，也都自然会客气回避，结果反而写糟了。

接着，皇后又取出《古今集》[3]的本子，随便念出其中几首的上句，考问："下句是什么？"有些诗句日夜都记在脑中，熟悉透了的，偏就是一时间答不上来。这究竟是怎么一回事呀！宰相之君[4]勉强答对十来首；看来也算不得滚瓜烂熟的程

---

1 平安朝以降，辅佐天子助理天下政事重务者，称关白。词出《汉书·霍光传》："诸事皆先关白光，然后奏御天子。"此人即定子后之父藤原道隆。
2 此古歌出典不详。
3 《古今和歌集》之简称。为平安时代初期最早之敕撰和歌集。撰者约一二七人，收和歌一一一一首。
4 侍定子皇后之才女，藤原重辅之女。

度。何况，有的人只记得五首、六首、三首，真是倒不如说不记得还好些，可是，又觉得："这样未免太不把皇后娘娘的话当回事，过意不去。"瞧她们怪自己愚骏的样子，也挺有趣的。没有人答得上来的诗句，皇后便径自接下去念出来。"咦，这下面的句子不是明明记得的吗？怎么这样差劲呢！"遂有人叹息连连。尤其是那些经常誊书《古今集》的人，应该记得全部作品才对呀。

皇后又接着说："村上天皇[1]的时代，有一位宣耀殿女御[2]，她乃是小一条[3]的左大臣千金，可谓无人不知，无人不晓。年少时，她父亲便教导她：'首先要习字，次则学琴，必要下决心比别人弹得好。再下来，就要熟读《古今集》二十卷，以此为必修之学问。'皇上知悉此事，曾经趁着宫中避讳[4]的日子，偷偷拿了《古今集》到女御房里来，出人意外地拉了几帐挡在中间，害女御莫名其妙，而皇上却翻开书籍，一一问道：'何年何月何时某人所咏和歌是什么？'女御方知'原来如此'，一方面觉得挺有趣味，可是另一方面却又难免担心，万一有记错或忘记的地方，可就糟了；所以大概心里挺乱的吧。皇上又召来二三位精于此道的女官，令她们用棋子来记

---

1 为一条天皇之祖父。日本第六十二代天皇（九四七年即位，在位二十一年）。
2 位在中宫（当时定子之地位实为中宫）之次，为伺候天皇寝所之高级女官。
3 府邸所在地。
4 当时依阴阳道风俗，为避天一神、太白神等当道，居家不出门。

数背错的情况，真个有趣极了！连那些伺候御前的人，都挺教人艳羡。皇上一定要女御回答，她倒未必是卖弄聪明要背诵到底，却也竟然没有一丝儿错误。这样，反教皇上感到意外，不可置信，他越想越不服气，必要找到漏洞才算数。可是，终于超过了前十卷。最后只好叹道：'算了，算了。'遂将书签夹在卷中，歇息去了。他们的恩爱，岂不令人羡慕！睡了很久之后才起身，说道：'这事儿没个胜负，总是不好。'而且，又觉得：'余下的后十卷，怕到了明日她会预先去偷查别的本子，不如就今宵之内做个了断吧。'便令人取油灯来，彻夜诵读；而女御终于还是没有输负。等皇上赴女御住所后，有人将此事'如此这般'同她的父亲禀报了。他老人家听后担心极了，到处张罗诵经，自己又向着皇宫的方向尽日膜拜呢。可真有趣得很。"听皇后这一席话，皇上不禁感佩赞颂道："村上皇帝怎么会读得那么许多啊？朕恐怕连三卷或四卷都读不完哩。""从前，连一般的人都解得风流情趣的；现在，可听说过这样的事情吗？"伺候御前的女官们纷纷异口同声地感叹着。那气氛倒也看来自由自在，有趣得很。

二一　没志向、老老实实

我最看不起那些没什么志向指望，只一味老老实实待在家伺候丈夫，便自以为幸福的女人；其实，身家不错的千金小姐，应当出来见见世面，譬如说做一段时间的宫中内侍啦什么的，总要有机会跟人相处才好。

有些男人动不动就说："仕宫的女子会变得轻薄。"他们才真是可恶。当然啦，一旦仕宫，伺候的对象上自至尊无上的皇帝，乃至于公卿、殿上人，四位、五位、六位的官员们不消说，还有一些女官们，也无不教人看得清清楚楚。此外，尚有女官的侍仆，家乡亲戚，以及下女、清厕妇等执贱役者，做女官的岂有避不见面的道理？或许，男人就可以跟这些下等人不见面的吧？不过，据我所知，只要是仕宫，男人还不是跟我们相同的吗！

世人称曾仕宫而复嫁人的女子为"夫人"，她们因为见广识多，或者会有稍欠内敛之嫌，这倒也难怪；不过，有一种叫作宫中典侍的官职，只偶尔参内，或者例如贺茂祭时出来帮忙执役什么的，不也是挺光荣的吗？

有过仕宫的经验之后，再居家庭主妇之位，应当才是上上之选。譬如郡守要推荐五节的舞姬[1]时，假使夫人的出身如此，总比那些土里土气什么都不懂，凡事一一都得向人请教的，更受人敬重吧。

---

[1] 十一月丑日，天皇于常宁殿观舞。由公卿及郡守献舞姬二三人。

二二　扫兴事

　　扫兴事,莫过于白昼吠叫的狗。春天的捕鱼网栏[1]。三四月间,穿着红梅花纹衣裳[2]。婴儿夭折后的产房。未生火之火盆、火炕。死了牛的饲主。文章博士连产女儿。[3]忌避方位,主人竟不招待。[4]尤其逢着节分,更加扫兴。乡下地方寄来信件,却无礼物附带。都城方面寄信亦然,但都市人总会写一些对方想知道的有趣事物,致使收信人得悉世事种种,故而尚可。刻意修成一函,劳心等待,以为今日必有回音。奇怪,何以迟迟不来呢？心中正焦虑着；没想到那信却被原封不动退回来,打了结或折叠好好的,都弄得皱巴巴,脏兮兮,而且胀鼓鼓走了样儿,封印处的墨迹都模糊不清,说什么"人不在家"啦,或者"有所避讳,不能收信"等等。那才真教人大大扫兴哩！有时,说好了要来的人,遣车相迎,听到车声回来,以为终于到了,人人出门相迎；怎料,牛车径入车库,但闻砰然一声车辕落地,忙问:"如何？"却道是:"今儿个不在家,不到咱这里来了。"说罢,径自解下牛只,走了。又如举家上下兴冲冲去迎接姑爷,却不见人来,也真教人感觉索

---

1 于秋、冬季捕冰鱼而设置河边之编竹网栏。
2 面红里白之和服,其穿着季节应在十一月至二月,故云。
3 当时大学寮文章博士为世袭制,但女子无资格继承,故云。
4 阴阳道家所禁忌之方向,须一时避讳,移处他所。

莫乏味。更何况，若是给什么仕官的挺有来头的女子抢走了夫婿，那种百般等待的滋味，可真够受。

婴儿的乳母说过"去一去就回来"什么的，那婴儿吵着要找人，便想尽办法哄骗逗弄；临走时明明吩咐她："快快回来。"没想到竟差人捎信来，道是："今晚恐怕回不来了。"这简直不仅扫兴，更教人不能不恨透！

再说，若是男子想迎情人[1]而发生这等事如何？倘使有女怀吉士，夜微深，闻有轻轻叩门声，不由得心头小鹿乱闯，差人出去相问，却不是；是另一个无聊男子报名姓，那情景，才叫大大扫兴，无以名状！

法师来制服病魔，一副充满自信的样子，令人手持独钴啦，念珠什么的，喉间硬挤出蝉鸣一般的声音在念经，可是病魔丝毫无退却之意，根本也没有附着在乩童身上。男男女女全家人都集合在那里用心祷告，大伙儿逐渐觉得奇怪，直念了一个时辰的经，累都累坏了。"全然不来附。去你的！"说着，从乩童手中抢过念珠，终于用手掌向上摩挲额顶，边叹："怎么一点儿都不显灵验！"一边却径自打起呵欠来，终于倚着卧几睡着了。

叙官除目之日，得不着官位的家庭，可说是真扫兴。听

---

[1] 当时习俗，男女交往，由男子赴女性住处。若有特别情事，则或由男方迎女于某处所。

说今年一定没问题，从前仕奉的人当中，有些逐渐四散的啦，更有一些退归乡下去的，又都集拢到这个府邸，出入的访客，车辕繁多，目不暇给，大家争先恐后地陪着屋主人去寺社祈愿参拜。吃食，喝酒，大声喧嚷。然而天都快亮了，仕官诠议也都快完了，竟不闻敲门报喜之声。"可真是怪了。"便侧耳仔细听。公卿官员们出门行警跸的吆喝声倒是听得见。前夜就到衙门前边等候消息的下人们，冻得直发抖，如今却见他们沉重地走过来。这情景，连问一声"如何了？"都不方便。别处来者有人问："您主上这一回做了什么官啊？"也不得不答说："某某前职呀。"对于此次铨叙任职寄抱大希望者，自是颓丧极了。到了翌晨，原先集拢来的众人，自然而然一个个偷偷溜走。那些久仕的老朽之辈，究竟不便于干脆离去，便只好屈指期盼着明年阙官递补的那些地方官职。瞧那些人没精打采闲荡的样子，真个教人怜悯，悲惨极了。

　　自以为做得不错的诗歌，寄给了人，却不见有答诗。若是情诗恋歌而无回音，则又另当别论。不过，有时寄托季节或风物的诗歌，亦未见答复，可就不得不令人重新评估其人。再者，正当走运的忙人那里，老派的闲人无端寄来了无新意的诗歌。

　　遇着某种喜庆节日，需用扇子，乃特为拜托此方能手，没想到，当日拿到的却是那上面画了全不相干的绘画。

贺产或饯别，特差人送贺礼来，竟不给予犒赏。即使对分赠香包及卯槌[1]的人，也应聊表心意才是。倘使受者原未期待，则更加会喜出望外；反过来，若自以为今日之差使必有犒赏，兴奋心跳，却一无所得，必然感到格外失望了。

招婿已数年，却仍然无后，产室冷冷清清无事可贺的家庭。有子已成人，或者搞不好连孙子都满屋子爬的老伴儿一对，竟在睡午觉。大体言之，凡做儿女者年少时，遇双亲睡着，便亲近不得，真是索然乏味之至。睡醒即刻沐浴，则非仅扫兴，几乎是令人生气的事情了。十二月的长雨，所谓"百日精进，一日解斋"或可指此。[2]秋八月，着白裳。无乳水之乳母。

二三　懈怠之事

自然呈懈怠之事，如日日斋戒精进之业务。久远日后之准备。久居寺院参笼。

---

1 端午节，以药草置入有花饰之袋内，原文称"药玉"。又正月卯日，以桃木片悬挂身上，相传可以避邪。当时或以二物互相馈赠。
2 佛徒斋戒精进，以百日为期，行之九十九日而独欠一日即解斋。与"功亏一篑"义近。此条文盖谓一年无事，竟于岁末长雨碍事也。

二四　教人瞧不起之事

教人瞧不起之事，如居处北侧。[1]众所周知的老好人。老翁。以及轻佻的女子。墙垣崩毁。

二五　可憎恶之事

可憎恶之事，莫过于有急事时来访，偏又饶舌好长谈之客。若是容易对付的人，尚可告以"日后再谈"啦什么的，把他赶走；倘使不巧又遇着有些来头之人，那才讨厌哩。

砚台上有发丝羼杂着墨研。又墨中含砂，磨起来嚓嚓作响，也十分可憎。

有急病者，想找法师，偏又不在平常所居处。找来找去，好不容易将他寻着，松了一口气，请他作法祛病；岂料近来病人特多，到处奔走作法多了的缘故吧，一坐下来诵经，那声音竟像睡着了似的，真是可恨极了。

无甚了不起的寻常人，得意扬扬地堆了满面笑容侃侃而谈的样子。有一种人在火盆或围炉上伸手烤火，将手掌翻来覆去，皱开手背上的皱纹啦什么的。年轻人哪会做出此等事

---

[1] 意未详。或以其背阳，不甚受注意耶？

来呀？老丑之辈才会把双脚搁到火盆边来，还边讲话边搓脚丫子！有些没规没矩的家伙，来到别人家里，往往坐下来之前先用扇子拂去尘埃，坐也不安于席，将狩衣前端卷入膝下。[1] 此类糗事，你道是身份微不足道者之所为，却常常都是颇有来头的人，譬如式部大夫[2]啦，或者骏河郡守之类的人。才真怪哩！

有人喝了酒便乱闹，一会儿用手挖嘴，有胡须者则胡乱捋摩，叫人受杯那种模样儿，真是可厌透顶！撇着嘴唇，强迫灌人酒，想说"再喝，再喝！"的吧，瞧他摇头晃脑，直像似孩童们唱"来到国府殿"[3]的样子。什么样的醉态嘛！偏偏是身份挺高贵的人如此，才更教人受不了。

妒羡他人，抱怨己事，好飞短流长，搬弄是非，哪怕是一丁点儿事情都要打破砂锅问到底，人家若是不愿相告，便口出怨言；又倘若获知些许，便马上大大吹嘘，仿佛自己早晓得似的，讲个没完，这种人真是讨厌死了。

想听人家说些什么，却不凑巧碰上婴儿哭个没完。乌鸦交飞，啼叫不已。情人偷偷来会，被熟悉的狗得悉，在那儿吠叫不停。恨不得宰掉它。

---

1 狩衣为贵族日常服。腰带之下垂覆部分，坐时，依规矩，须垂伸于前方，故云。
2 式部丞官，居五位地位。
3 意未详。或为当时童谣歌句。

万不得已，费尽心机安排，让他睡一宿的男人，岂料竟打起鼾来。又如偷偷来幽会时，戴一顶高乌纱帽的男子，唯恐让人觑见，慌慌张张，竟至帽子碰着什么东西，咔嚓一声响，那才教人恼煞！或者，要钻过伊予帘子[1]时，偏偏把头碰上，窸窸窣窣响不停，也是气死人的事情。有布边缝制的帘子，尤其因为有坚硬之物垂下，声音更响亮。如果出入之际，把那一端轻轻托起，根本就不会有什么声音响的。

笨手笨脚拉门的家伙，也可恶。其实，只需稍微提起，就不会那么作响的啊。假如不懂得窍门，则连拉开纸门都会嘎嗒嘎嗒作响了。

想睡得不得了，躺下来，却有蚊子细微的声音嗡嗡地在脸的周遭飞来飞去。别看它身子小，还有羽翼送风，才教人生气哩！

乘坐咭噔咭噔响个不停车子的人。莫非聋了不成？真可恨！若是我自己坐上了那样的车子，那就连车主人都觉可恨了。

说话时，好出风头者，净顾自己抢先说。喜欢出风头抢白者，无论老少皆可厌。

讲故事的时候，有时自己忽然记起什么，便插进来乱诌，也是挺惹人嫌的。老鼠到处乱窜，真讨厌。

---

[1] 伊予地方所产竹帘，盖为平价物品。

孩子们偶尔来玩，觉得挺可爱，不禁拿些东西给他们玩，这下子可糟了，食髓知味，竟常常要来，好不烦人！

遇着那些无论居家仕宦都懒得打交道的人来访，假寐装睡，不知情的用人却以为你贪睡，跑来摇啊喊的，可真讨厌。

新来的，却一派自以为是，竟反而越级教导别人哩。真令人受不了！

情人夸奖他自己的老相好，明知那是过去的事，还是忍不住妒恨。更何况，如果是现在还同他有关系的女人，那就不知有多恨哩！不过，此类事情，有时又视情况场合而有所别。

打了喷嚏之后，连忙念咒文者。又不是一家之主的人，肆无忌惮地大声打喷嚏，真是不像话！[1]

跳蚤也是极可恶的东西。躲在衣服底下乱跳，把人家的衣裳都快要提起来也似的！有时群犬合声长吠，给人不吉之感，委实讨人嫌。

二六　可憎恨者，莫过乳母之夫

可憎恨者，莫过于乳母之夫。若系女婴，不得接近，则

---

[1] 当时或习惯于喷嚏后念咒文，否则将有不吉利。盖如西方人，遇他人打喷嚏必祝云：God bless you。此言外之意：以为念咒文即无事，故大声放肆打喷嚏也。

尚可；[1]倘使是个男婴，则不免俨然视为己出，独占之，复又照拂得无微不至，假使有人稍稍拂逆了婴儿意，就立即诘问之，谗言之，完全不把对方当个人看待。虽是可恶的家伙，但因无人敢直言其缺点，故而愈令其得意，一派为所欲为、高不可攀的模样哟！

二七　写信而措辞无礼者

写信而措辞无礼者，最是可憎。那种满不在乎，全然不把世事放在眼中的派头哟！不过，反过来讲，倘使对无甚了不起之人也刻意使用过分谦逊之词，亦是可笑之事。总之，措辞无礼的信，自己收到时固然生气。即使别人收到也够恼恨的。

往往，对谈之际，失礼的话语真教人难以了解，在一旁听着都觉尴尬。而况，对着身份地位高贵的人说那种无礼的话，说话者本人或沾沾自喜，实则真个愚笨透顶，令人憎恨。

贬诋男主人，可谓下下之策；但对着自己的用人说"敢请""请吩咐"之类的敬语，也够讨人嫌，其实只需使用"劳驾"一词便可。[2]

1　当时风俗，男性不得近女性身旁，故云。
2　此系古代日语之敬语使用法，以身份尊卑而有定规，故云。

我若说："真无聊。你说话怎么这么没规矩啊。"那被批评的人也会笑起来。难道是我多心之故吗？那些遭我纠正说话方式的人，难免说我："太过嘲弄人了！"也许这的确是相当教人难堪的吧。

大剌剌地直呼殿上人，或宰相之名字，委实不当；不过，换转过来，若是连对于仕宫的女性之辈都称呼"夫人"或者"君"啦什么的，当然是极稀有之事，但因高兴之余而称赞对方，倒也可虞。

称呼殿上人，或贵公子辈，除了在天皇与皇后御前以外，都宜只称官衔。又，设若当着天皇与皇后之前，公卿之辈谈话，明知道双皇听得见，岂可随便使用"咱"一类亲昵之词？在那种情况之下，互相称道官名，又有何不好？

别无甚特别值得称道的凡夫俗子，偏好屏住气装模作样地说话的样子。研不上墨的砚台。好打听消息的女官。原本就没什么好感的人，偏做出令人憎厌之事。

独个儿乘车游览的男人。弄不清究竟是什么底细的家伙，又不是尊贵的身份，遇着一些年轻人好奇想观赏，也不妨让他们陪乘呀，反正位置空着也是空着的嘛；却径自躲在车帘后头专心凝视不已。[1]

---

[1] 此段为作者对时人言语批评最显著处，惜乎古来注家多持疑问，而古典日语之敬语，中文又多不可译，今径取其类近者耳。

二八　晓归的男子

　　幽会之后，晓归的男子欲寻昨晚放置在房间里的扇子啦，怀中之纸等物，由于天暗，找来找去，到处摸索，一边还口中不停喃喃："奇怪，奇怪。"好不容易找到了，乃窸窸窣窣揣入怀里，复将扇子打开，啪啪作响地扇起来，末了，才道别。这种人，说他可憎，还算是对他客气的，老实说，实在是不讨人欢喜。同样，夜深时分方自情人处回去的男人，偏将乌纱帽系得牢牢，则又何必那么一本正经系个紧呢！即使不绑紧，只是把头轻轻插入帽子内，也不会有人责备的罢。就算是邋遢些，难看些，直衣、狩衣都歪歪斜斜，又有谁知道，谁取笑呢？

　　人在晓别的时候，最堪称风流多情趣了。男的总是依依不舍不情不愿地起身，女的则又在一旁规劝："天都亮了，不好看的呀！"给这么一催促，难免又叹息连连，真个舍不得离去的样子，直教人忧伤。裤袴都没来得及穿妥，净顾把晚夜以来绵绵不断的情话向情人儿耳中倾诉。然后，又不知摸索些什么，好不容易在系腰带的样子。推开细格子窗，若是有拉门的地方，则又相率来到其旁，口中还一边不停念叨着各自分别的白昼种种，总算悄悄溜了出去；那相送的女方，心中自然也是百般不舍得的啊。

说到不舍得,也看情形。有的男人,一骨碌地起身,东颠西歪,将裤腰带死命拉紧,又是直衣,又是外套,还将那狩衣的袖子撩起,把所有东西装进袖袋内,接着紧紧系好衣带子。这种男人可就令人憎厌了。

二九 兴奋愉悦者

令人兴奋愉悦者,莫如饲养小麻雀。走过婴儿嬉戏处前。瞧入唐镜之稍稍变得黯淡者。[1]身份高贵的男士,停靠牛车在某人家前,令侍者去通报什么事情。熏烧上等香料,独个儿横卧。梳洗罢,妆扮妥,穿上了熏香深染之衣裳。这种时候,即使没什么人看见,心里总不免于兴奋欢愉的。等待情人的夜晚,雨脚风声轻轻摇动门窗,都教人忽然心惊。

三〇 往事令人依恋者

往事令人依恋者,如纸玩偶的道具。[2]青红色或淡紫色的布条儿皱巴巴地夹在旧书里。怀念的人儿写的旧书信,却偶尔在淅淅沥沥下着雨心情郁结时找着。枯萎的葵叶。去夏用

---

1 此句各家多持疑问。或谓偶尔取出之唐土舶来镜,发现竟霾黯不清也。
2 此下有一句,意不详,故省去。

过的扇子。月明之夜。

三一　心旷神怡者

教人心旷神怡者，如妇女肖像之特佳者，又旁边附加有一些绝妙题词。看热闹的归途，牛车上挤满了宫女，裳袖缤纷，自车厢内溢出，随车有壮男多人，御者又技高一筹地稳稳驾驶车辆。在净白的陆奥纸[1]上，笔致细细写得好看的信函。玩双陆[2]游戏，掷骰子掷出了同目。河船顺流而下之状。齿墨染得好看的。[3]上乘的丝线，捻练得齐整佳妙者。擅长言辞的阴阳师，临河滔滔施以咒诅之祓。晚间醒来，喝一口清凉的水。方独处无聊之际，来了一位未必特别亲密，亦非疏远的朋友，闲谈世事近况，将那些有趣之事、可憎之事、奇特之诸事，东拉西扯地，无论公事、私事，都讲得头头是道，有条有理，当此之际，真教人欣慰。想上神社[4]或寺院去参诣祈愿，赶巧，寺中有和尚，神社里则有神官，替人家明晰地申愿，远较预想更周全地转达来意。

1　陆奥地方所产之檀纸。
2　中国古代博戏之一种，相传为曹植所发明。日本盖自隋唐之际始传入也。又书为"双六"。
3　古日本风俗，上流社会妇女，以染黑齿为美。《梁书·东夷倭国传》称"黑齿国"。
4　日本本土之信仰"神道"社址。

三二　槟榔毛牛车

槟榔毛牛车

槟榔毛牛车[1]，以缓缓进行为佳，跑得太快，未免轻率。至于篷车[2]，则疾驶为宜。走过人家门前时，教人来不及看清，但见随从者跟在后头追赶，不免猜测：车主是谁呀？那样子才有意思。篷车若是徐徐而过，反而不妙。

三三　牛

牛，以额小而泛白，腹下亦白，足之下方及尾之末端有白色者为佳。

---

1 日本古代贵族所乘用之车，细撕蒲葵之叶，以装饰车顶者，已见前文第六段。
2 以竹片或桧木片纵横交编以为车顶之牛车。乃日常用、远行用，或微行用之便车，亦为五位以下者之乘车。

三四　马

马以棕色斑驳而杂以白色、黑色、深褐色毛者为佳。他如毛色纯黑，而足部、肩部有些白色者，亦佳。有一种马，浑身浅棕色，仅在鬃毛及尾部呈净白色者，或堪称为"木绵发[1]"吧。

三五　饲豢牛者

饲豢牛者，要个子高、头发斑白、脸色红润，看起来挺伶俐者为佳。

三六　执杂役及侍从辈

执杂役及侍从之辈，要清癯的才好。即使有地位的男性，在年轻的时候，还是要瘦一些的好。太胖的，易予人好睡且迟钝的感觉。

1　盖喻其毛净白，如撕木绵（楮树）树皮也。

三七　舍人小童

　　舍人小童，宜取其个儿小，发美，发梢爽净而稍带翠光者。当其以悦耳之声音合礼度地说着什么时，看来教人觉得伶俐乖巧极了。

三八　猫

　　猫，以上半身全黑，其余皆白者为佳。

三九　讲经师父

　　讲经师父[1]，以貌端庄者为佳。由于听众凝视，自然可感受经典内容之尊贵。倘不然，则往往容易分心看别处，忘了经典内容，故而听面貌丑陋者讲经，不啻是受罪负刑哩。[2] 关于这些事，还是以不书为宜。若是年纪稍长，这等该罚之事，或者也敢于记叙，但如今的我，不免畏惧菩萨谴责。

　　又有人往往说："可尊可敬。本人求道之心极深。"逢着讲经授道的场合，总是争先恐后地报到。但是，以我这小人多

---

1 讲解佛教要义之僧侣。
2 以未能专注听讲，故未得承受教义行佛法，是以有如受罪负刑也。

罪之心观察之，倒觉得未必真有那么可尊敬又求道心深哩。

四〇　往昔之藏人

　　辞去藏人官听者，往昔可不像今日，还担任天子行幸时的前驱什么的；方其辞职之年，连到宫中露个脸都不敢，但是时下的人可不如此想了。藏人之五位者[1]，这种人有时也反而会蒙受召用，工作较前时为繁忙，不过，退职以后，心中难免感觉百无聊赖，所以一旦到那种场合[2]去听过一回、两回，便上了瘾，伏天里，故意穿着鲜明的单衣，又是浅灰色的裤袴啦，大摇大摆的。有的人乌纱帽上别着忌讳的牌子，明明表示今日该当忌讳谨慎，难道为了说经听讲修积功德而甘冒犯习俗的吗？瞧他故意急急赶到，一会儿，同主持的法师谈话啦，一会儿又管人家女车该停在哪儿啦[3]，等等，简直一派主人模样儿！遇着长久不见的熟人也来参诣，则更是大惊小怪，靠拢过去坐在一处，聊天啦，点头啦，说笑等等，不一而足，回头又张扇遮嘴笑起来，将那串华丽的念珠故意逗弄着，用手摩挲再三，顺着说话的当儿，忽又将那串珠子的下端摔过

1　六位之藏人，任期终了可升为五位，此指五位而未能任藏人者。五位之藏人则称"五位藏人"，以示区别。
2　指前段所提之讲经场合。
3　妇女前来听讲道，须在厅外车中聆听，故云。

来啦什么的。再不然的话，就品评别人车辆的好坏啦，某某人办的写经供养[1]如何如何，法华八讲[2]又如何如何，尽坐在那里东拉西扯，根本也不去听人讲经说道。想必是反正常常听讲，耳熟能详，也不觉得有什么格外新鲜之感的吧。

另有一种情形。讲师升台开始讲经之后，警跸声收敛，乃有人下得车来。原来是赛似蝉羽的轻纱直衣装扮，无论裤袴、生丝单衣，或狩衣装等，率皆轻快的夏季衣着，清癯的年轻人三四，侍从的人数亦相若。一行人进到会场来，先前就坐在那里的人便稍稍挪动身子，好让他们坐在靠近讲师的柱旁。只见他们含蓄地揉着念珠，连忙伏拜聆听。讲师见此，也觉得格外光荣，盼世间后代传为美谈，遂亦特别用心卖力讲解。然而，这些贵公子们来听道，哪里会真正狂热顶礼呢？往往都会伺机离去。走时又难免频频流目窥伺女车所在的方向，也不知彼此讲些什么悄悄话，教人猜疑。知其为某某人车者，那一举一动，自然引人兴味；至于不相识者，则又不免猜测究竟是谁，是否这人吗？还是那人呢？目送他们归去的背影，思想种种，自有因由。故而每当有人传闻："在某某地方有过讲经会，举行八讲会。"便要打听："谁谁去了没有？""怎么会没去呢！"云云。每次都必定会成为大家话题

---

[1] 为新抄写的佛经举行佛事供养。
[2] 朝夕各讲一卷《法华经》，共历时四日。

的人，可真有些过分了。当然啦，哪有可能全然不到讲经场合去的道理呢。即便是身份低贱的女性，也会去热心听讲的呀。不过，刚开始写这草子的时候，[1]妇道人家可不作兴徒步。偶尔见得穿上壶装束[2]，薄施脂粉的，也多是赶去参诣寺院；讲经的场合，则不怎么见到女性去听。现在，若是我这草子中所记的人物够长寿，能看到时下种种的话，不知会怎么诽谤呢！

四一　菩提寺

菩提寺举行结缘讲[3]，乃去参诣聆听，未料人儿[4]竟托言来告："快快回来，寂寞难耐。"遂于莲花瓣上写：

　　君难求兮促侬归，
　　　　莲花瓣上露犹泫，
　　　　　　何忍离斯兮俗世依。

深心真受感动，几乎想要永远留在寺院里，就像那湘中

1　此段文字，或系作者追记也。
2　身份高贵之妇女所着外出装。
3　结缘于佛道之讲经会，指法华八讲而言。
4　此可指丈夫、情人，或同侪。

老人，把家人凡俗之事都给遗忘了。[1]

四二　小白川邸

小白川邸，乃是小一条大将济时君之府邸。贵族名门在此举行法华八讲，总是吸引大众闻风而至。

"来迟的车辆，连个停车处都没有。"听人这样相传，故而赶着朝露未晞便急忙前往。果然，真的已经挤得水泄不通了。车辕叠架着车辕，到第三排的地方，还勉强可以听见讲经之声。时值六月十余日，酷热难当。只得睥视池中之莲，想象极乐，聊以解暑。

除左大臣与右大臣[2]而外，无一位贵人不莅临。他们个个穿着紫色直衣及裤袴，浅蓝色的单衣隐约可见。年纪稍长者，则身着蓝灰色裤袴、白色单衣，予人凉爽之感。宰相安亲君[3]也看来显得十分年轻。虽系尊贵的场合，倒反而有明快的看热闹气氛。厢房的帘子已高高卷起，廊上坐满了一长排达官

---

1 典出《列仙传·卷六》。唐代吕云卿，尝寓居君山侧，遇一老人，索酒数杯，老人歌曰："湘中老人读黄老，手捩紫蕅坐碧草。春至湘水不知深，日暮巴陵忘却道。"
2 皆太政长官之属。左大臣仅次于太政大臣，右大臣又次于左大臣，共掌统辅政务之职。当时左大臣为源雅信（六十七岁），右大臣为藤原兼家（五十八岁）。
3 藤原安亲，时年六十五岁。

贵人，皆面向着里头。下方则坐着殿上人、年轻的贵公子们，他们所穿的狩衣装及直衣，也都饶有风情，瞧他们坐不安席、到处晃动的模样儿，才有兴味呢！兵卫佐实方君[1]和侍从长命君，因为都是小一条邸的人，故而更加出入频繁。又有一些贵族的孩童们，则更是可爱极了。

近午时分，三位中将——也就是现在的关白[2]殿下当时之职称，穿着薄质的紫色唐绫直衣、同色裤袴及暗红色裙袴，内着亮白的单衣，见他步行过来，在举座尽是凉爽装束者之间，或有闷热之感，却反而显得异常出色。他手持细漆骨折扇，扇骨虽有别于众人所用，而扇色则一律为红色，[3]看来就像是石竹花盛开似的。

讲师既尚未登座，便有高脚盘摆到客人座前，大概是要招待大家享用些什么膳食的吧。中纳言义怀[4]英俊清朗，仿佛更胜常时。本来这些贵人的名字是不宜直书的，只恐稍经时日便不复记得，故此只得记留。大家穿的都极鲜艳，相映成趣，简直不辨优劣。不过，这一位的单衣倒挺含蓄有致，所以令人只看见他身上的一层直衣耳。他不停地寓目浏览女车

---

1 即小一条左大臣师尹之孙藤原实方。又有一说，以为即作者清少纳言之情人。
2 已见前文第二十段。
3 夏季扇面用红色，或与五行思想有关。
4 伊尹之五男。当时三十岁。其妹怀子，为花山帝之母。

方向，又时时遣人居中传言。那风采，无人不倾倒。

迟来的车辆无法挤入其间，只得勉强靠池边停放。中纳言见此，乃向实方君说道："叫个善于传旨令的人来。"不知是谁，实方带着他所选中的人来。"要传达什么话呢？"只见中纳言身旁的人在商量着，却听不到内容。他看到使者小心翼翼走向车旁，一方面希望能达成使命如愿以偿，却又微微笑着。那使者绕到车后面去传令，却久立不归，遂笑道："那边可是在咏歌吗？兵卫佐[1]呀，赶快先想好答歌。"大伙儿恨不得快快知道消息，连上了年纪的人啦，达官贵人们都忍不住注视那方向。一些外头不相干的人都齐看着那边，真个有趣极了。

终于听到答复的吧，使者稍稍移步过来，没想到车内却伸出扇子，又把他给叫了回去。除非歌词有不妥，才会把人叫回去，何况让人等了许久，又怎么可能再来更正啦什么的，真是奇怪！等不及使者靠近，谁都急着问他："怎么样？怎么样？"但他一时间也不作答；是权中纳言派去的，所以慎重其事，只肯向他禀报。三位中将[2]催促道："快讲呀，别只顾端着架子，弄砸了事儿！"那使者竟说："回大人的话，反正也跟弄砸了事儿差不多呢。"这些话倒是都听得清清楚楚。藤大

---

1 即实方。
2 道隆。

纳言[1]像似比别人更起劲的样子,探入来问:"究竟怎么说呀?"三位中将忍不住说:"这简直是硬要弯曲直木嘛!"引得大纳言发笑,周遭的人也都哄堂大笑。不知那声浪可曾传入女车内里的人儿那边?

中纳言问:"那么,你被叫回去之前,是怎么说来着?这可是更正之后的答复吗?"使者答说:"我在那儿站了许久,也没有得到什么回音,便说:'那我回去了。'没想到走了几步就给叫了回去……""是谁的车子啊,你可认得?"正说着时,讲师已登上讲座,四下皆安静下来,大家专注看讲师那边,女车竟在不知不觉间消失无踪影。车辆帘下露出的布幔,看来还是今日才开始用,簇新的。车主所穿的是深紫色单褂及暗红色的薄质外衣,车厢后也展现着有花纱的裳裙,不知道是何许人?其实,她那种应对方式倒也没什么不好,与其答复得不妥当,真还不如这样子冷漠相待哩。

担任晨间讲座的清范[2]一登座位,便有无上尊贵之光满颜容之感,令人深受感动。天热难堪,我又有事情待理,非得今日办完不可,原本想听一些就要回去的,奈何车辆重重围驻,缩在里头,出也出不去。听完晨课,一定得想法子挤

---

[1] 藤原为光,当时四十五岁,任职大纳言。
[2] 当时有名之讲经人,人称其为文殊之化身。《大镜》《今昔物语》《古事谈》等亦见言及。三十八岁而圆寂。时年二十五岁。

出去，便叫人传言于前方之车辆，请使通融。岂料，对方大概是庆幸好不容易自己的车可以挪近上座的吧，一迭声"请便"，连忙将车辆移开，好让我的车子可以出去。这光景，被那些贵族、殿上人们觑见，纷纷议论，连年老之辈都在那里笑话我；我可是听也不听，理都不理，想尽办法挤出窄狭的道。权中纳言见了，笑说："哟，可真个'退亦佳矣'[1]嘛！"他可算是机智伶俐的。不过，这话也无暇细辨，热得我出了一身大汗，挤出来后，才遣人去回话："您说这话，可是连那五千人之中都不够资格算入的吗？"遂头亦不顾地回来。

有一辆女车，自法华八讲开始到结束，天天都驻留在庭中。也不见有什么人派遣使者接近，静悄悄一如画中之车似的。真是了不起，令人佩服，含蓄有致极了，不知是怎么样子一位女性呢？很想打听清楚。于是使人多方探讯。藤大纳言闻悉，告诉我说："有什么了不起的。真讨人嫌，一定是阴阳怪气的人！"他说的可真逗趣。

那次八讲二十余日以后，中纳言竟出家了愿。[2] 真教人感慨万千。与此相比，樱花之凋谢，只不过世事寻常罢了。古

---

1 典出《法华经·方便品》。释迦欲讲大乘法，比丘、比丘尼、优婆塞、优婆夷五千人离座退出。释迦默然不制止，告舍利佛曰："如是增上慢人，退亦佳矣。"
2 宽和二年（九八六）六月二十四日，藤原义怀追随前日出家之花山院，亦偿出家之愿。

人说"待露沾"[1]，中纳言君当时的英姿，可真教人不舍得啊。

四三　七月天热

怀纸

　　七月天热，夜里往往到处敞开着，有月的时候，忽然睡醒觑见，情景妙极。即使暗无月，亦可赏。至于拂晓之残月，更有难以言喻的情趣。

　　在拭擦光洁的廊边，铺置一枚新制的草席子，又将三尺的几帐推向里头，那光景可真乏味极了。几帷，应当置于外边才对。难道是害怕别人偷窥内里吗？情人大概已经回去了。女的将那淡紫色的衣裳，里子的颜色挺深，面子则有几处色泽已褪，或深色绫缎之光亮而糨糊尚存者，蒙头盖着睡觉。

――――――
1　此取《新敕撰集·卷十三》，源宗于歌："朝颜开兮待露沾，旋开旋凋何匆遽？忍心不睹兮减憾嫌。"意谓藤原义怀以英年出家，如朝颜华（俗称牵牛花）之短暂，令人遗憾，反不如不睹其英姿或可稍减遗憾也。

她身着杏黄色的单衣，暗红色的生丝裙裤，那腰带长长，从衣裳下面伸出，看来仍一任其解开未系回的样子。[1]另一旁，青丝丰饶，发浪婆娑，令人想见其长度。

这时候，不知又是何方来的另一个男子，趁周遭微明雾色迷蒙之际，着淡紫色裤袴，若有若无极浅的杏黄色生丝便衣，白色的单衣——许是透着底下的红色单衣之故罢——看来挺有情致，衣服受到雾气濡湿，整个搭垮了下来，睡乱的鬓发，松松散散，像是硬塞进乌纱帽似的，难看极了。想趁牵牛花上的朝露未消之前赶紧给女的写情书，还没有走多远就哼起"繁露晶莹"[2]来，在返归途中，忽见细格子窗已掀起，乃稍稍卷起帘子窥入内里，得知此女情人儿方归去，觉得颇有兴味。想象：那归即的男子，定必像自己此刻同样的心情，欲趁朝露未晞回去的罢？窥伺的男子便贴近仔细端详，见那女的枕旁有一把紫色扇子尚张开散置着。另有陆奥纸制的怀纸折得细细，浅蓝色或粉红色的色泽已褪者，亦见散落在几帐之边。

女方觉有人在近处，乃自蒙盖着的衣物向外看，见有一男子含笑靠在门槛坐着，看来虽非那种教人害臊忐忑难安的对象，倒也不是可以亲昵无隔阂的人，遂不免懊恼让他瞧见

---

[1] 此段文字写男女幽会后之情景。谓腰带昨宵解开，一夜温存后，未及系回也。
[2] 句出《古今六帖·六》："樱麻生兮麻丛密，繁露晶莹至天明，人儿成双兮亲岂觉？"日本平安时代男女情事，由男方投宿于女家，天明以前须返归；归后须修情书示爱。此男子当是自某女处返家途中，又径赴另一女官处。

了自己的睡态。"想来必是特别令你留恋的晨睡吧？"那人边说，竟把上半身探入帘内来。女的遂亦回之以："只恨赶在露晞前离去的人哟。"[1]此类风流情事虽不值得特书，不过男女之间这样的语词交往也无可厚非的。那男子想用自己手中的扇子将女方枕边的扇子探取过来，钩着钩着，不小心太靠近，害女方心中一惊，连忙引退到里边去。男的把扇子取来赏玩，故意轻轻怨怼："你可真是冷冰冰啊！"其间天色渐明，人声渐起。"咳，原想要趁朝露未晞以前赶写的情书，竟至耽误了！"男的颇有些担心起来。先前从这里归返的男子，不知是何时修成的信函，将其系结在露犹存的芒草枝茎上，差人送来，可是此刻不便于奉上。信纸上深染熏香，饶有情致。但周遭愈明，只得离去。这男的不免想象：方才自己辞出的另一位女子处，此刻大概也是这般景况吧？这样的心境，岂不挺有趣味！

四四　树花

　　树木之花，无论浓淡，以红梅为佳。樱花则以花瓣大，色泽美，而开在看来枯细的枝头为佳。

　　藤花，以花串长，色泽美丽而盛绽者为最可观。

---

[1] 此语双关，一面指方从己处匆匆离去的情人，亦兼指眼前方自其情人处来的男子。

山梅花[1]虽格调略下，无甚可赏，不过当其满开之际，倒也不错，尤其想象或有子规栖隐花荫，便更觉有情味。贺茂祭的归途上，走过紫野附近的庶民平房，见矮墙之下，白色的小花纷纷开遍，着实耐人寻味，那情景，仿佛黄绿色的袍子上加添了一袭薄薄的白上衣似的；至于无花处，则好比是黄色的衣裳。四月末、五月初，橘树的叶子浓密青翠，花色显得分外净白，晨雨之中，乃有超绝尘世之美，令人赏心悦目。至若那花间疑是金丸之果实，[2]晶莹剔透，则其景其情，毫不逊于朝露濡染的樱花风采了。或许是每常令人联想到子规来栖的缘故罢，[3]遂更有不可言喻之情趣。梨花，世人往往视作凄凉哀艳之花，无人赏爱，亦无人用以系结信笺，见着无甚魅力的女子，便以为比拟，盖以色泽乏善可陈之故；唐土却以为无上可人之物，竟以之入诗文，[4]则或者总还是有些道理的罢？乃仔细端详之下，隐约可见，花瓣边缘似有一圈高贵美丽的颜色。杨贵妃在蓬莱仙宫会见玄宗皇帝御使，有诗句喻其泪容曰："梨花一枝春带雨。"想来必非泛泛之赞美，则此花

---

1 原文作"卯之花"，乃初夏开花之落叶灌木，可供观赏，亦可植为垣篱，故有下文贺茂祭（初夏在京都举行之节庆）云云。
2 此盖指去年之果实未落而残留枝头者。《和汉朗咏集·花橘》，具平亲王诗句："枝系金铃春雨后。"
3 当时和歌作者，每常以子规与橘花联咏，故云。
4 指白居易《长恨歌》句："玉容寂寞泪阑干，梨花一枝春带雨。"（《白香山诗集·卷十二》）

大概自有其无可类比之处才是。

　　桐花开成紫色，委实好看。只是那叶子展开成巴掌一般大，有些拙笨气，但我不便拿此与别的树木相提并论。据说唐土有所谓凤凰者，特选此桐木以栖息，那就格外有意思了。何况，取此木材制成琴，弹奏出种种妙音，又岂是世间一般语言所能形容的呢？确实是美妙至极！

　　至于梅檀，树长得样子并不好看，而花倒是挺有可观的。那花儿看来像似风干了一般，别饶风味，逢着五月五日必开，也是有趣得很。

四五　池塘

　　池塘以胜间田之池[1]、磐余之池[2]、贽野之池[3]等为佳。记得参诣长谷寺[4]时，见水鸟到处飞落，印象深刻有趣。有一池塘，名曰无水之池[5]。真奇怪，讯以：为何命此名？答称："五月多雨的季节，雨越是比往常下得厉害时，这个池塘里越是缺水；相反，如果特别干旱之年，池塘从春初便有丰沛的水涌出。"

1　在奈良县生驹郡。当时已负盛名，《万叶集》三八三五有和歌咏及。
2　在奈良县樱井市。一名埴安之池。
3　在京都府相乐郡。《蜻蛉日记》《更级日记》亦可见。
4　原文作"初濑"。
5　未详其地。

听此话时，很想顶他几句："倘若真的一直干涸，称其无水之池倒也罢了；明明有时又有水涌出，这名起得可真轻率啊。"至于猿泽之池[1]，据说昔时采女沉渊其中，皇上怜而特为之行幸，[2] 见到此池又特别有尊贵缘由，而人麻吕歌咏"疑乱发"之际的情况，更属难以言喻了。承蒙之池[3]，又是缘何心事而得名的呢？真个有趣。此外则镜之池。狭山之池，盖因那首"三棱草"和歌，[4]而令人倍感情趣的罢。恋沼之池[5]。原之池，也因有谣歌"莫割玉藻"[6]而饶有意味。更有益田之池[7]。

四六　节日

节日，莫有胜过五月五日者。菖蒲和艾草纷纷散放香气，扑鼻愉悦。上自九重城阙之内，下至庶民的住屋，家家户户

---

1 在奈良市兴福寺南。
2 说见于《大和物语》。奈良帝（一称平城天皇，八〇六—八〇九年在位）时，有一采女（侍天皇膳食之女官）失宠而投身猿泽之池，后奈良帝怜之，行幸此池悼祭，令左右歌咏纪念。人麻吕作和歌："猿泽池兮玉藻漂，苕苕摇荡疑乱发，犹似吾妹兮寝妖娆。"
3 原文为日文拼音词，发音与日本古代敬语相同，致有下面取音义双关之文，此无法译出，遂取中文近似义也。
4 以上二池所在地未详。《古今六帖·六》和歌："斩恋情兮狭山池，引之不绝三棱草，吾宁根绝兮舍迷痴。"三棱草为水草，用以制帘。
5 "恋沼"读音与"勿恋"同，乃有谐音之趣。所在地未详。
6 崎玉县幡郡谣。歌为古代日本风俗谣之一，中有句云："原之池呀，莫割玉藻哟。"
7 在奈良县高市郡。

无不悬挂，景观最是不同寻常，好玩得很。别的节庆，哪有这样子的呢！时值天阴，后殿内有缝纫处送来的一些香包，垂着五彩缤纷的丝组。遂连忙于有布幔的厅内结挂在左右石柱上。照例的，大概也要趁此将去年九月九日挂在同一柱子的那些绫缎和生丝包裹的菊花取下丢弃的罢。然则，这些香包恐怕也得结挂到重阳菊花的节日才对。只是，人们往往就近拉扯香包上的丝线，用来包扎东西啦什么的，所以总是很快就会消失不见。

　　端午节的时候，要伺候皇后的膳食，年轻的宫女们以菖蒲装饰梳子，身上带着避邪的牌子，又在唐衣以及外套之上佩挂菖蒲的长茎或好看的应景植物，用紫色、白色混染的丝线系着。凡此种种，虽然不值得刻意书写，究竟是可赏之事。难道说逢春便开，就有人会不在乎樱花吗？想必不会的。马路上走的女童们，依各人身份等第，打扮得花枝招展，也都十分意识到这一点，时时刻刻小心翼翼，留神自己的长袖，一会儿又跟别人的比一比，兴味正浓之际，却给调皮捣蛋的男童舍人伺机拉扯，害她们哭泣，倒也蛮有趣的。看那些用紫色纸裹着栴檀之花的啦，青色纸包着菖蒲叶而细细打着结的啦，又将白纸卷着菖蒲的根等，都挺有意思。有人把长长的菖蒲根部装在信函里，真亏他们想得妙！至于那些收到信的女子，想回人家信，好朋友亲密地互相出示来函商量啦什么的,那光景平时不易见到,也别有一种风流多趣的氛围。至于想趁今日给某某人家的千金,或是给什么贵人写封信的人,定必特别费神用心,委实优雅有致得很。直到傍晚时分,子规啼鸣而过,这节日真是充满了有趣之事。

四七 树木

　　树木[1]以桂树、五针松、柳树及橘树为佳。木楂树,虽嫌其不伦不类,但众树之花尽凋散后,周遭一片新绿之中,独此树的花不顾时节,仿佛浓艳的红叶似的,忽从青叶间冒出,倒也令人耳目一新。山锦木,自不待言。茑萝之名,格外引人。榊木[2],当其逢着贺茂临时祭时,仕神者持之以舞蹈,意义自是不凡。世上树木如许多种,当初提议以此树为祭神之用,亦岂不奇妙!楠木,即使在众树丛生处,也不与他树杂生。若是想象其荫郁茂密之状,未免教人难以亲近,但是其枝上千,人道是,如恋人之心千千结,[3]则又不知究竟是谁想到那数目,也挺有意思。桧木,虽然不生长在人里近处,但歌词云:

---

1 "树木",一作"不开花之树木"。
2 又名"贤木",自古以来植于神社域内,故称。
3 句出《古今六帖·二》:"和泉地兮信太林,恋人之心千千结,恰似楠枝兮纷难擒。"

"三栋四栋之殿。"[1]系建筑材料，故而可贵。又据说，梅雨季节，水滴如雨声，倒是十分有趣的。枫树，细致可观，当其叶端微微转红时，众叶伸展向一方，颇饶情致，花则又含蓄，若小虫之干枯者一般，教人怜爱。

大叶柏，一般处所都不易见闻到，只有去参诣御岳[2]的人才能带回来，那枝子十分粗糙，几不容人碰触，但不知何以会取名为"明日成桧"[3]呢？这简直是胡诌，恨不得去问那命名的人：凭什么做这样的保证啊！水蜡树，虽然不配以一般树木看待，可是叶极纤细可爱。栋木。山橘树。山梨树。椎木，在众常青树之中，独被人称作不落叶之树，也真有趣。

所谓白橡树，系生长于深山之中，尤属不易亲近者；顶多在染三位、二位者之衣袍时，才会见到那叶子。[4]这种树，谈不上取作喜庆事例之用，只是，那叶子白白的，有时不免教人误以为降雪，读须佐之男命出使到出云之际[5]人麻吕所咏的歌，便可想象当时辛劳，令人同情。凡事物，不论草木鸟虫，且不管是辗转听闻，或偶有所感，皆不可漠不关心。

让叶木[6]，枝叶茂密又饶富光泽，十分青翠，只可惜那茎

---

1 催马乐《此殿》歌词句。原歌作"三叶、四叶"，叶以喻栋宇，今采意译。
2 在吉野金峰山，为修验者之圣地。
3 盖以形状类似桧木，故有此俗称耶？
4 四位以上所著为黑袍，或用此叶制成染料，故称。
5 须佐之男命，为日本神话中天照大神之弟。性凶暴，遭流放于出云国。
6 木名不详，盖以新叶生而旧叶落，故得此名。

部泛着红色，不顶相配称，不过，倒也惹人喜爱。这种树木，普通月份几乎不显现，只有到十二月之末才大出风头，供人做祭亡人时铺垫食物之用。[1]如此，未免平添哀伤气氛；但是，另一方面又做延寿固齿之用，则究竟又是怎么一回事呢？古歌称道，"待其叶转红"，喻其可以信赖。[2]柏木，最有意思。有道是：守叶之神镇留其中，故而可歌可畏。世人每以兵卫之督、佐、尉为柏木，也挺有趣的。论姿态，棕榈树，不免有些唐土的异国情调，却也不可视作贱者家庭之所有。

四八　鸟类

鸟类之中，鹦鹉虽属异国所产，却是挺惹人怜爱的。此外，又爱子规、水鸭、鹬鸟、金雀、燕雀及百合鸥。水鸟，据说可以相鸣诱伴哩。雁声，以远闻引人哀愁为佳。想到鸭子会抖落羽毛上的霜，便觉有趣。

黄莺，乃是世上所见鸟类中，外貌及声音之佳妙者，但不断啼叫到夏天、秋末，未免鸣声转老，又不肯栖息于宫中，

---

[1] 时人相信：亡灵于十二月末日午时来临，正月一日卯时归去。
[2] 句出《夫木抄·杂四》："让木兮叶常绿，除非待其叶转红，誓不忘卿兮心似玉。"让叶常青，叶不转红，故男女取之以誓情坚不移之譬。有如"海枯石烂"之言也。

是为遗憾。曾听人说过：此鸟夜中不鸣。依我仕宫十年的经验，果然是未曾闻其音。其实，宫苑亦近竹林，又不乏可供栖息之枝梢啊。退出仕宫生活以后，倒是听到平民百姓家的梅林中，传来莺啼絮聒。子规，则恰恰相反，教人等了又等，然后，才如期待中的鸣叫出，其心可喜。不过，一到六月，便又听不到声音了。至若麻雀，到处可见；而黄莺，或者不易感觉到，但既视作春鸟，从所谓"年换岁转"[1]之时，就教人期盼着，故而难免要珍惜它。就以人为比喻吧，难道还有去责难落魄者的道理吗？鸟类之中，乌鸦和鸢鸟的声音，可有人喜欢听的？黄莺，则每每入诗文，所以反而有时不免教人挑剔了。

雏鸡叫声。水鸟。据说山雉思恋友伴而啼叫时，举镜让它照看，便会心安。其心纯挚可感。若是雌雄隔山谷而眠，则真个令人心疼。鹤长得帅气，尤其声闻于天，[2]最为佳妙。赤头之雀。斑鸠之雄鸟。鹪鹩。这些鸟，也都不错。

鹭鸶，虽是其貌不扬，眼睛也难看，几乎一无是处，但歌云，"摇木林中不独眠"[3]，道是争夺雌侣哩，岂不有趣！鸳鸯，最富人情味。夜间，雌雄伴侣还会互相啄落羽毛上的霜

---

1 句出《拾遗集·春》："将布新兮除旧日，年换岁转兮何所期？莺声婉转兮最甜蜜。"
2 典出于《诗经·小雅·鸿雁之什·鹤鸣》："鹤鸣于九皋，声闻于天。"
3 句出《古今六帖》和歌。"高岛郡兮多禽鸟，摇木林中不独眠，鹭鸶争侣兮知多少。""摇木"盖为地名，取其谐音字也。

呢。雁声远闻,最教人感伤;但近者,则差矣!鹬鸟甚佳。容鸟也不错。[1]

四九　高贵的事物

　　高贵的事物,如在淡紫色的底衣上,加搭纯白的外袍。刨冰调入甘味作料[2],盛装在新的金属容器内。雪覆梅花。可爱的婴孩吃草莓。敲开的鸭卵。水晶念珠。

五〇　昆虫

　　昆虫之中,以铃虫、松虫、蚱蜢、蟋蟀、蝴蝶、藻虫、蜉蝣、萤火虫为佳。蓑虫[3],委实令人十分怜悯,据说此虫乃是鬼之所生,因为长得像它的父亲,恐怕日后也会禀具可怖的本性,母亲便给它穿上粗陋的衣服,告诉它:"待秋风起时,就来接你回去。等着。"遂逃而去。可怜,它并不知受骗,识得秋风,到八月时,便吱吱咭咭地细声鸣叫,听了真令人哀怜。

1　此"鸟类"一段文字,各本颇有出入,今悉据小学馆本。
2　原文作"甘葛",系以甘葛之叶茎煎煮之汁为食物之调味料也。
3　为潜身于树茎及叶所缀之外皮中,状似蓑衣,故称。

蝉，也挺有趣。磕头虫，则真值得同情。小小虫儿，怎么引发的道心呀？竟这样子叩拜个没完！有时，忽然在阴暗处听到那咯咯的叩头声，委实觉得有意思。

苍蝇，则应入于可厌之物无疑。这种不讨人喜的东西，其实并不值得为它大书特书的，但有时候，它也不管对象是什么，甚至于在人家脸上，用那湿濡濡的脚粘着。咳，真是的！若是有人名字上取个"蝇"字，那才教人恶心哩！

青蛾，看来是挺有趣且惹人怜爱的。有时，挪近灯火读物语什么的，它就在书上面飞来飞去，好玩儿极了。蚂蚁，是可恶的家伙，但它轻巧无比，竟然可以在水面上走来走去，有趣得很。

五一　七月

七月，风吹得紧，雨势亦猛烈之日，大体称得上凉爽，连扇子也忘了用的时分；覆盖一袭微染汗香的薄衣昼眠，是挺饶风情的。

五二　不相称者

不相称者，如头发不美，偏又爱穿白绫衣裳。毛毛的发上，偏要以葵叶做装饰。丑陋的字，书写在红纸上。白雪降在庶民陋屋上；又倘若月光射入其中，亦极不相称。月夜驾着无篷敞车，偏又由黄褐色毛之牛[1]拖着。年纪大的女人，挺着大肚子，气喘喘走动的模样儿。老妇配少夫，已是不相称之事，若男人有外遇，偏又要妒火中烧。年纪大的男人睡昏了头的样子。[2] 又年老满面胡须的男子，捡着硬果，用门牙啃。牙齿全落光的老妪啃食酸梅，在那儿喊酸。身份卑贱者，却穿着红裤裙。近来，到处都是这种装扮哩。

韧负之佐[3]的夜巡。连他们穿的狩衣，都跟宫廷的环境极不相称。但在另一方面，他们又穿着挺吓人的红色袍子，真个太过分！若是遇着他们趁巡行之便，借机开溜到女官府附近，可要好好嘲弄才行。不过，他们倒有时会反过来尴尬地责问："有什么可疑的人吗？"六位的藏人，由于称作上判官，世间莫不视其为亮闪闪人物；至于宫外之人啦，卑下之徒，则更以为天人，连抬眼看一眼都不敢，吓得半死的；世人哪里晓得当其蹑足溜进后宫廊里，偷偷儿卧在那边的样子，才真的不相称呢！满屋子飘染着熏香，那几帐上却随便地搭挂

---

1 原文作"饴色"，盖为上等牛也。
2 此句小学馆本注谓"意不详"，"或称老男之声似猫者"。日文"碰过头"与"猫"音同，故有此说。似不妥，今取岩波文库本。英译本从之。
3 左右卫门府之次官。制服应着红色袍子，故有下文。

着沉甸甸的男用白裤,还有比这更煞风景的吗!有人挺自负地穿着开腋的武官袍服,那裳裾却皱成一团,像老鼠尾巴似的,若又将其卷成一堆,挂在几帐之上,这种人还配出来幽会情人吗?拜托啦,至少在任此官职期间忍耐一下,别乱闯乱跑幽会才好。五位藏人,也一样。

五三 跟大伙儿坐在厢房里

跟大伙儿坐在厢房里,有人走过,也不管成不成体统,就叫他们过来讲话。有些长得清清秀秀的役者或小舍人,手捧着挺精致的包裹或袋子,里面装着衣物之类的东西,隐约看得见裤袴的腰带露出来,倒也有趣。遇着有人捧的袋中装着弓啦、箭啦、盾啦,或是剑等物,便追问:"是谁的呀?"那被问的,就会立即跪下来回答:"是某某君的。"这光景蛮不错;不过,有的人却会扭扭捏捏造作地回说:"不知道。"或者干脆来个相应不理。那种家伙,可真是讨厌极了。

五四 月夜空牛车

月夜,空牛车在跑动。俊男偏有丑妻。满面黑胡须的丑男子,偏又是年老者,在那儿逗着牙牙学语的幼儿。这些都是极不相配的事情。

五五　主殿司者

　　主殿司者[1]，可真不赖。以下级女官身份而言，没有比她们更可羡慕的了，所以真恨不得让身份高的人担任哩！若是年轻貌美而服装常保持整洁的，则更佳。至如年老经验丰富者，临事不乱，稳稳重重的，也显得十分称职，令人满意。有时难免想：若能收养个面貌端庄可人的主殿司做女儿，依季节给她调配装扮啦，唐衣裳之类啦什么的，也给她按照流行定制，教她在宫里头转转，也挺不错。

五六　男性役者

　　男性役者，则又以随身侍役，为最风光。名门子弟，若是连个贴身侍役都不带，未免显得寒碜乏味。辨官[2]，也挺不错；虽说不错，但他们穿的制服底裳，下裾嫌短，又没有随身侍者，是美中不足者。

1　为当时后宫十二司之一。掌扫除、薪炭等之下级女官。但据本文观之，其职权似乎相当大。
2　直属太政官，分左右，有大中小之别。

五七　后宫苑内板障下

有一回，头辨[1]站在后宫苑内的板障下，同一位女官久谈。我故意探个头问："那是谁呀？"岂料对方也一本正经回答说："是辨来拜访。""干吗谈得那么亲密？大辨[2]一来，人家就会抛弃您哦。"对方听此，竟大声笑道："是谁同你说这些的呀？现在正拜托'千万别那样子'哩。"

头辨平时不擅长卖弄造作，也全然不及于风流好渔色，表面装得平平凡凡的样子，所以后宫里大伙儿都以为他本性如此；只有我深知道他这个人的内涵，所以曾经禀报皇后："此人原非寻常人。"皇后也十分了解。不过，头辨总是对我说："人云：'女为悦己者容，士为知己者死。'[3]"

"情深密似江滨柳"[4]，是我们两人互相信誓之言，奈何年轻的女官之辈总爱胡诌损人，说什么："这一位呀，可真是难以高攀。全不像别人那样子读读经啦，唱唱歌的；活像是世人欠了他什么一般，也不爱跟人说话！"而另一方面，头辨也自有其对女性的看法，常常说："妇道人家哪，无论浓眉竖眼，

---

1 藏人头而兼辨官之职。此指藤原行成，系作者之情人，少于清少纳言十岁。
2 谓行成之上司。长德三年（九九七），左大辨为源扶义，右大辨为藤原忠辅。二人皆为参议。
3 此引《史记·刺客列传》语。《枕草子》原文"容"作"颜"，今据《史记》还原之。
4 句出《万叶集·卷七》歌谣而稍有变化。盖以江柳离离复生，谓情爱不渝也。

鼻子横生，只要嘴际生得惹人怜爱，颚下和颈项美丽，声音不太难听，大概就会让我喜欢。不过，如果脸孔长得实在讨人嫌，也会教人受不了。"故而生得难看的，下巴削瘦[1]的女官，当然会怀恨于心，遂进谗言于皇后。

凡有事须向皇后禀奏时，头辨总会来找我这个最初给他居中引见的人。若是遇着我已下班在房中休息，他也会遣人来找，或者亲自到房前央托；若是碰巧我返家不在宫中，他甚至还会写信，或者亲自来访，告以："请向皇后娘娘禀报：'头辨说如此这般'云云。"我有时建议他叫别的女官去做，可他就是不肯，乃不免奉劝："凡事不要固执，应该随机应变才好。"但他偏就是回说："本性如此。"又说什么："不可变改者莫如人心。"[2] "那么，所谓'勿惮改过'[3]又是指何而言呢？"见我怀疑的样子，又笑道："人家都说咱俩要好。既然是这般亲密谈话，又何必害臊？让我看看你的脸吧。"遂答以："我的脸生得可是顶难看的哟。您不是说过'受不了那种人'的吗！" "真糟糕。也许真的会不喜欢你了。那就别让我看到吧。"说完，倒是真的，遇着有机会看见我的脸时，也连忙用自己的袖子遮着视线啦什么的，使我不得不相信：真是不说

1　此或代表平安时代对女性之审美观念，受唐风影响，崇尚丰腴型。
2　以上二句，或承袭白居易诗《咏拙》句："所禀有巧拙，不可改者性。"（《白香山诗集·卷六》）
3　盖典出《论语·学而篇》："过则勿惮改。"

谎的人哪！晚春三月之末，冬衣嫌厚，殿上人辈多已穿上简略的禁中装束，我正与式部[1]同在厢房歇着，隔开内里房间的门，忽然而开启，皇上和皇后双双莅临，害我们猝不及起身，慌乱成一团。二位见此光景，也都笑了起来。我们连忙将唐衣拉过来覆盖在发上。他们两位径自走入卧具等物一大堆乱七八糟的房间里，就在那儿观看从宫廷北侧阵门进进出出的人。殿上人之中，有的全然未察觉到，想要走过来跟我们讲话呢。

皇上笑着打趣地说："别教他们知道我们俩在此。"遂即又命令："你们二人都跟来。"我只是回禀："待妆扮停妥，再参上。"但实际并没有奉陪。皇上和皇后返入内里以后，我同式部正谈着方才那一幕光芒万丈的景象。忽见得南边门旁几帐叉出的帘隙处，有个黑黑的东西。猜测：一定是则隆[2]坐在那儿。便也未加以防范，仍继续谈天；岂料，竟露出一张笑眯眯的脸，心想："那是则隆吧。"定神一看，却是别一张脸孔。于是叫笑一番，赶紧将几帐拉好，躲了起来。再仔细望之，竟是头辨哩！原本不想让他瞧见我的庐山真面目的呀。唉，真个遗憾极了！跟我在一起的式部，因为面向着我这边，原以并没有让对方看见。头辨索性便显出身影，说道："终于

---

[1] 伺候皇后的女官职称。
[2] 橘则隆，为六位藏人。

教我看个透彻啦。""人家还以为是则隆,所以挺放心的。您不是说过'不相看'的吗,又怎么可以这样子直直地看人呢!""人道是:'妇女晨起的脸最好看。'所以先到别处转转,偷看到一些;忽然又想到,或者可以看到你,所以才来此。其实我从皇上光临的时候就待在这儿,你没有发觉罢了。"从此以后,便放大胆子,屡次到我房间,掀开帘子,径自登堂入室了。

五八 殿上的点名

殿上的点名[1]是十分有趣的。伺候皇上御前者,则当面问其名,真有意思。听一大群殿上人的脚步声响,遂即都出现在皇后宫殿之东侧。我们大伙儿则无不专心倾耳,若有人听到自己情人的名字,难免不心头一阵骚乱的吧。又设若突然听到不知生死,消息渺茫者的名字,更不知作何感想?有时候,我们女官们在一旁偷偷批评点名的好坏,或者声音佳否,也都挺好玩的。等殿上的点名告一段落,接着便闻泷口武士鸣弓,又是一阵脚步杂沓之声响起。藏人之辈踩响了步子在木板走廊上走。他们走到东北隅的高栏,便采所谓半跪的姿

---

[1] 殿,指清凉殿。点名,谓于每夜亥时二刻(约当午后十时半)举行宿直人之点名。

势，面向着皇上，背对着泷口问："某某人在否？"那光景，挺有趣。有人大声报名，有人声音细弱；此外，或许是有几个人没到的缘故吧，在那儿禀奏其由，藏人问："何以？"泷口卫士便解释缺席的理由。照道理，藏人于听完上述种种后，方可离去。但是，有一回，方弘[1]没有听完就径自走了，贵公子们警告他，岂料方弘竟气得要命，把泷口卫士臭骂一顿，还说要处罚他们；这样，反而教泷口的人当笑话哩。

方弘竟然也会把鞋子给遗忘在后凉殿御膳的橱子里。大伙儿赶紧祛秽，大事嚷嚷。"到底是谁的鞋子啊？真搞不清楚。"主殿司之女官，以及其他人都故意庇护着他；怎料到他自己却抢着说："呀、呀，那可是我方弘的脏东西嘛！"遂又教大家哄笑不已。

五九　年轻的贵人

年轻的贵人随便叫唤着下役侍女的名字，可不是值得称赞的事情。即便是明明记得那名字，也要装成记不得叫什么来着才好。

若是来到女的办公处所，夜晚时分，糊里糊涂弄不清对

---

[1] 源方弘。盖为当时著名之疏忽者。

方叫什么名字，当然也不好。倘若是在宫中，就命令主殿司；若不然，一般寻常处所的话，也可以叫管家的人去叫一叫。亲自喊叫的话，不免教人认出声音来。

若其召唤下女，或女童侍，则不妨亲自叫唤。

六〇　小孩及婴儿

小孩及婴儿，要白胖胖的才好。地方官等长者，也宜肥胖。过分瘦小的人，常令人觉得紧张兮兮的。

六一　牧童

再没有比让牧童衣着简陋更差的事了。别的侍从还可以跟在牛后头走，故而尚无大碍；唯独牛童是站在牛只前面受人瞩目的，所以才教人不怀好感。车辆后头跟着一群不起眼的男侍，也令人不快。身材瘦高的男子，看来像随身侍从者，穿着黑色裤袴，下摆有些腌臜，狩衣则穿得服服帖帖半旧的。这样的男子紧跟在车旁稳健地步趋，看来当然不劣，但也不宜令其穿着恶衣粗服。虽则偶尔或会身穿破衣服；至于懂得衣着的人，总是逃不过行家眼目的。有人特别优待宫中赐下的侍者，对家中雇用的女童侍，则给她们穿得邋里邋遢，实在是不可原谅。家里头的人，也跟周遭的人一样，若是有使者或客人来访，见那家中有一大堆标致的女童侍，岂不挺有面子的吗！

六二　牛车走过人家门前

有一次，牛车走过别人家门前，看到一个役人模样的男子，在地上铺着席子。有个十来岁的美发男童，头发垂得长长。[1]另有五六岁的男童一人，将头发扎在颈项边，双颊红通通，不知在比舞着什么奇怪的弓以及小枝子一类的东西，看来颇讨人喜爱。恨不得把牛车停驻，抱他到车厢里来。其后，车子走过去，又闻到一缕芬芳的熏香自门内深处飘来，更予人风流优雅之感。

六三　贵人府第中门敞开

走过一处贵人府第门前时，正巧中门[2]敞开，遂窥得白色美丽的槟榔毛牛车，车厢挂着鲜美的暗红色垂帘，车辕稳靠在辕台架上，那光景十分赏心悦目。有一些五位、六位之官

1　此二、三句，颇多异文，不可解。今参考英译本，勉为译出。
2　于正屋东西廊中间所设之门。

将他们袍子的长下摆提起，夹在腰带里，洁白的板笏插在肩头，在那儿走来走去。另见有一些穿着正式服装的侍者背着箭筒出入，也挺适合这种府第的堂皇气派。忽又见一个清清爽爽模样的厨娘出来，正问："某某君上的侍从，可在吗？"那光景，实在有意思。

六四　瀑布

瀑布，以无音瀑布[1]为佳。布留瀑布[2]，以曾蒙法皇御览，[3]故而别饶深义。那智瀑布[4]，因在于观音灵地的熊野，所以也特别感人。此外，则轰瀑布[5]。

六五　桥

桥，以朝津桥[6]为佳。此外，则长柄桥[7]。天彦桥[8]。滨名桥[9]。

---

1 在和歌山县东牟娄郡及京都市大原，各有同名瀑布。
2 或指奈良县布留川上流之瀑布。
3 其事未详。
4 在和歌山县东牟娄郡。
5 在宫城县仙台市岩切。
6 盖指福井市浅水之桥。
7 在大阪市大淀区。
8 或谓在岐阜县。"天彦"谓"仙人""山彦"。
9 在静冈县滨名湖。

一桥[1]。佐野船桥[2]。歌结桥[3]。轰桥[4]。小川桥[5]。栈桥[6]。濑田桥[7]。木曾路桥[8]。堀江桥[9]。鹊桥[10]。往来桥[11]。小野的浮桥[12]。山菅桥[13],名字倒是蛮好听的。假寐桥[14]。

六六　里

里,以逢坂里[15]为佳。外此,则眺里[16]。人妻里[17]。寝觉里[18]。赖里[19]。麻生里[20]。夕日里[21]。远地里[22]。伏见

1　在摄津。
2　在群马县高崎市佐野之乌川。
3　未详。
4　未详。
5　一说在陆奥,一说在筑紫。
6　盖指一般山腰之栈道也。
7　在滋贺县濑田川入口。
8　盖指信浓木曾街道之桥。
9　在摄津难波堀江。
10　传说中七夕之鹊桥也。
11　同上。谓"鹊桥来回"也。
12　未详。
13　在栃木县日光。
14　在奈良县,吉野郡。
15　未详。
16　未详。
17　未详。
18　未详。
19　在长野县上伊那郡。
20　未详。
21　未详。
22　在奈良县橿原市。

里[1]。长居里[2]。妻取里[3]，到底是自己娶了妻子呢，还是妻子为人所夺取？无论如何，都是挺有趣的名称。[4]

六七　草

草，以菖蒲、菰及葵为最可观。贺茂祭之际，自古相传，以之饰于发上，真个有传统缘由。葵叶的形状本身便令人喜欢。车前草，其名奇异，想到其矜持之心，[5]便觉有趣。三棱草、蛇床子、苔、龙胆草，在残雪间露出的青青嫩草、木蚋、酢浆，以其常作为绫缎的图案，故而较诸他草又趣高一等。危草[6]，生在山崖突出处，草如其名，看来无依无靠的样子。万年草，长在壁间，比崖际易崩毁，着实无恃，更惹人怜恤。真正的石灰墙上，怕是不会生草，是其欠憾处。事无草[7]，盖以其能成事，遂亦可喜；又好比可以消除恶事，如是，则两者无论何方，皆是有趣的。

1　奈良县及京都府各有一。
2　奈良县、大阪府各有一。
3　盖指在宫城县古川市者。
4　以上瀑布、桥、里古称，多不可考。且原文多采和文并音，译文取汉字谐音，勉为译出。
5　此草名，日语发音与"矜持""骄傲"谐音，故云。
6　未详，英译作Shrubs，似未妥，今径直译。
7　此用当时俗称。日语"无"与"做成"谐音，故有下文。

忍草[1]，委实可怜。但以凡有屋轩或突出之处，皆能坚忍生长，故亦可叹。蓬草，可爱。茅花，可爱。而滨茅之叶，则更可爱。小菅。浮萍。胡麻。□□。筱。□□。浅茅。翠蔓。

木贼，这种草，风吹过时，那声音不知是怎样的，不免发人想象。□□。莲叶，浮出水面，最是田田可人。观其悠闲地在澄静的池面，或大，或小，舒展自如，随风摇曳之姿，确实赏心悦目。有时候，摘取其叶，将东西盛于其上或什么的，也挺好玩。丛䔖、山菅、山蓝、日阴、滨木绵、荤、葛等草被风吹起，翻出白色的背面，也十分好看。[2]

六八　诗集

诗集，要数《万叶集》[3]《古今集》[4]《后撰集》[5]为最重要。

---

1 生长于树上、轩下之羊齿类草。
2 此段所引众草，多系古代俗称，日本学界亦多未详，且各本之间颇多异文。凡不可译者，暂以□□存疑。
3 现存日本最古之诗歌集，共二十卷。收仁德天皇（三一三—三九九年在位）、皇后以降，至淳仁天皇（七五八—七六四年在位）时代，历时四百年间之长歌、短歌、旋头歌、佛足石歌体歌、连歌等，约四五〇首。亦兼录汉诗及书翰。一说，由大伴家持经手编纂。
4 《古今和歌集》之简称。已见前文第二十段。
5 由作者清少纳言之父清原元辅等五人编撰之和歌集。其成书年代在天历五年（九五一）十月后。以上三种和歌集，至今犹为日本文学史上最重要之诗集。

六九　歌题

歌题,以邑为佳。他如:葛、三棱草、驹、霰、筱、壶薰、日阴、菰、浅濑、鸳鸯、浅茅、草皮、翠蔓、梨、枣、牵牛花。[1]

七〇　草花

草花,以石竹花为佳。唐国的石竹自是上品,但本国的也不错。龙芽黄花。桔梗花。菊花之花瓣有颜色变化者。刘萱草花。龙胆草,这种草,枝茎不免有些繁芜,不过,霜后众花枯尽,独有此花露出鲜明的颜色,倒是十分讨人欢喜。此外,虽非值得大书特书的种类,雁来红,也是十分惹人怜爱的,只是那名字稍嫌其怪异。抚子花,色泽不深,却有些像藤花,春秋花开,很有情趣。壶堇。它们仿佛是相同的。这种花,枯老之后可不合适做押花。绣线菊。

夕颜,跟朝颜[2]相像,人们常常以之相提并论,自是当然之事,可惜,所结的子并不怎么好看。不知怎么会长成那种

---

[1] 此段文字,亦多异文。
[2] 朝颜:为舜华(俗称牵牛花、喇叭花),晨间开,过午即凋萎。夕颜则相类而黄昏以后始绽开。

样子呢？至少，能够像酢浆子一类的样子就好了。不过，夕颜这花名倒真是不错。

苇草的花，其实一无可赏，不过，以其作为供神之用途，[1]想及此，便觉得终究非泛泛之物。当其新萌芽时，真是好看，但我又尤其爱那长在水边的风情。人或云：草花之中，不列入芒草怎么行？使得秋野遍饶情味者，莫非就是这些芒草吗？其穗端泛红，色甚浓郁，当朝露濡湿之际，试问还有比这更可赏的吗！然而，秋末时节，真是全然无甚可观。缤纷的秋花已凋尽，直到冬季终了，好似满头白发，呆呆地一个劲在风中摇曳，只沉湎在往事里的样子，像极了人的一生。就是因为有人如此比喻，所以才会引发人们感慨特深的吧。

胡枝子，因色泽颇深，故以枝茎柔弱，沾着朝露而在风中一片披靡者为可赏。牡鹿尤其好之，而习于近昵，更令人产生好感。向日葵，虽然不见得特别好看，但据说花朵会随日光转向，似非泛泛草木之心可比，十分有意思。棣棠华和野杜鹃，都属色泽淡淡，但既然有歌咏道"采撷细观赏"[2]，则自属不凡。蔷薇，近看觉其枝叶烦琐，不过，也还是不错。

---

1 以苇花色白，似日本神道祭祀时所用之白木棉，故用之。
2 句出《后拾遗集·春部》，和泉式部所作和歌："棠棣华兮生岩边，采撷返家细观赏，花红似袍兮情人怜。"

倘遇着久雨初晴，在水边或木阶旁盛绽，[1]在夕阳微明之下，那姿色就更美了。

七一　不安事

令人惴惴不安之事，如在睿山修行十二年的法师的母亲。于不熟悉之处，逢无月的暗夜，与人同行，又怕被人家看得太清楚，所以不敢携带灯火，却跟人肩并肩地坐着。所雇的用人，脾性还没有弄清楚，便令其持送贵重物品于他人处，偏又迟迟未归来。还不会讲话的婴儿，使劲挺背，也不要人抱，尽在那儿哭个没完。黑暗之中，吃食草莓。一无认识之人，却在那儿看游行之类的热闹。

七二　无从比拟者

事之无从比拟者，如夏与冬。夜与昼。下雨天与阳光普照之日。少与老。人之笑与怒。黑与白。爱与恨。蓝色与黄色。雨与雾。虽是同一个人，一旦而变了心以后，与当初相爱之时，真个令人感觉判若两人！

---

[1] 此或蹈袭白居易诗句"阶底蔷薇入夏开"。(《蔷薇正开春酒初熟因招刘十九张大夫崔二十四同饮》，见《白香山诗集·卷十七》)

七三　常青树聚生处

常青树聚生处，憩息着许多乌鸦。半夜里忽醒，喧扰不已，又从这一枝头飞到那一枝头，困思懵懂地啼叫；那情景，较诸白昼见了惹人嫌的模样儿，别有一番趣味。

七四　情人幽会

情人幽会，以夏季为宜。夜晚本来就短暂，不知不觉竟已至天明，所以往往不得就寝。到处敞开着，故亦得就便乘凉赏览庭景。心里仍有说不完的情话绵绵，彼此谈这谈那之间，鸟儿竟飞过眼前，又仿佛被人觑见秘密似的，颇饶情味。

七五　而冬季寒夜里

而冬季寒夜里，与情人共眠，同听钟声，仿佛从什么深深的底层响起，也十分有意思。至若鸡鸣，先是，将啄端埋在翅膀中啼鸣，故觉其遥远；尔后，第二只、第三只，次第啼鸣开来，便识得近在庭中，此亦饶富情趣。

七六　情人来访

　　情人来访，自是无话可说。不过，有时仅系普通朋友之谊的男人，又并不是为着特别事情，只是顺道来探望，遇着帘内女官众多，闲谈种种之余，一时竟无归意；那陪侍的男童不禁抱怨："斧柄都快要朽腐了！"[1] 又打个长长的哈欠，颇不耐烦地自以为小声嗫嚅而语："哎呀，受不了。烦恼苦恼极啦！天都黑了呢。"那口出怨言的，既是微不足道之辈，倒也无甚可论，至于这位坐在眼前的人，一向以为挺有风采，这时也不免教人大失所望。

　　另外还有一种男人，不敢随便形之于言表，只得大声慨叹"啊啊"什么的。有歌道是："水下行。"[2] 真个深情感动人。

---

1 典出《述异记·卷上·十三》，王质故事。晋王质，于石室山观仙人棋，一局未终，而斧柄已朽，归去，亦已无相识之人。
2 水下行兮实腾欢，口虽未言心思念，无言有情兮胜有言。(《古今六帖·五》) 此取下句，与"此时无声胜有声"意近。

有时又有人在板障啦，篱笆边上，故意高声说"恐怕要下雨喽"[1]一类的话，也够讨厌的。

身份高贵的人，或年轻贵族公子们的侍从当中，此类人甚少，但一般人，则常有此事。故而，凡人当在众多从者之中，仔细研究个别脾性，然后才好令其随伺。

七七 罕有事

事之罕有者，如受丈人夸奖的女婿。又如受婆婆疼爱的媳妇。易于拔毛的银制小钳子。不讲主人坏话的侍从。没有一丝儿脾气缺陷，而且容貌好，性情佳，风度又出众，与世人交往，都无一点瑕疵之人。同仕奉在一处，彼此面对面时挺小心客气的，但终究不至于完全不教人看见本性的吧。[2]抄写物语或歌集之际，不会把墨汁玷污了原书。好的书册，总是小心翼翼地书写，可又难免还是会弄脏了它。无论是男人、女人，或法师，信誓旦旦，而果能真情不渝者，可谓绝无仅有。好的侍役者。捣练丝绸的职人，能送来一批教人真正感佩的精品。

---

1 盖系催促主人归之意。
2 此句颇多异说，今从其一。

七八　宫廷女官住所

宫廷女官住所之中,以靠近走廊处为佳。撑开那上头的窗子,颇有些风吹,故而夏季也十分凉快。冬天,则有雪霰随风飘进,亦饶风情。由于地方较狭隘,若有女童[1]参上,或稍嫌不便;不过,令其坐于屏风后头,倒也不敢大声喧笑,反而有趣。昼里,不免让人费神紧张些;夜间,则稍稍得以放松,故觉得别有情味。

整夜都听见殿上人之辈来往的鞋音,忽有止步者,用一只手指轻轻叩门,遂立即觉知:是那人啊。这种经验也怪有意思。叩之许久,里面竟然一无动静,那人便以为:大概是睡着了吧。遂忽又故意轻挪身体,使发出衣裳窣綷之声,对方便又猜想:或许还醒着呢。外头的人扇扇子的声音,都听得清清楚楚。若是冬天,连轻轻拨动炭盆火箸的声音,也会让那男子感到煽情,遂一个劲儿地敲门;末了,索性还出声叫起来。乃偶尔亦会悄悄地靠近阴暗处,竖耳聆听外头情况。

又有时,听得见许多人在那儿唱歌咏诗啦什么的,显然无人敲门;若是事先把门儿开着,那就连原先并没有想到要来的人,也都会不禁驻足哩。由于连个坐的地方都没有,故

---

[1] 一说指男童,或邻里小童。

而往往大伙儿总会站到天亮，则又未尝不是挺风流多情趣的事情。帘子的色泽青青，已饶风情，加以几帐之帷幕又鲜明悦目，末端稍稍露出女官们的裳裙缤纷；年轻的公子们，直衣绽露处见得底下的衣服，而六位的藏人，身着青色袍子，由于不便贴近拉门站着，便只好在墙边上靠着，见他们袖袂聚在一堆的样子，可真有趣。

再者，裤袴、直衣的色泽挺鲜丽，又摊着各色缤纷底衣的男子，将帘子推进拉门之内，探入上半身的模样儿，从外头看来，一定是很好玩的。那个人或许还会借来极好看的砚台，在那儿写信啦，或者是借来镜子，整理鬓发啦什么的。这一切，都十分有意思。门口虽立着三尺之几帐，不过，帘子的帽额与几帐之间，仍有少许隙缝，若是正巧那站在外头的人与坐在内里的女官的脸得以闪现，那就更有情趣了。除非是个头特别高大，或者特别矮小的人才不合适，否则世间一般身材的人，总是会赶上这种情况的。

七九　贺茂临时祭的试乐

尤其当贺茂临时祭[1]的试乐时，更有趣味。主殿寮方面负

---

[1] 十一月间举行贺茂神社临时祭。于其前一月，即开始隔日练习祭祀之舞与乐。

责的役者,高高地举起火把,冻得将脖子缩进衣领内,火把的先端险些儿都要碰到东西,怪危险的,大伙儿却在那儿奏乐、吹笛子。贵族公卿们,较平时兴高采烈,个个衣冠束带装扮整齐,来到女官住所附近谈天;另一方面,殿上人辈的随员们,则又特别压低嗓门,替他们的主人吆喝开路,那声音杂入乐声间,倒也有不同寻常的趣味。

拉门一任其开放着,等那些试乐的人返归。不意,听见先前那些贵公子的声音咏道:"富草花兮生荒田。"[1]这次比原先更有意思,但是不知究竟是哪些一本正经的人,竟然也有过门不入的,大伙儿遂笑出声音来;便也就有人说"等一等啊。人道是:'何须舍夜急急行。'[2]"什么的;但也不知是不舒服呢,还是为了别的原因,竟也有人像被人追捕也似的,急急忙忙退出。

八〇 后宫苑内林木

皇后在后宫居住时期,苑内林木茂密,建筑物也都高大矗立,有几分不易亲近之感,但不知怎的,就是有一份情趣。传说主屋里头闹鬼,大伙儿遂将那边隔开,又在南面的厢房立起几帐,作为皇后居处。至于我们女官,则都在更南边的

---

1 句出《风俗歌·荒田》。当时习惯在试乐退出时歌此。
2 典据未详。

厢房伺候着。参内者须经过近卫门，再入左卫门之阵。较诸公卿们的前驱警跸声，殿上人辈的警跸声显然短促些，所以大伙儿给取了大前驱、小前驱的绰号，听惯了之后，每每能够辨别出，"这是谁谁的，那是谁谁的"，或者又说，"不是那人"什么的，差使人出去看个究竟；猜对的往往得意地称说："我就知道嘛！"那气氛，热闹有趣极了。

晓月时分，女官们下到雾气满园的庭中走动。皇后闻声亦早早起身。伺候御前的女官便都走下庭苑游玩。天色渐渐明亮。我提议："到左卫门阵瞧瞧去！"大伙儿又都争先恐后跟来。其间，有许多殿上人一面吟咏什么什么一声秋，[1]一面走向这边来，遂连忙躲进后宫内。听得见他们讲话的声音。其中，有人感叹道："原来在赏月色啊！"不分昼夜地，有殿上人来往络绎不绝。至于公卿贵人，退出之时或参上之际，只要不是有特别急事者，也多半一定会到咱们这儿来。

八一　无谓之事

无谓之事，如既然已下定决心正式出来仕宫的人，却又畏缩怕麻烦起来。人言可畏，又总有些不如意之事，便絮絮

1　句出《和汉朗咏集》，源英明作。原句为："松高有风一声秋。"

叨叨老念着:"要想法子退下才好。"等到返归乡里,又厌嫌双亲。瞧,这次她又在那儿嚷嚷:"还是上宫里去吧。"养子的一张臭脸。原先不想迎来做女婿的男子,后来又勉强迎取为婿,等知道不如所期盼的,[1]乃又大大后悔。

八二　不值得同情之事

不值得同情之事,如请人代作的歌,竟蒙他人赞赏。不过,这还算是好的。

出远门的人辗转托人来求介绍信,说什么想要认识当地熟人。乃随便修成信函,令人带去;岂料,那熟人竟认为信里写的话欠缺诚意,弄得他生气,也不给送信的使者言语回话;非仅此也,还怪责人。

八三　得意畅快之事

得意畅快之事,如卯杖法师[2]。神乐之指挥者[3]。池中莲花

---

1 此指男方于婚后,并不来会女儿(当时习俗,女儿出嫁,仍住双亲家,由女婿来会)。
2 卯杖,为驱除恶魔之用。正月上卯日,由东宫、大舍人寮、兵卫府奉献于天皇。取樱枦、木瓜、黑木、桃、梅等树,切成五尺三寸,捆为数束。此杖或由法师持之,于京城中沿街巡回祝颂。
3 神乐之指挥者,每曲终了,便起身舞之。

逢着骤雨。牛头天王祭灵时之马队长。[1]又如，祭灵时撑大旗之人。

八四　得意事[2]

傀儡戏院之主人。任官除目之际，得获任为第一等好郡国之国守。

八五　佛命名之翌日

佛命名之翌日，皇上令取地狱图的屏风到后宫来，请皇后过目。那图画真个令人毛骨悚然，可怕至极。皇上命令："看这个。"但我回禀："不，绝不要看。"吓得连忙躲入厢房里卧下。

当日，雨下得猛，皇上于百无聊赖之余，召殿上人前来举行管弦之宴。少纳言道方[3]弹琵琶，绝妙。济政[4]之君奏筝

---

[1] 六月十四日，于京都东山祭牛头天王。有走马、舞乐等娱乐。此处"牛头天王"系译笔增添，以助了解。
[2] 此段似应与八三段合并，而小学馆本据古本分之，英译本亦另分一段落。未详其因，今姑从之。
[3] 左大臣源重信之子。
[4] 大纳言源时中之子。

琴[1]，行义[2]吹笛子，中将经房[3]鸣笙，皆是了不起的一时之选。一曲奏了，正抡弹琵琶乱弦时，忽而大纳言之君[4]吟颂道："琵琶声停物语迟。"[5]这么一来，连原先躲起来卧下的人都出来了。"怕受菩萨责罚，可又敌不住这类有趣的事儿呢。"我这番话引得大伙儿嘲笑。倒不是说大纳言的声言有多美妙，只是刚巧那时机与诗句一致，仿佛是特为此而作也似的。

八六　头中将听信流言

头中将[6]听信流言，把我贬得好厉害，在殿上人之间还说什么："当初怎么会把她当个人看待的？"这真令人发窘，但也只好笑说："如果谣言是真的，倒也罢了。相信将来定会重新思考过才对。"遂放置不予理睬。有时候，他从清凉殿北廊的黑门[7]前走过，只要听见我的声音，便用袖子遮着脸，全然不愿看这边，一副把我恨透的样子；我也不便说什么，遂亦只好冷漠待之。其间，已届二月底时分，雨下得紧，正无聊

---

1 十三弦琴。
2 平行义，为横笛名手。
3 左大臣源高明之四男。
4 伊周。为定子皇后之兄。
5 此据白居易《琵琶行》诗句变化而来："忽闻水上琵琶声，主人忘归客不发。寻声暗问弹者谁？琵琶声停欲语迟。"（《白香山诗集·卷十二》）
6 藏人头而兼近卫中将者。此指藤原斋信。
7 原文仅书"黑门"，译文稍增益之，以助明白。

之际,轮到他因值宫中避讳而留宿殿上。有人把他的话传过来:"虽说可恨,不想理她,又觉得寂寞乏味。叫个人去跟她谈谈吧。""才不相信哩!"我还是并不加以理会。整日价躲在自己房里,到夜分才上去伺候皇后,没想到她已就寝了。同侪大伙儿在厢房的近廊处,把灯火挪近,在那里玩猜字游戏。她们见着我,都高兴地叫唤:"呀,来得可好。快来参加我们吧。"我可是意兴阑珊,皇后都已经就寝了,真后悔何必参上呢!遂独个儿坐在火炉旁边,她们便又集拢过来,闲谈种种之间,竟听见有人琅琅高声地报上:"某某人在此候教。"[1]

"奇怪,我才来到,会有什么事儿呀?"遂差人去问个究竟。原来乃是主殿司的人[2]。"奉主上之命,须得亲自启奏……"既然如此,只好出去问一问。"这是头中将命令奉上的。请快点儿赐下回信。"他不是把我恨透的吗,到底会是什么样的信呢?不过,究竟不便于立刻就展读,遂将之揣入怀里,告以:"待一会儿再回信给他。"接着,我又跟大伙儿继续聊天,没想到那人竟很快地又回来,说道:"主上说:'如果没有回信,就把方才那封信去给要回来。'请快,请快。"听他如此说法,觉得可真是怪事了;莫非是"伊势物语"吗?[3]于是,展信读

---

[1] 此系侍者所报语。
[2] 主殿寮官人,此系男役。
[3] 此句未详其意。或谓指不可信之事,有如小说一般。

之。那信是写在青色信笺上，汉字的字迹十分优雅，内容倒非令人忐忑不安的。"兰省花时锦帐下。"[1]如此书写着，其下又附笔："下句为何？为何？""到底如何是好？皇后娘娘若在就好了，可以请她过目，也有个商量什么的。现在总不好意思大模大样用拙劣的汉字书写啊。[2]"但也由不得我多所思虑，来人又直逼着催促，遂于信纸留白之一端，就近取用火盆里的炭烬写下："草庵谁相寻？"[3]竟不再回音。

大伙儿遂就寝。翌日早早回到住处，却听见源中将[4]的声音："草庵可是在这儿？草庵可是在这儿？"蛮响亮的。"哟，才怪哩。哪有那么寒酸的？若是寻问'玉楼'什么的，倒是可以给回音的呀。"听我这么一说，对方也接着讲："哎，幸亏在这儿。本来还想到后宫那边去找你的。"遂提及昨夜之事："头中将宿直处，几乎有头有脸的人都去了，甚至还有六位的人也在。大家谈古说今之余，提及你。后来，头中将说：'这女的呀，算是跟她绝交了的，却老惦念在心；还以为她会来跟我说话啦什么的，可是等着等着，也全然不理不睬我。今

---

1 句出白居易《庐山草堂夜雨独宿寄牛二李七庾三十二员外》："兰省花时锦帐下，庐山雨夜草庵中。"(《白香山诗集·卷十七》)
2 当时《白氏文集》等汉诗文为男子专学，作者为女子，虽有此方面知识，亦未便夸示，故云。
3 此盖清少纳言取白诗下句"庐山雨夜草庵中"，而予以巧妙托意，谓头中将既对己有误会，不再相访，故借此表达其寂寞情怀与怨怼也。
4 源宣方。左大臣重信之子。

晚上,不管她理我也好,不理我也好,定要弄个分晓。真是的!'于是,大伙儿商量着写信。哪晓得那送信的主殿司回来禀告,她说:'现在不便于看。'便进去里边了。大伙儿便把他又赶了回去,警告他:'不管她,捉住袖子,也要教她写个回信;若是不肯的话,就把先前那封信给要回来。'果然,那家伙冒着大雨,早早就回来了。'这便是。'他奏上的正是先前的信。头中将心中不免猜想:还是遭退了。没想到,一看,便'哦哦——'地叫起来。'奇怪,到底是怎么一回事啊?'大家围拢过去看。'哟,好家伙!果真是了不起呀。'遂引得众人啧啧称奇。也有人嚷嚷:'把上面一句加上去,再送回去吧。源中将,你来加啊。'结果,直闹到天亮,也没有弄好;于是,大家商定:这件事,非要将它传说开来不可。"他一个劲儿地讲,讲得我差点羞死。"往后啊,你的名字要叫作'草庵'了哦。"说罢,急急离去。"唉,这么难听的名字,若是留传到后代,可怎生是好!"正慨叹之间,修理亮则光[1]又来到。"来向你报告大喜事。以为在后宫那边,所以先到那儿走一遭。"听此话,我疑虑不解地问:"什么事啊?也没听说有叙官的消息。究竟升了什么官了吗?"岂料,他竟说:"不是,不是。昨晚听到大好喜事。等不及天亮。再没有比这事更让我

---

[1] 橘则光。修理职,系担任后宫营造及修理之役。亮,为次官。此人与清少纳言似有亲密关系。

觉得有面子的了！"遂将事情的原委一五一十详告，与方才中将所讲的事情完全相同。"正当头中将说着：'就看她回信如何，便要决定当作有没有这么一个人了。'而使者空手回来，如此，毋宁反而更巧些。后来，他第二度拿回信归来时，我心里真个挂虑极了；唯恐内容写得不好，我这个做阿哥[1]的也没面子啊。哪里晓得，居然是不同凡响，在一起的人都赞叹不已。'喂，阿哥呀，您听着。'给他们这么一讲，内心其实是高兴得不得了，可又表面上回说：'这种事儿，我可丝毫不懂。'没想到竟是要我：'不是叫你批评，或者了解，只要你出去向人宣扬就行了。'做阿哥的我，听此不免有些尴尬，只听到大家在那里商量：'想要加添上面的一句，可就是没办法。是不是另外修一个回函较好？'他们又担心，万一写得不好，反将徒留遗憾什么的，所以一直弄到半夜里。这件事，对我自己和对你来说，不都是大大值得庆喜的吗？与此相比，叙官除目又算得了什么！"听他这么讲，真没想到那信原来是许多人商议的结果，真气煞人也！念及此，不禁重觉心头跳动。[2]从此之后，"阿妹、阿哥[3]"之事，竟也上闻于天皇。大家在宫廷中也不称修理亮的官衔，反而以"阿哥"的绰号相称。

---

1 "阿哥"原系女方称词，今则光径以之自称，盖取清少纳言立场而言。或谓二人间曾有义兄妹之约。
2 此句中包含："若当时回信不妥，岂非受众男士嘲笑。"故重觉心跳也。
3 "阿妹""阿哥"既指义兄妹之谊，亦每兼指男女亲密之关系。

正言谈之间,皇后有召,道是:"即刻来。"乃参上,没想到,竟也是谈论这件事。据说,皇上也莅临,谈及此事,说:"殿上的男子,都在扇子上面写那句诗哩。"唉,真糟糕,干吗这样大事渲染呢?

这事发生过之后,头中将便不再以袖遮面,也改变了对我的看法。

八七　翌年二月二十五日

翌年二月二十五日,皇后移驾于后宫,我未参与近侍而留居梅殿。次日,头中将[1]遣信来云:"昨夜参诣鞍马寺,今宵又适值忌避方位,只得另觅宿处。可望于天未明前返抵京城。有话相告,请等候。万勿令我多所叩关。"但是,御匣殿[2]那边,也赶巧来召,遂参上。

次日,竟久睡晏起。留守的下女告以:"昨夜有人猛敲门。好不容易给吵醒。道是:'到上方去了吗?请转告如此这般。'可是,我跟他说:'请也没用的呀。'便去睡觉了。"听此,心中不免怪责。其间,主殿司来报告:"头之殿请传达:'现在即将退出,有事相告。'请……"我便说:"有事儿待理,须往皇

---

1 藤原斋信。已见前文第八十六段。
2 盖指定子皇后之妹,藤原道隆之女。

后处去一趟。那么就请他到那边。"恐怕他会打开门,心中忐忑不已,又怕那样也麻烦,便索性将梅殿东侧的活动遮阳板给撑起。"请吧。"而他竟帅气十足地走过来了。

他穿着面白里红的直衣,十分华美,那里子的色泽,真是鲜明清丽不可言喻,而深紫色的裤袴,则织出交错的藤枝浮纹。红色的底衫,光泽绚烂。其下又重叠穿着好几层白色啦,淡紫色等衣裳。廊子有点儿狭窄,他把一只脚搁在下边,上半身却靠到帘子旁坐着。那模样儿,正是画中所见,故事里头所赞美的样子啊。

殿前的梅花,西边是白的,东边则是红梅,虽然已渐呈凋落,犹有可赏处,复值日影熙和闲静,真恨不得让别人欣赏。帘内,若有年轻的女官,长发端丽,垂覆在面庞肩上,一个个相挨着坐在那儿,可真有些看头的吧;可惜,我这年纪大的女人,[1]头发简直不像是自己的,到处毛毛的,又散乱着。而且现在又披着丧服,[2]颜色是灰不溜秋的浅灰色,重叠穿着的各层衣裳,也都色泽暗淡不清,全然无甚可观,加之皇后不在,也就懒得搭穿外衣,就这么随随便便裹着外褂坐在那儿。这情况,可真是煞风景,遗憾极了。

"我这就去参上,有没有什么话要我转告的?你自己什么

---

1 作者自称。当时清少纳言大约三十岁。
2 此或指前一年四月关白道隆死,为之服丧而言。

时候要参上呢?"又说:"昨晚上,天未明就退出,虽然时间上有点儿不合适,但早已经讲好了的,想你会等着我,便趁着月明时分,从西京方向[1]来到。门敲了又敲,那留值的下女好容易才困思懵懂地起来。咳,那种说话的样子,应对的态度啊!"说话种种之间,又笑了起来。"真教人受不了。你也真是的,怎么会身边放着这样一个人呢!"原来如此。遂不免觉得可怜复可笑。少顷,头中将便出去了。倘使有人在外见着,定认为风流有趣,猜想里面到底会是怎样一位美人呢。反之,若是有人在我背后见着,也定不会想到外头可能是这么一位了不起的男性哩。

　　日暮之后,参上,皇后御前聚集了许多女官,大伙儿正评论着各种物语小说的好好坏坏,对于凉和仲忠[2]的事情,更有皇后的意见加入。有个女官说:"先要判断清楚才是。皇后娘娘的意思是:嫌仲忠的出身背景卑微。"我乃答道:"不,不。这不是问题。弹起琴来,倒是仙人都会下凡来,[3]可是,人品则不见得怎么样。凉可曾像仲忠那样娶得帝女吗?[4]"对方知悉我袒护仲忠,便说:"喏,你瞧!"这时,皇后插进来说:

---

[1] 当时京城(平安京,即今之京都)以朱雀大路为界,西京方面较衰微,东京方面则极繁荣。
[2] 凉和仲忠,并为《宇津保物语》的主要人物。关于凉、仲忠优劣论,似为当时热门话题也。
[3] 《宇津保物语》中载有仲忠与凉二人奏琴,仙人下凡来舞一事。
[4] 仲忠娶长公主,故云。

"这算不了什么。你若是看见今天斋信来过，不知道会夸成什么样子呢！"大伙儿遂又纷纷异口交赞："真是。看来比寻常更出色呢……""其实，我来此，正是要禀报这事的，没想到卷入大家的物语评论里头去了。"遂将方才的事一五一十详述。同伴们听后，竟笑说："哟，咱们也都拜见的，可没有赶上像你这般一根丝线一个针孔都观察彻底清楚呢！"

"头中将说：'西京方面，可真是荒凉得厉害。不由得想：若是有人共睹，不知会有多凄然哩。墙垣都崩毁，还长了青苔。'宰相之君还问他：'那么，瓦可有松？'[1]这一问可又赢得他的感叹，遂吟出'西去都门几多地'什么的。"听她们嚷嚷，也挺有意思。

八八　退居乡里时

退居乡里时，殿上人之辈频频来访，大家似乎对我议论纷纭。我平常倒也不是那种十分内向消沉的脾性，所以他人尽管说，自己却也没有特别怀恨于心。再者，对于那些不分昼夜地来访的人，又怎么忍心骗说"不在家"，教人蒙羞回去

---

[1] 语袭白居易《骊宫高》："翠华不来兮岁月久，墙有衣兮瓦有松。吾君在位已五载，何不一幸于其中？西去都门几多地，吾君不游有深意。"（《白香山诗集·卷四》）头中将亦承此诗句而发下言。

呢？有些不怎么亲近的人，也都常常来访，真个烦煞人也。所以这次退居的处所，就没有让一般人知悉，只有经房之君和济政之君[1]辈才晓得。

右卫门尉则光[2]趁来访闲谈之余说道："昨天，宰相中将紧缠着追问：'哪有阿妹的居所都不知之理！'我还是坚不肯吐实，真不是滋味呀。"又说："事后，差点儿忍俊不住。看见左中将端坐在那里，装得若无其事，怕跟他四目交视会喷笑出来，正好见到餐桌上放着海带一类怪怪的东西，便顺手抓起来吃，借以敷衍过去。大伙儿见我又不是吃饭时间，不知道吃些什么，一定会传闻怪异的吧。不过倒是这样子，让我给蒙了过去，硬是没讲出来。实在有趣。"我又叮咛："千万别说出去哦。"遂又过了几日。

一夜，天色已晚。有人猛敲门。心中正纳闷着，究竟是什么人，又不是远处的门，为何要敲得这么响呢？乃差人出去问。没想到，乃是泷口卫士，自称奉左卫门督之命带信过来。众人已睡，遂移灯读之。"明日适逢宫中诵经结愿之日[3]，又值宰相中将宿直。彼以'坦白阿妹居所'相逼，恐无法再隐瞒，请见谅。究应如何作答，盼示知，将遵旨转告也。"我

---

1 左中将经房，为源高明四男。济政，为源时中之子。均已见前文第八十五段。
2 此人亦已见第八十六段文。
3 宫中每年于二月及八月，各举行诵经四日。招僧侣使诵读《大般若经》。结愿，系其最后之日。

信使

没有给他回信，只抓了一把海带，包在纸中，令其持归。其后，则光又来，告以："那天晚上，宰相中将逼问，只好带着他到处乱跑。他再三地责备。真不好受！偏偏你又没有回音，只包了一把海带来。那可是弄错了？""怎么会是弄错的呢？还有什么人会把那种东西包了送别人的吗？真是的。可见你完全没有搞懂！"我真是气极了。看都不想看他，也懒得言语，便只在砚台边上的纸端写下：

曾叮咛兮莫道清，

海女居所在海底，

既食海带兮怎未明？[1]

---

[1] 日语"海女"与"尼"同音。此歌取音义双关之妙者多处，无法以外语译出，今但取其意也。

想不到，他见我书成推出帘外，竟说："原来是在咏歌呀，绝不敢拜读。"遂将那纸条用扇子覆过来，仓皇逃归。

如此相互照料，又亲密交谈之间，竟也不知不觉地彼此交恶疏远了起来。一日，有信来。"即使有何不快事，也请莫忘记我俩间兄妹之谊。望时或视我若兄长。"则光常说："如果有人思念我，请千万勿投以歌。倘若赠歌给我，定会将她视作仇敌；除非到了最后，想跟我绝交，才咏歌吧。"[1]我乃又咏成一首：

妹背山兮渐崩毁，
吉野川流当其中，
既存间隙兮莫追悔。[2]

他对于这首歌，难道真的也不再一顾了吗？竟连个回音都没有。

尔后，则光得叙为五位之官爵，又任远江郡[3]国守。我们二人之间，竟这般彼此心怀芥蒂以终。

---

1 橘则光或不擅长咏歌诗，故有此言。
2 吉野川，在大和国，其水流经妹山与背山间。清少纳言此歌，一面取谐音之妙，又有比喻之效果：谓二人间既存嫌隙，将不易重修旧好也。
3 在今静冈县西部。

八九　令人感动的表情

令人感动的表情，如流鼻涕，拼命擤着鼻涕说话的声音。拔眉的表情。[1]

九〇　去访左卫门阵后

那次去访左卫门阵后，[2]请假返乡一阵子。皇后赐函令："往日晨朝之事，时在念中。你何以冷漠寡情，置旧事于不顾？我则常觉得印象极深刻。"[3]连忙修函回禀承命，而私下则又致书于同僚女官："岂有不觉得印象深刻之理？谅皇后娘娘也必然以'仙女下凡'[4]一般的心境赏览的吧。"没想到，皇后方面又立刻有回信赐下："皇后有命：'你怎么可以说这种让所偏袒的仲忠失尽面子的话呢！今晚之内，搁置万端，快快回到宫中来。否则，可要十分怨怼的。'"便即再修一函："即使一般的怨责，都已不敢当，更何况'十分'怨怼。这就舍命参上……"遂匆匆上宫去了。

---

1 此句语意不清。或指当时成年女子以拔眉染墨为美，讽刺其忍痛为美而拔除眉毛耶？
2 此段当系上承第八十段之文字。
3 此为皇后令女官执笔之信函。
4 《宇津保物语》歌句之一。

九一　皇后在宫中期间

皇后在宫中期间，西厢举行不断诵经。[1] 把佛像全都挂了出来。法师们尊贵的样子，更是无可言喻。

约莫二日后，忽闻走廊方向有贱者之声争论："总有些供奉的东西剩下来吧。""你说什么？还没完事儿呢！"到底是谁在讲这些话呀？遂出去探个究竟。原来是个上了年纪的尼姑，穿着一件破旧的狩袴[2]，像竹筒子一般细而短，离腰带下仅有五寸许长，另外又披着一件不晓得算不算衣服的同样破旧不堪的东西。模样儿嘛，则像只猴子似的，在那里说话。我问："她到底说些什么？"岂料，这女子竟装腔作势地说："我乃是佛弟子，请他们施舍点儿东西[3]。这些和尚却吝啬不肯答应。"想不到声音倒是明亮且优雅有致。其实，这种时候，声音要枯哑些，才能引起别人同情怜悯。她却全然不是那回事，挺明快的样子嘛！我不禁有些讶异，乃问："别的东西都不吃，光吃祭菩萨的供品吗？信念倒是蛮尊贵的嘛。"她大概是听懂了我话中的讽刺意味。"岂有不吃别的东西的道理。他们说没别的，所以才这么讲的啊。"便即差人把水果啦，糕饼之类的

1　昼夜不停诵经也，由僧侣十二人轮流诵之。
2　贱者狩衣下所着之裤袴。为白布所缝制。
3　盖指法衣之类物。

东西盛好了施舍给她。未料,那人竟变得兴高采烈,开始说这说那地没完没了。

年轻女官们也出来。"有丈夫没有?""住在哪里?"等等,大伙儿纷纷发问。她也把趣事啦,玩笑啦,一股脑儿讲了出来。"会唱歌吗?跳舞呢?"没等人家问完,她就开始唱起来:"咱与谁共眠?常陆介共咱卧眠。他的肌肤细哟好。"唱完,继续又唱了很多首歌。又唱:"男山峰上的红叶哟。哎哟声名狼藉。哎哟声名狼藉。"唱的时候,还摇头晃脑,真惹人嫌。大伙儿便笑着赶她:"回去,回去!"好玩得很。我正在讲:"赏她点儿什么吧。"却让皇后听见,她说:"可怜哪。真不忍心在一旁听。怎么会叫她唱这些?害我捂住耳朵不敢听。快,赏她一件衣裳,教她走吧。"遂取来一袭衣裳:"皇后娘娘赏给你的。瞧你衣服都破了,要好好儿爱惜才行。"她竟伏地膜拜,又将衣裳搭在肩头,行起拜舞礼来。真教人受不了。大伙儿遂都退入内里去。

尔后,她又常来,并且故意在那儿徘徊引人注意。大家便将那歌句"常陆介",作为这女子的绰号。这女子衣服也还是照常不更换,仍旧脏兮兮的。大伙儿不禁生气:上回给她的,也不知弄到哪儿去了。有一回,逢着右近内侍参上时,皇后谈起:"有个这样这样的女子,这儿的女官们跟她很谈得来,便经常来这儿走动呢。"遂又将那情况,让近侍的小兵卫学给右近听。右近竟笑说："好想见一见。请务必要让我见见她。既然是皇后娘娘这儿疼爱的人，也不会把她抢过来的啊。"

其后，复有一个优雅的尼姑乞食者出现。大家又叫住她，讯问种种。这尼姑显得十分局促不安，挺惹人怜悯，遂赏与一袭衣裳，她便伏地拜收；这倒不打紧，不凑巧的是，她喜而泣，回去时，竟让"常陆介"看见。这之后，"常陆介"有好久一段时间都不肯露脸。不过，又有谁会去想念她这种人呢？

十二月十几日，降雪厚积。大家把雪堆积在盒盖子上，又想："不如就在庭院中堆个真的雪山吧。"于是，伪称系出于皇后命令，召集了许多侍役，一起筑成一座高高的雪山。后宫的诸役人也都集拢来，在那里指挥种种；末了，藏人所的众役也来了三四人，主殿司方面的人也不知不觉地到了二十人许。这且不说，复又召来退居在自宅的一些人。人人纷纷言道："今日参与筑雪山者有赏禄，否则无赏。"故而闻者莫不仓皇参上。至于家在远方者，则无法告知。

待雪山筑成，乃召来官司，使赏绢二匹于各人。绢投出于廊外，便一一靠近来，鞠躬领取。拜收后，插入腰际，退出。其中，穿役者身份之制服者，只有一部分，其余则仅着平常狩衣。

"这雪山能保留到何时?"皇后问。"总可以拖到十几天之久吧。"周围的女官们异口同声地回答。皇后又问我:"你认为怎样?"遂回禀:"应该可以维持到正月十五日才对。"皇后心中定必怀疑着:"那不太可能的吧?"大伙儿又都说:"绝不会维持到年内月底。"我内心有些动摇:"说得太远了些。或许维持不到那时候;早知道,该说月初就好了。"可又想:"管它啦。即使保不到那时候,一言既出……"便跟大家争执到底。

二十九日时分,下过雨。雪并未融化,但雪山稍稍减低。只好拼命祈祷:"白山观音[1]啊,别教雪化了。"自觉这未免有些傻气。

那天堆雪山时,式部丞忠隆正赶上奉帝旨来到,乃设席请他坐下来谈话。他说道:"今儿个无处不堆雪山。皇宫御前的壶庭也造了。另外,东宫和弘微殿[2]也都造了。京极殿[3]也造了。"听他如此一详数,我便写成一首和歌:

日雪山兮独在兹,
　　谁知处处均降雪,
　　　　遂令古旧兮无鲜姿。[4]

---

1 石川县的白山十一面观音。白山为雪山之歇后语。
2 当时为藤原义子后所居处。
3 左大臣藤原道长之府邸。
4 此歌"古""降"有音义双关之妙。

使在一旁的女官咏出。岂料,忠隆竟戏称:"若其作答咏,反而侮蔑了你这首和歌。"便起身离去。听说他是非常喜爱诗歌一类的人,何以竟这般逃之夭夭呢?后来,皇后听此,说道:"看来,那人必然是想要作一首特别好的答歌吧。"

靠近月底时,雪山似乎变小了一些,但依然高高耸立着。中午时分,大伙儿出来廊边上坐着,没想到竟看见那"常陆介"来。我说:"哟,怎么好久都不来呀?""没什么。只是有点儿不愉快的事情。""到底是什么事情啊?"追问之下,她才说:"当时,是这么想的。"遂长吟道:

"嗟可羡兮彼海女,

　　究何赢得众垂青,

　　　　赏物缠足兮不堪举!

这么想的呀。"说罢,奸狡地笑。见大家讨厌,看都不看她一眼,便径自爬上雪山,危危颤颤地踩来踩去,方始归去。后来,差人去告诉右近内侍"如此这般"一番,右近反责怪道:"怎么不叫个人送她过来呢?可怜,害她窘得踩入雪山。人家一定是尴尬极了的。"见此回音,大伙儿又哄笑起来。雪山终于维持原状不变。而岁又更新。

正月一日,复又雨雪霏霏。心里正想着:"真高兴,又下雪了。"皇后却吩咐:"这样子可不对劲。留着先前的雪,把现在积下的扒开。[1]"当夜近伺皇后御前,翌晨早早退下。有一位侍役长穿着柚子叶一般青青的宿直制服,在他那袖端系着蓝色纸上附有松针的信函,抖抖颤颤来到。"是什么地方来的?""斋院[2]方面来的。"听此,心中忽觉奇妙。受函后,又匆匆赶回皇后处去。

皇后仍在寝中。我想要打开寝宫的格子门。拉了棋盘来,作为踏脚台,一个人使劲儿抬,但是重得要命,只能抬起一边,故而咯吱咯吱作响。皇后给这声音吵醒,问我:"你在干什么?"只得答以:"斋院有信来,怎能不急急奉上呢?""原来如此,可真算得大清早的信呀。"遂起身。打开信来看,见有两只五寸许长的卯槌[3],用纸包裹着头部,像似卯杖头的样子,又在那上面点缀着山橘、日阴、山菅等各种嫩枝,十分好看,信函倒是反而没有。"不可能什么都没有的呀。"仔细端详之下,就在那包裹着卯杖头的纸上书写着:

　　曾闻得兮斧音响,

---

[1] 指留取雪山原有之白雪,除去新积之雪也。
[2] 指贺茂斋院。当时之斋主为村上皇帝之女选子公主,为当时文雅中心之人物。
[3] 旧俗于正月初卯之日,祛除邪气,取卯槌之缀有饰物者,相互赠之。

> 谷间丁丁有回声，
>
> 　伐木取材兮为祝杖。

　　瞧，皇后那书写回信的模样儿，可真个气质优雅高尚极了。要给斋院回信，当然须要特别费神，格外容易写坏，看得出她聚精会神的样子。赐予斋主使者的赏禄是一袭白衣，另有深红色者，则或为表红里梅色的女装吧。那使者获得赏禄，将缤纷的衣物挂于肩头，在雪山离去，委实赏心悦目。所遗憾者，这次皇后写的答复内容竟无由得知。

　　那座雪山可真像越地[1]的山，皑皑的雪，似无消融的意思。如今变成了黑色，不忍卒睹。我已稳操胜算，心中笃定，却仍希望能维持到十五日，故而用心祈祷。女官们则还是在那里嚷嚷："过不了初七的。"大家都有意看个究竟。而皇后忽决定于三日进宫入内。真可惜啊，这座雪山的终局怕是看不到了。我正衷心遗憾之际，听见别的女官们也在慨叹："真想知道结果如何呢！"她们还纷纷向皇后表达其心愿。我也难免想着：若能如愿的话，说中了，让她看看。这下子，可没得戏法唱了。趁着搬运用具忙碌之际，见有个叫作木守者，在宫墙外搭个小屋住着，便招他到廊边来，告以："替我好好儿

1　日本北海道之古称。

看守着这座雪山到十五日,别让孩童或什么人来踩坏了。你若是看守得好,到那一天,皇后会好好地奖赏你;我个人私下也会厚重报答你的。"说罢,又送给他许许多多果物一类东西。这些东西,平日他乞求御膳里的女官和女仆,常常是挺惹人嫌的。那人受物即笑说:"这是太容易的事情。包在我身上啦。只怕孩童们爬上去啊。"我立刻告诫:"你要对他们凶一点。如果有人不听话,就来同我讲。"尔后,皇后进宫,我便也追随在宫中,伺候到七日,才退归家里。

其间,心里老是惦念着雪山之事,常常差使宫中下役贱司者[1]去观察。七日之节会,又赏了些剩余食物给木守。他竟高兴得伏拜。使者回来都在说笑哩。

即使退居在家,也把这件事当大事,常派人去探看。初十那天,听说:"还剩五六尺高。"心中正高兴着;没想到,十三日夜降大雨。"这下子,大概要消融了。"真可惜。"也不肯多等一天!"夜晚也睡不着,起来叹气,别人都笑我疯了不成。有人起床要走了。我便也不眠不休地坐着,差人去喊叫下人,偏又久久不起床,真恼人;好不容易等她起来,便差去观察。回来道是:"只剩下草垫子那么点儿大小了。木守拼命看守着,不让孩童们靠近。嘴里念叨着:'明天,后天,都

---

[1] 宫中执贱下之役司者,如清扫便器类之妇女。

还会有。快要领到赏禄了。'"不禁欣喜异常，想着："快快到明天吧。好让我咏首歌。连同雪装在容器里面奉上。"心中可真个焦急得紧。天还没亮，就叫人拿了一个大型桧木片盒子，吩咐道："把白净的部分装进这里面带回来。脏的不要。"没想到，那人却很快就回来，拖着那个带去的盒子，说："早都没有啦！"真气煞。

下了功夫作的和歌，原来想要让大家传诵的，到头来也变成枉费心神之举。"究竟是怎么回事嘛，昨儿还有那么多的雪，如何可能一夜之间消融殆尽呢？"正念叨着泄气之际，使者说道："那个木守还抚掌遗憾地说：'咳，这下子，赏禄也没得拿啦。'"正嚷嚷着，皇后自宫中派人来问："那雪可曾保留到现在？"心里虽然老大不服气，也只得说："人人都以为只能留存到年内的雪，居然能够维持到昨晚，已经算是很不错的啦。我说会留到今天，也许是太贪心了点儿……请禀奏皇后娘娘：我猜，或许是有人嫉恨，趁夜里，把它给铲掉的吧。"

二十日参内时，第一件事便是向皇后禀报此事。讲到有关那使者，只拖个空空的盒盖子，像个"舍身殆尽"的法师似的，[1]才去便回来，教人意外啦；还有，原本想在盒盖子上盛

---

[1] 此盖暗射"雪山童子"半偈投身之故事。

个小雪山,在白纸上写一首巧妙的和歌啦。这种种事情,皇后听了,不禁莞尔。周遭伺候的女官们也都笑了。皇后乃道:"这般费心神的事情,竟然教你失望,真是罪过啊。老实告诉你,是我十四日晚上,派了些人去把那雪山给铲掉的。你回信上说得对,真是有趣的巧合。那个看守的老头儿合十拼命讨饶,可是吓唬他说:'这是皇后命令。不许跟那女官家派来的人提起,你若是敢说漏嘴,把你房子给拆掉!'后来,把雪都给铲到在左近司[1]南边的墙外去。据他们回来报告:'那雪积得挺高,也挺坚固。'恐怕还真的能维持到二十日;说不定,今年的初雪都会覆盖上去的。皇上听了,也向殿上人之辈说:'亏她想得深远,勇于同别人争论啊。'对了,把那首和歌咏出来吧。现在,把事实真相都说出来了,等于是承认你赢了一样。吟咏出来吧。"众人也附和着皇后,要我道出。"既然听到这些事情,怎么还有心情吟咏呢!"心里真是难过极了,伤心得很。这时,皇上赶巧也莅临。"朕还一直以为你是皇后特别宠爱的人。这么一来,可真有点儿怪了。"我实在越听越悲伤,差点儿哭起来,遂道:"唉,真教人伤心。人家还在那里庆幸着后来又降雪啦什么的;没想到,皇后娘娘居然会以为'那种事真无聊',还下令'铲除掉'哩。"皇上听后,笑

---

[1] 在后宫东邻。

着说："可见得皇后是多么怕你赢的呀。"

九二　辉煌之物

辉煌之物，如唐锦[1]。装饰刀剑[2]。佛像之木片嵌画[3]。藤花之串长色佳者悬垂于松树。

六位藏人，也挺教人羡慕。瞧他们穿着连身份高贵的年轻公子们都不能随意上身的锦罗绫缎类葱绿色袍子，[4]真是辉煌极了！有的人原本属于藏人所下官之辈，或为某某人之子，而在某公卿府邸忝居四位、五位之末座，一旦跃居为藏人，便会予人格外显赫之感。当其奉持皇上的宣旨，或大臣府邸举行盛宴之际，任御赐之甘栗使者时，在主人身旁接待种种，那派头呀，看来简直就像不知从何天堂下降的人哩！

有女为后，或为入内之前的"公主"身份，藏人奉天子御函参上，打从推函入御帘之内，到帘内推出坐垫的女官的华丽袖端，以及那种接待的讲究礼节等等，真教人大开眼界。若是那藏人又兼卫府之职，底裳下摆拖得长长，就更增添一

---

[1] 平安时代崇唐风盛，故以中国（泛称"唐"）舶来之织锦为优于日本本地产品。
[2] 五位以上者束带时所用有装饰之刀。
[3] 此词日本学界亦未详，姑从其一说译之。
[4] 当时衣着，依阶级分明规定。六位以下不得穿着锦缎。

种气派了。当其主人亲自献杯之际，藏人内心必然会感到十分荣耀的吧。对于往时不得不谦卑远伺于别处的高门贵公子们，如今表面上虽仍保持卑下的态度，实则已经可以平起平坐了。尤其见他们蒙皇上近伺时，更令人禁不住妒羡。皇上要写信，就赶紧研墨，又打扇啦什么的，寸步不离地贴身近伺。在那三四年的任职期间，若其衣着不讲究，色泽褪尽，熏香之类也不过尔尔，徒与殿上人辈为伍者，可真是自贬身价了。叙爵之期渐近，即将退下殿上之职位时，他们一定会感到比丧失性命更遗憾才对；有些人则索性趁早拼命巴结，想申请转任地方郡守一类地位，这就未免太教人看着伤心了。从前的藏人呀，一到退职的春季，往往就会开始哭泣留恋的；而现今之世呢，据说多数早早已经为自己的前途奔竞了！

要盛赞有才学之士，不免稍觉犹豫。人或许生得丑陋，出身也寒微，又无甚特殊之处，却幸蒙世人尊敬，得以近伺贵人，询问种种啦，伺候侍读等事，都是挺风光之事；有时候所作的祈愿文，或诗歌之类的序文，能得到皇上赞许，则更是光荣至极。

法师之有才学者，自是不在言下。与其单独专诵《法华经》，倒不如在众僧之中参与定时诵经为佳妙。当其天色逐渐暗下不辨经文字迹时，人们纷纷说道："怎么啦？读经的灯还不送来。"大伙儿都停顿下来，这时才学出众的僧侣却能低声诵经到底。

　　皇后日间的行仪[1]。皇后的产房[2]。立后之仪式[3]。立后时，凤座高坛之前罗列唐狮子、高丽犬的避邪饰物各一，以及天皇御用之膳几。内膳司又恭恭敬敬迎来灶神灵位。那种排场之盛大，与前文所提公主或一般人的情况，自有天壤之别。

　　摄政官和关白出外，或参诣春日神社之际，一律都穿上葡萄色的衣料。凡紫色之物，不论是什么，都教人觉得辉煌高贵。花啦，丝线啦，纸张等等。紫花之中，杜若的外形稍有缺点，但色泽是没话说的。六位藏人的宿直制服之所以可赏，大概也是由于那紫色的缘故吧。[4]雪降于广庭之中，皇太子年幼时候，由皇叔们——当时年轻英俊的公卿们——抱着，召来殿上人，使引御马观赏或游玩，那光景，真是人间至乐，还有什么可以比拟的呢？

九三　优美者

　　优美者，如纤细清秀的贵公子穿着直衣的模样儿。美丽的女童随意地穿着裙裤，于其上搭配着敞开腋间的汗衫，袖

1　盖以陪侍女官皆衣着华丽也。
2　仪式繁富可观，故云。
3　详见于"江家次第"。
4　六位藏人官服为葱绿色袍，下着紫色裤袴。

际露出卯槌和香袋的饰带长长,依在高栏边,用扇子半遮着脸。年轻女官之貌美者,将夏用几帐的下端掀起,看得见于白绫的单衣之上加披着紫色的薄衣,在那儿练字。那纸张极薄,用染着深深浅浅变化的丝线装订着。在柳叶细密的枝子上,系着青色薄纸的信函。翡笼[1]的染色优雅有致,其上又附添五叶之松枝。三重骨枝子的桧木片扇子,骨枝子若呈五重,未免笨重不好看。制作精巧的桧木笼盒。细细的白丝线。不新不旧的桧木葺顶房屋,于其下整整齐齐地排列着菖蒲。清清爽爽的帘子下端,现出几帐架上木纹显明,丝带也光洁可赏;而那丝带随风飘扬,也十分悦目。夏季里,帘子上端的幅额布边之尤其清新者。帘外,高栏边,可爱的猫儿,颈子上系着红带子,带子上有白色名牌儿,当其拖着有重量的绳子跑来跑去,那模样儿也是挺优美的。端午节时,担任分送赏禄的女性藏人。她们头发上以菖蒲装饰着,佩戴不甚耀眼的红色带子以及领巾、裙带等,都装扮停妥,一一分赠香包予整齐排列的亲王和公卿贵人。那光景,看来真个优雅极了。至于受物的一方,将那香包系结于腰际,行答礼的拜舞,也十分优美。此外,持着香火的女童[2],以及穿着白衣的小忌之

---

1 细竹片编造之笼子,编余之尾端故意残留不剪齐,如须鬓者。
2 端午节日,由五节之舞姬持熏炉参上,女童持燃熏香之火行于其前。

君[1]，也优美可赏。六位藏人所穿的葱绿直衣。临时祭[2]的舞者。端午节之际，追随五节之舞姬的女童，也十分优美可赏。

九四　皇后提供五节的舞姬

皇后为了提供五节庆典的舞姬，特别又选择十二位陪侍的女官；别人或者会认为后宫方面提供人选不妥，但不知是何意下，竟从宫里头挑选出十人来。另外的两人，则出自太后宫[3]及淑景殿[4]，系为同胞姊妹。

皇后令舞姬于辰之日[5]穿上白底青花的唐衣，女童亦着同花色的正式装束。事前并未告知其他女官，对于殿上人之辈，更是保持高度秘密；待其余之人皆装扮停妥，天已暗下时分，才使奉上，令众人穿着。红色的丝带子飘飘垂下，结得十分好看，特别加工而富有光泽的白衣裳上，普通是用木版印染的花纹，如今却用手工绘制着。女官们于织锦的唐衣上加穿着这种服装，真是珍奇极了；而女童们的装束更是优雅有致。

1　此为事神之少年们。身穿白衣，染有青色花纹。
2　于贺茂、石清水、八幡宫等所举行的恒例以外之临时祭典。
3　原文作"女院"。指皇太后藤原诠子。系一条天皇之母、藤原兼家之次女。
4　皇后之妹藤原原子，为道隆之次女。长德元年（九九五），为东宫妃，居于淑景舍。
5　五节之日有一定仪式。于丑日，举行"试帐台"；寅日，举行"御前试"；卯日，举行"见女童"；辰日，为"丰明节会"，有舞姬之舞蹈。

连下役侍女们也穿着类似的衣裳紧伺于次。这光景颇令那些公卿殿上人讶异,感觉兴味,遂以"小忌女官"戏称之。至于小忌之公子们,则坐在外边,与内里的女官们闲谈。

皇后谕令:"五节舞姬的住所,若早早整理除去,教人看得清清楚楚,未免不妥。务必要好好保存到当夜事毕才好。"遂谨遵旨。居处在里头的舞姬们也就一无尴尬之事发生。所有几帐之相接处,都逐一联妥;而华丽的裳袖仍溢出于帘外。有个叫小辨[1]的侍女正说着:"该把这儿结起来才好。"在帘外的实方中将便立即靠近来帮她系结,乃得趁机似若有意地吟咏:

山泉冻兮若青染,

坚冰难溶似君心,

纽结何得兮解那点。[2]

小辨还只是个年轻姑娘,又处于此大庭广众之间,怕更是不方便说话的吧,故而连个答歌都不给。周遭那些年纪较大的女官们又都装作没听见,也没人搭腔。后宫里执司者皆倾耳

---

1 一作"小兵卫"。
2 此和歌颇取音义双关之妙,如"山泉"(原文作"山井")与"青染"(原文作"山蓝")、"纽"与"冰"均谐音。

等候着答歌；过了许久，终于熬不住，从另外一边进入内里，贴近女官身旁，似乎在那儿轻声问："怎么也不给个答歌呢？"我隔着约莫四个人的距离坐在那儿，听见她们在讲悄悄话。即使想到巧妙的答歌嘛，也不便于咏出；而况，中将的歌可不比寻常一般之作，怎么答复才好啊，真替她捏一把汗。咳，端的气煞人也！"作诗咏歌的人，可不作兴这样扭捏。就算是不顶出色的答歌，也应当即席咏出才好。"那执司者竟弹指相责，教我实在是再也忍不住了。

  冰层薄兮甚易洒，
   日光浅浅即消融，
    纽结本松兮不难解。

便即代为咏成此答歌，叫阿元[1]那个女官传闻于中将，但此人又特别胆子小，连一首和歌都咏不完全，害中将在那儿倾耳频频问："什么？什么？"那女官讲话本来就带些口吃的毛病，又想要装腔作势，故而终致无以言尽；这样倒也好，我那首不高明的和歌仿佛得以遮丑哩。

  为着舞姬们上上下下之际的迎送诸事，皇后下令把那些

---

[1] 原文无汉字，暂取谐音字译出。

因身体不适而暂时退下的女官都召上来派用场,所以众人麇集,与他处相较之下,或许稍嫌其喧嚣吧。有一舞姬为相尹马头[1]的千金,亦即是染殿式部卿宫妃的第四胞妹,年仅十二,生得十分明丽。直到辰日最后一晚,都无一丝儿紊乱。舞蹈完后,由舞姬居先率领,大伙儿自仁寿殿通过清凉殿前的东边走廊,直趋皇后宫殿。那光景,真个美妙极了。

九五　眉清目秀役者

眉清目秀的役者,佩带仪礼用的刀,那束带型在身前,看来挺优雅的样子。又如用紫色的纸张系结在藤花长长的串上,也饶有雅趣。

九六　后宫内,在五节庆典期间

后宫内,在五节庆典期间,委实异乎寻常。连遇见的人人也都予人格外美妙的感觉。主殿司之女官[2]辈将各色布条裁成避邪牌一般,用簪子装饰在发上,看来十分有趣。清凉殿

---

1 藤原相尹。正四位下,官属右马头。
2 于辰之日舞姬舞蹈时,任举烛照之务。

的拱桥上坐着许多女官,人人梳着髻子,那髻上的紫色系带[1]显得挺鲜丽,煞是好看。难怪照拂舞姬的下女和陪侍的女童们都觉得很有面子的样子。至于由加冠元服的男子捧着装有山蓝与石松子的柳条盒子巡行,也十分有趣。殿上人之辈则半脱直衣,手持着扇子或什么的,一边在那里打着拍子歌唱:"船行水上呀,浪涛高。"[2]一边通过五节舞姬的住所前,真个有趣得很;那些陪侍舞姬的女官们难免会心中骚动的吧。而况,那些殿上人一忽而哄笑,更会教人吓一跳。

执事的藏人所穿的红丝底裳看来尤其鲜明耀目。虽然准备好了坐垫子,但这种时候,谁也顾不得端坐其上,女官们都坐在靠外处来看热闹,而外头那些人便任意批评咱们这儿的好好坏坏。这段时间里,似乎每个人的心中,除了五节之庆典,已别无他念了。

御前试舞之夜[3],执事的藏人严格地断然宣称:"除了两位担任梳栉的女官及女童以外,都不准入内。"他们挡住门,硬是凶狠狠的样子。殿上人央求道:"只放这一个人进去。"但是,对方依然顽固地拒绝道:"不成。别人会怪责我们。"没想到,后宫方面的女官约莫有二十人挤成一团,无视凶巴巴的

---

1 妇女所梳发髻,于其发根用紫色丝带系结之。
2 当时歌谣。此或以浪高船行喻晋官高迁也。
3 于丑日夜,举行舞姬试舞。

藏人，硬闯开门进去。那藏人由于这突如其来的事情，一时间张口结舌地呆在那儿，只茫然地喃喃："哟，可真是不讲理啊！"瞧那模样儿，实在可笑。如此一来，陪侍的也都跟了进去。恨得藏人咬牙切齿。皇上也莅临，他大概内心也觉得挺有兴味的吧。

龙舞之夜[1]尤其有意思。一张张向着灯光的脸，看来是多么稚气可爱啊。

九七　无名之琵琶

"皇上带了无名之琵琶光临，有人在那儿弹奏哩。"一日，听人这么说。其实，哪里是弹琴，只不过是像玩具一般用手指抚弄弦丝罢了。我请教皇后："这张琴叫什么来着？"皇后竟然晓谕以："毫不足取，连个名字都没有。"她的机智更教人敬佩。

淑景舍的女主人[2]来访，与皇后闲话种种之际提到："我那儿有一管挺有来由的笙笛，是先父所遗留下来的。"僧都之君[3]听此，遂央求道："可否将它赐与这隆円。我这里有一具很好

---

1 于卯日，排练童女试舞。
2 定子皇后之妹原子。当时为东宫妃，居淑景舍，故称。
3 为道隆之四男，名隆円。系定子之弟，原子之兄。

的琴,来个交换罢。"但是淑景舍主理都不理,继续讲别的事情,僧君虽再三言及,亦无答复;皇后终于说:"心中明明是想着'否,不可替换'[1]的吧。"她的才情真是不可限量。可惜,僧都之君并不知此笛名,所以难免觉得挺遗憾的吧。这事发生在后宫内。"不可替"之御笛实乃在皇上处。

凡是天皇所藏之物,不论是琴、笛,都有珍奇的名称。琵琶,有玄上、牧马、井手、渭桥、无名等名称;和琴,有朽目、盐灶、具等名称。我还听说过水龙、小水龙、宇多法师、钉打、双叶等各种各样的名称,不过,多数已忘记了。头中将常常有句口头禅,道是:"宣阳殿里第一棚。"[2]

九八　后宫御帘之前

殿上人辈一整天都在后宫御帘之前演奏笛琴。他们退出之时,格子门窗尚未放下,而皇后这边点着灯火,所以从外面看得见内里的情景;皇后正扶着竖立的琵琶。她穿着无可言喻的鲜红衣裳,身上层层叠叠穿的尽是些光泽夺目的衣料

---

[1] 语出《江谈抄·三》:"否,不可替换。是笙名也。唐人欲购以千石,亦云不可替换,以之为名。"
[2] 宣阳殿在紫宸殿东方,其主屋内收藏众乐器,故云。时人或以此喻乐器之佳妙者。《源氏物语》第三十四帖"若菜"亦有文:"这只琴本是皇宫里宣阳殿所收藏,代代称为第一名琴。"(见拙译)

子，可以看见在那黑色光亮的琵琶上，披覆着多层次的美丽袖端，那抱持琵琶的神态委实令人神往！又偶尔觑见她那白净的额际，真个优雅美丽无比。我悄悄跟身旁的同伴说："那位半遮面的女子定没有这般美丽的吧。因为她不过是寻常妇人而已。"[1]岂料，那女官竟强行挤进人群，专程去把此话禀奏于皇后。皇后听后，却也答说："你可知道少纳言讲的是什么吗？"而这话又是那女官传回来给我听的，真有意思。

九九　乳母大辅今日

乳母大辅[2]今日将返归日向[3]。在众多赏赐的扇子中，有一把是，一面画着日光照耀，有旅舍啦，官邸等好看的图画，另一面则画着京城的风光，大雨之中，有人深思的状况；更有皇后亲笔题咏：

> 长雨猛兮难盼晴，
> 　京城一片烟水浸，

---

[1] 此段日本学界多以为系踏袭白居易《琵琶行》："移船相近邀相见，添酒回灯重开宴。千呼万唤始出来，犹抱琵琶半遮面。"（《白香山诗集·卷十二》）以乐天笔下之长安倡女比喻定子皇后，殊为不敬。然白居易诗东传后，成为日本平安文坛所最崇拜模仿之对象，故亦不免于此心态也。
[2] 盖即中宫定子之乳母。
[3] 或为其夫之任地，在今宫崎县。

何不向日兮思绪萦。[1]

她怎么舍得离开这样好的女主人而远行他方呢!

一〇〇　懊恼之事

懊恼之事,譬如寄给人的书信咏歌,或回人的信件,等遣人送去后,才想到要改动一两个字。赶着要缝制的东西,以为缝好了,等把针抽离,才发觉原来线头忘记打结。又如缝时把表里弄反了,也是挺教人懊恼的事情。

皇后还住在南院[2]的时期,一日,曾访父君于西厢房。女官们便都麇集在正厅里,一时无所事事地戏耍啦,徘徊在回廊上什么的。忽而有命令,道是:"紧急需要。大家集拢来赶制缝纫。"遂即捧来无花丝质的衣料。大伙儿坐在正厅前面,每人拿着一份衣料,比赛谁能缝得最快;互相避免面对面地,也不看别人一眼,人人疯狂也似的缝着。命妇乳母[3]率先缝制完搁下。她缝的是身长连袖的部分,由于求胜心切,竟然没发觉到将表里弄反,线头也没有打好结就急急忙忙下来;等

---

[1] 此和歌中,取"长雨"与"眺望"谐音之妙。又"向日"既指乳母之夫任所,复与图画相关。
[2] 南院,指京都东三条南院,为定子后之母家,藤原道隆府邸。
[3] 定子后之乳母。

到要对合时才知道整个儿弄错，于是，大家笑闹成一团。别人说："赶快重缝呀。"她却不服输地说："谁愿意错了重缝的呢！若是有花纹的绫罗，缝错的人自然不得不重缝；可是，这是无花无纹的丝料子啊，凭什么做记号？所以缝错了，也没人肯再缝。让那些还没有缝制过的人来做这事吧。"见她完全不肯理会，又不能这么搁着，所以只好改由源少纳言、新中纳言[1]等人来缝改好。瞧她们这般闹哄哄的表情，从远处觑着，也挺有趣的。皇后为了要赶在当夜参见皇上，故而宣示："谁要是早缝好，谁就是对我好。"

把信寄错，偏偏将那不能让那人见到的送到他那里，可真是令人懊恼万分。有时又遇见那使者不愿乖乖承认："是在下的错了。"还在那儿可恶地顽强狡辩，倘非在意他人耳目，否则真想跑过去赏他一巴掌！刚种植好饶有风情的胡枝子啦、芒草等，在那儿欣赏着，却来了一队抬着长柜子的男子，说时迟那时快，用锄头掘呀掘的，完了就走。真是拿他们没办法，气死人的。若其有身份相当高的男士在场，谅也不至于如此；我这边虽严加制止，奈何还是说"只要一点点"啦什么的，硬是掘取走。真不可理喻，气死人啦！有时候，地方官吏府邸，来了某某权势豪门家里的下仆，讲话的口气蛮横

---

1 皆女官之称谓。

无礼，那样子好像是说：我就是这样，你能拿我怎么样？教我们看着都生气！

不方便让他看见信的人，偏偏一把抢走人家的信，跑到庭园里站着读，实在够恼人；就算是追赶出去，咱们妇道人家也只能到帘边为止，真恨不得可以跑了出去。

为了一点点芝麻小事闹意气，不肯睡在一处，从被里挪出身子来；那男的便悄悄摸过来要拥抱，但她那态度忒倔强，男方也就赌气说道："那就随你去好啦！"说完蒙头盖上被子呼呼大睡。女的后来觉得寒冷，身上又仅穿着一袭单衣，尽管在那儿赌气，可是这时人人都在睡觉，也不便于独个儿坐着呀。随着夜分愈深，愈觉得懊恼，很想睡觉，真后悔刚才若是早点起来走掉就好了。正思想种种之间，里边和外边都有什么声音响，挺吓人的，乃遂偷偷滑入男的那边。怎料，一掀开被子，对方竟是装睡，才教人恨煞！而且还在那里说什么："怎么不再逞强了？"咳！

一〇一　教人受不了之事

教人受不了之事，如有客来访，正说话之际，家里边的人却在那儿讲些私事，挡也挡不住，只好也就听着时，那种心境啊！所爱的人，喝得烂醉，在那里一再地重复说着同样的话。不知道当事人就在身旁，正滔滔谣传那人的事情。即便那人是身份不怎么样的用人，也会教人受不了。旅居在外时，那边的男仆们戏笑。长得一点儿也不可爱的婴儿，却自个儿疼爱在心里，尽情溺爱，还学他的声音讲话啦什么的。当着饱学之士面前，一个识浅才陋者偏在那儿卖弄所知，还称述古人之名等等。把自己所咏的和歌讲给人听，外加又引述他人所称赞的话语，才真教人不忍卒闻。人家在那儿坐着谈话，居然也还睡得挺安稳的家伙。尚未调好音的琴，竟然光凭一己的心意，当着此道高手之前弹奏。疏于走访的女婿，偏偏在某种喜庆场合遇着丈人。

一〇二 意外而令人扫兴之事

意外而令人扫兴之事，如想要磨亮梳子[1]，却碰着东西而折断了。牛车翻倒。如此大的东西，原以为堂堂皇皇，会永保其状的，真个是做梦似的意外，教人弄不清道理。

把人家引为羞耻的私事，不分大人小孩地随便向人乱讲。以为一定会来的人儿，等待了整晚也不见其来，近晓时分，不知不觉间渐渐淡忘而入睡；忽闻乌鸦在近处嘎嘎地啼

---

[1] 作为饰物之梳子，以黄杨木或象牙制成，以砥草磨亮。

鸣，睁开眼看，已是中午，可真是扫兴恼人之至。玩双六掷骰，筒子老是给对方抢去。[1] 全然不知晓之事，别人却对着你，不由分说地疾论。打翻东西，流得到处都是，也是很扫兴的事情。箭赛[2]之际，费时拉引弓弦，颤颤抖抖半天，射出的箭却不中的而飞向别处去。

一〇三　遗憾之事

遗憾之事，如节会[3]、佛名[4]之际，不降雪而阴雨绵密。节会或有什么庆典之日，不巧却碰上宫中须避方位之日。竞赛或有管弦游宴等事，盼望着那日子快快来到，却偏偏因故取消。喜欢孩子的夫妻，偏偏就是欠缺子运，相伴多年。举行音乐等游宴，又有东西想让他看，以为那人定必会来，岂料差了人去，却托使者回复："因事未克前来。"那可真是令人遗憾的事。

无论男人女人，在宫中仕奉，身份气质相仿者一起去参诣寺庙或者什么的，车厢中溢出衣裳的色泽缤纷，既风流又

---

1 双六游戏时，掷骰子，争取同目，赢者可连续取得骰筒，故云。
2 正月十八日，天皇幸临弓场殿，由左右近卫府舍人举行射箭比赛。
3 于节日、大礼等公事之际，天子赏酒群臣之仪。
4 每年于十二月十九日至二十一日举行称颂三世诸佛名之佛教仪典。于清凉殿举行之。

饶富情趣，那种华丽夺目的光景，简直都到快引人侧目的程度；而某某身份高贵的人乘车或骑马相遇，竟然会视而不见，可真是意外且令人遗憾极了。退而求其次，只好寄望于或者能遇着好事的下役之辈，他们见到了，也会把此事去到处吹嘘一番的吧。这种心态，岂不有些奇怪吗！

一〇四　五月斋戒精进时

五月斋戒精进时，皇后住在后宫中，特别把储藏室前的两间房间改装成精舍，看来与往常不同，饶富情致。从初一开始下起雨来，天色忽阴忽晴，令人厌倦无聊。我提议说："去寻找子规啼鸣吧。"没想到，大伙儿竟争先恐后地跟来。贺茂神社的里边有个叫作什么来着的，又不是七夕的鹊桥，挺怪异的名称。有人说："到那里去便每天听得见。"但也有人说："那是蝉呀。""去那边！"于是，初五早晨，宫中的职司者指挥车辆通过北阵门。道是："梅雨时节，无大碍的。"遂将车辆直趋入内，靠近台阶。约有四人乘坐其中。留下来的，羡慕地说"再增加一辆车子"什么的，却被皇后制止："不行。"于是，咱们这边故示薄情地出行。走过马场时，见许多人嚷嚷着。问："干什么呀？"随车从者回说："在举行射箭比赛。请参观一会儿吧。"于是把车子停靠下来。道是：

"右近中将等人都来了。"却也看不见,只见到一些六位的役者在那儿走来走去,便催促:"不想看。赶紧走吧。"行行重行行。途中景象,倒是教人想起贺茂祭[1]的情况,觉得十分有趣。明顺朝臣[2]的官邸就在此附近。"顺道去看看吧。"说着便下了车。这房子颇有田舍风味,十分简朴。那绘制马匹的纸门,桧木薄片斜编的屏风,黑三棱编的帘子,等等,都刻意保存古风。房屋的样子简简单单,颇嫌其狭隘,却别饶情致;而且,果如所云,这儿的子规啼声十分热闹。没能让皇后听见,实在是遗憾;还有,那些多么想跟随着我们来的人哪!屋主人明顺朝臣说:"既然来到乡下,就该看一看乡下的东西。"遂令人取来所谓稻子什么的,又叫年轻爽净的下女,以及附近居民的姑娘啦,妇女辈五六人来表演打谷子,又让两个人拖拉我前所未见过的石磨子,还边唱边拉,实在好玩得很。我们好奇地笑闹着,几乎忘了原来想到此来歌咏子规鸣之事哩。后来,虽然用唐人图画上常见的那种高脚盘端出食物来,却谁也看都不看一眼。屋主人只好说:"都是些粗陋的乡下菜。可是,来到这儿的人,有时候还要责求'还有没有别的东西'什么的。你们怎么倒是不像一般人呢。"于

---

1 贺茂祭于四月举行(至今京都每年仍之),此为通向贺茂神社之一条大道,故云。
2 高阶成忠(定子皇后之外祖父)之三男,为左中辨。朝臣,系对三位、四位者之尊称。

是，径自在那儿怂恿："这野蕨，可是我亲自采撷的哦。"我乃开玩笑地说："怎么让我们像女官[1]一样地并排列在盘前吃东西啊。"于是他连忙改称："那就端下来吃吧。对啦，忘记各位都是惯常自由自在地坐卧的人哪。"说着，便帮忙把食物从高脚盘端下，忙这忙那之间，随车的侍役们在催："快下雨了。"乃匆匆上车。"那子规的歌呢？要在这儿作才好。"我说。可是众人却道："是呀，但途中也可以作啊。"于是，大伙儿边采溲疏之盛开者，把花遍插在车帘子、车厢旁等，到处都是长长的枝子，简直就像是把溲疏篱笆挂在牛车上似的。连陪乘的侍役们都艰难地插着，硬将编织的地方挖个孔啦什么的，大伙儿嚷嚷："这儿还没有，还没有。"恨不得要满载而归的样子。这光景，真希望有什么人走过看见我们，可是偏偏只有一些和尚啦，身份低贱的无足道者看到，委实遗憾至极。

　　终于来到皇宫近处来。"就这么回来，真不甘心。这车子的风情，定要让世人瞧瞧，成为话题中心才成。"我不甘就此罢休，乃将车子在一条殿府邸[2]停驻。差使去禀报："侍从君[3]可在吗？听完子规啼鸣，现在正要回去呢。"那使者回来说道：

1　此谓下级女官也。
2　为故太政大臣藤原为光之府邸。
3　指为光之六男，藤原公信。

132

"他说:'马上就来啦。卿卿啊,卿卿啊。'正在宿直处随便歇着,方才赶紧去套上正式裤袴哩。""才不等他呢!"遂令车加快速度跑向上东门。没想到,对方也不知何时穿戴整齐的,一路上边系着腰带,气喘喘追上来喊:"好久不见,好久不见。"后面还跟着舍人啦,打杂的啦什么的,好像连鞋子都没来得及穿就跑出来。"跑快一点!"我越发地催着车子跑。好容易来到上东门,他们才追赶上,还没来得及讲话,便笑得要命。"这哪儿像是现实人的乘车嘛。不信,下来瞧瞧。"他在那儿笑着说,跟他来的那些人也喧喧嚷嚷大笑。"和歌呢?在哪儿?让我听一听。""稍等一等。得先请皇后过目才行。"正说话之际,雨真的下了起来。"怎么搞的!这个门偏偏就不像是别的门,也不造个顶篷。今儿个可真讨人嫌!"正懊恼着,对方却说:"好啦,现在要回也回不去了。方才是一心只怕赶不上,才不顾人眼目地拼命跑的啊。若要再跑回去,可没劲儿啦。""那就跟我到宫里头去呀。""叫我戴这顶乌帽子吗?那可不成。"[1]"叫人回去拿呀。"说着说着,雨竟下大了,没带伞的随车侍从们,便硬把车子拉进门内。一条府邸那边派人持伞来迎,他也就只好慢吞吞地一再反顾跟了回去。看来挺扫兴的样子,手上只拿着插在牛车上的溲疏。那样子,

---

[1] 乌帽为正式冠下之头巾。平安初期以降,为平时居家用,不便参内,故云。

倒是有趣得很。

话说，我们返宫参见皇后，给讯问起今日发生的种种。那些留下来的女官，自是人人抱怨，有人酸溜溜，也有人感遗憾。讲到藤侍从[1]奔跑一条大路的那一段话，大伙儿都哄堂大笑。后来，皇后问："那么，和歌呢？"便只好如此这般，把无暇作歌的情况据实禀报。"原来如此。若教殿上人辈晓得，才不会饶过你们呢。就在那个听到啼声的地方[2]随便咏歌就好了。太过一本正经，反而不好。喏，就在这儿咏作罢。真是的！"说的也是，自己也觉得泄气，遂同众人商量。忽见到方才那位藤侍从寄托持归的溲疏而刻意在同花色纸[3]上写下的：

子规啼兮卿往寻，

早知雅兴浓若此，

愿得相随兮托吾心。[4]

怕那使者急着等答歌，所以想差人到住处去取砚台，皇后却催促："就用我这个好了。"又蒙她特别在砚台的盖子上放置

---

1 即藤原公信。
2 指于公信府邸闻子规啼处。
3 面白，底色为青色之纸，以其与卯花色类似，故称。
4 此藤原公信所咏之歌也。

纸张。我推辞说："宰相之君[1]，你来写吧。""还是由你来写的好。"正言谈之间，天空变得阴霾乌黑，雷神隆隆然作响，吓得不辨前后的，赶紧把木格子窗放下来，连作答歌的事情都忘了。

雷鸣许久，待稍稍声息，已经日入天黑了。想到还是给个回音吧，遂准备其事；却偏偏有许多人，贵族们等来探望慰问有关雷鸣之事。只得到西边的房间接待，谈着谈着，竟又耽搁了回答之事。别人都说："应该由指名受歌的人作答才对啊。"便也不了了之。反正是跟作诗歌无缘的日子吧，我也就感觉悒悒闷闷的，遂笑说："到这个地步呀，真恨不得别让人家知道出门之事哩。"皇后却仍不高兴地说："就是现在这个时候，跟一道去的人商量商量，还是可以作的啊。只看你愿不愿意就是了。"这真是有意思。"可是，到如今，兴头都过了。""怎么会兴头都过了呢？"虽云如此，此事终究还是告了一个段落。

约莫过了二日，谈起那天的事情，宰相之君问："你觉得如何？关于所谓亲手采撷的蕨菜那件事……"皇后听见，便取笑我们说："哟，想起怎样的事嘛。"[2]于是，就近在手边的纸

---

[1] 盖为清少纳言同事，亦当时才媛也。
[2] 指不作诗歌，只想起食物也。

张写下：

> 蕨菜青青兮实可恋。

写完又催令道："快续补那上句。"挺有趣的。

> 子规啼兮往寻遍，
>   其声诚非不动人。

皇后见我如此补句，便笑叱："你倒是好意思说哦。怎的那么把子规的事情放在心上啊？"真教人羞煞，只得辩说："本来都已经决心不再咏歌的。倘使逢年过节什么的，人人作诗之际，命令我'你也来一首吧'，那我可真是不敢当，不能再在这儿伺奉您了。当然啦，大概也还不至于不懂得歌词字数，或者逢春咏冬，遇梅歌菊之类地乱来。可是，既然忝为名诗人之后，[1] 多少总得比别人稍稍高明一些，也好让人批评说'什么什么么场合作了什么什么歌，那和歌可真不赖，不愧为某某诗人之子'啦什么的。这样子，作起歌来，才有劲儿。若是作出来的诗歌，一点儿都没有特色长处，还自以为佳作，得意扬

---

[1] 清少纳言之曾祖父为清原深养父，父亲为清原元辅。二人均为和歌名家。

扬地率先咏出，那怎么对得起亡去的先人呢？"听我一本正经的说辞，皇后便也笑道："那就随你意吧。我也不再勉强你咏歌了。""这样才放心轻松起来了。从今而后，莫再去想作诗咏歌的事情。"正说着这些话时，偶值皇后守庚申之日[1]，内大臣之君[2]十分用心在准备着种种。

夜深之后，出题令众女官咏歌。人人起劲地费神构思，而我独近伺在皇后御前，只是担任奏启和陪伺闲聊之务。内大臣见此，便命令："你怎么不咏歌，尽坐在远处。取题啊！"我回答说："已经得到皇后娘娘特准，不必再作诗咏歌，所以现在对于诗歌一类之事，全然不必费思量了。""委实是怪事，当真有这回事儿吗？皇后娘娘怎么会准许的呢？太可惜了。好啦，别的时候不管，今晚无论如何得要吟咏一首。"尽管他责之再三，我还是相应不理，仍继续待在御前不走。等别人的诗歌都作好，在品评高下之际，皇后才在一张就近取得的纸片上写字交给我。展纸一览，竟是：

诚怪事兮不可思，

---

[1] 庚申之日，系指干支当庚申之日，人腹内三尸之恶虫升天告罪于天帝，令人减短寿命，故此夜不眠，设宴，游乐（包括玩双六、围棋、咏歌等）以待天明，相传此俗系由中国道士传于日本平安朝代。三尸说最早见于葛洪《抱朴子·微旨》。
[2] 为定子皇后之兄，藤原伊周。

> 卿乃词臣元辅后，
>
> > 今宵歌会兮竟逃离！

这真是有意思极了，不由得令我忍俊不禁。内大臣也好奇地问："怎么回事儿？怎么回事儿？"

> "盛名传兮受牵连，
>
> > 倘非身为其人后，
> >
> > > 今宵歌会兮定率先。[1]

设若不必顾忌，虽千首之歌，亦将主动献纳。"谨以此上启。

一〇五　皇后的兄弟、贵公子，和殿上人等

皇后的兄弟、贵公子，和殿上人等许多人伺候在皇后御前。我正倚着厢房的柱子，跟同僚女官坐谈。俄尔，皇后投来一物，展读之下，竟是如此写着："要我疼你与否？若非第一疼爱，当如何？"

大概是前此我曾在御前说过："凡事，若不是受人第一恩宠疼爱，便没意思；反不如遭人嫉恶算了。教我屈居于第二、

---

[1] 此译诗第一句为原和歌所无，今为补足形式，就其歌弦外之意拟足之。

第三,那真是死也不甘心,必定要第一位才行。"众女官便取笑我说:"那可是一乘之法啰!"[1]这便是此话题之由来吧。既然已受纸笔,便书写上启:"若是九品莲台之中,则不妨居下品。"[2]"怎么这会儿又没了骨气呢?真是差劲,一旦说出来的话,就该坚持到底才行啊。""那得要看对象是谁嘛。""就是这一点不好。给第一等的人第一疼爱,才有意思。"皇后这论调,可真有道理。

一〇六 中纳言之君参上

中纳言之君[3]参上,呈献扇子于皇后,说道:"隆家我,可是真找到了好扇骨了。原本想在这上面贴好了纸才献上的,但不敢随随便便用普通纸张,所以到处寻找着。"皇后问:"究竟是什么样子的?""什么都好。人人都说'从来没见过这么好的扇骨'哩。说真个的,我也从未见过如此好东西。"听他提高嗓门在那里说,我便忍不住地说:"那大概不是扇骨,恐怕是海月的骨吧!"没想到,对方竟也笑说:"这句妙言算是我

---

[1] 《法华经·方便品》:"十方佛土中,唯有一乘法,无二亦无三,除佛方便说,但以假名字,引导于众生。"
[2] 据《观无量寿经》,往生极乐世界分九级,依次为:上生、中生、下生,上品上生,至下品下生,共九品。清少纳言此语暗示:若蒙皇后疼爱,则宁屈第二、第三也。
[3] 为皇后定子之弟,权中纳言藤原隆家。

隆家讲的吧。"

这类事情，本不足道，[1]宜入于"难言者"之项目间，但是因为受托"勿漏只字片言"，所以只好全盘记下。[2]

一〇七　阴雨连绵时节

阴雨连绵时节，今日又雨。皇上差遣式部丞[3]信经来后宫参见。像往常一般为他布置好坐垫，没想到他却挪到远处坐下。"那坐垫是给谁坐的呀？"我故意揶揄，岂料他竟答说："下这种雨的时候上来，会留下足印，不方便，又腌臜，恐怕不大好吧。""不会啦。可以供您毡褥[4]之用啊。""这句话可不是你锦心绣口说得出来的，若非我信经提到足印之事，料想你也编不出来吧。"听他再三复述，也怪有趣的。"多自负哟。"我觉得有些厌恶，便伺机告诉他："很久以前，太后[5]宫里头，有个鼎鼎大名的下役伊奴达奇[6]。死于美浓郡守任职内的藤原时柄，当时还在藏人位的时候，曾经去下役者的住处，

1　盖以其有自得之意，故云。
2　清少纳言在《枕草子》中颇多自谦之语，此处独见其欲语又吞吐之态，不知何故。
3　藤原信经也。式部丞，为式部省（相当于礼部）三等官。
4　日语"毡褥"（毛料垫子）与"洗足"谐音，故此语取音义双关之妙。
5　村上天皇之后安子。为藤原师辅之女。
6　此系采音译。原名用和文标音，读如 Enutagi（采 Ivan Morris 本）。

说：'这就是那个大名鼎鼎的伊奴达奇吗？一点儿都看不出来嘛！'那下役竟回答说：'那恐怕得看时机呢。'[1]'就算是特别挑选对手，也想不出这般名言逸句呀！'据说，当时的殿上人和贵族们都佩服得五体投地哩。这恐怕也是事实吧，不然的话，人家怎么会相传到今日呢？""那也亏时柄能够看时机场合说的话呀。凡诗文，其实都得看题目怎么出，才会有佳作。""对啦，您说的有理。那么，就让我来出一个题目；您来咏歌吧。""好极了。不过，一个题目，可不好作，不如多出几个。"正说话时，皇后已赐下御题，信经遂惊叹："哟，多怕人哪。我可要退出啰。"遂趁机溜出去。"他自知手笨拙，不论汉字、和文都写不好，怕人家笑话，所以要藏拙的吧。"女官们在背后取笑，有趣得很。

　　从前，在信经任禁中保管处长官时，不知是送到什么人手中去的，有一张工作图样要送去，那上面书写着："请依此制作。"那汉字笔迹之怪异，真是无与伦比！我便在其旁加添了几个字："若依此制作，定当制成怪异之物无疑。"遂将那图样再送还殿上之间。殿上人之辈见了，莫不哄堂大笑，所以

---

[1] "时机"系取与"时柄"音义相近之妙。此为下役女侍，颇有才智之表现。《洛阳伽蓝记·卷五·凝玄寺》："陇西李元谦乐双声语，常经（郭）文远宅前过，见其门阁华美，乃曰：'是谁第宅过佳？'婢春风出曰：'郭冠军家。'元谦曰：'凡婢双声。'春风曰：'伫奴慢骂。'元谦服婢之能。于是京邑翕然传之。"与此段故事颇类，姑系此注，以供读者参考。

信经可着实把我恨透了。

一〇八　淑景舍主入内为东宫妃之际

淑景舍之君[1]入内为东宫[2]妃之际，凡事种种，岂有不辉煌之理？正月初十，移驾参上后，与皇后一直保持频繁的书信来往，却彼此尚未能相见；后有消息传来，预定于二月十日过访。于是，宫殿之内，处处用心扫除整理，装饰布置，女官们也都个个紧张亢奋地等待着。由于过访时间在夜半，故而未几即至天明。招待的处所设在登华殿东厢的二间。[3]翌晨早早便将木格子窗敞开。拂晓时分，主公与太夫人[4]双双共乘一车光临。皇后于殿内南边，由西而东，向北立四尺之屏风一枚，座席之上又设置有坐垫、火盆等物。屏风之南，帐台之前，有许多女官伺候着。

先前，为皇后梳理头发时，承问以："你可曾见过淑景舍？"便回禀道："还没有呢。只在积善寺供养那天，曾见过背影而已。""那你就躲在那柱子和屏风旁边，从我背后看看吧。

---

1 藤原道隆之次女，亦即为定子皇后之妹原子。时年十五。
2 冷泉皇子居贞亲王，即后之三条天皇。
3 登华殿为后宫之一殿舍，为当时定子皇后所居。二间，系指取二间屋，合为一室。
4 谓淑景舍主之父——关白道隆，及母——贵子。贵子为高阶成忠之女，円融天皇时曾仕为内侍，以其才高，赢得"高内侍"之称。

挺标致的人儿哟。"蒙她特许，内心兴奋，充满了期待，不禁盼望时间快快来到。皇后穿着面红里紫的深深浅浅的花纹衣料[1]，其下又层层叠叠穿着三件红色有光泽的丝衣。"红梅[2]的衣裳，要衬深红色才好看。我明明知道现在已不宜穿这种红梅，但就是不喜欢青绿色，[3]它跟红色挺不相配的。"尽管她自己如此说，可是眼前现在，却令人看得目眩神迷。云裳花容相辉映，不禁令人心生好奇而神驰，大概那另一位美丽的人也是这样子的吧。

未几，皇后便膝行挪移出于席上，我也就贴近屏风窥伺着。"真不像话。好难看哟！"有人在那儿议论着。可真有趣。纸门敞开，故而得以一览无余。太夫人穿着白色衣裳，下面只袭加两件红色的浆得十分硬挺的衣裳。大概是当着皇后女儿的面前，所以故做这一身女官装扮的吧，那衣裳轻轻披挂在她身上，端坐在靠里的地方，面向着东边，因此从我这儿只看得见衣服一类东西。淑景舍之君则稍稍靠近北边，面向南方坐着。她身上重叠穿着好几层深深浅浅的红梅底衣，上

---

1 原文作"固纹"（花纹染色之深而清晰者）、"浮纹"（花纹染色之浅而隐约者）。日本古代衣着往往因其织法、染法而有异称，今日学者又多歧说，此处且取意译，无法详考。
2 即前文"面红里紫"之衣料。一说其织法：经丝用红色，纬丝用紫色。
3 原文作"萌黄"。一说：衣着颜色依季节而有别，一、二月宜取红色，三、四月宜取青绿色。另一说：以年龄而论，当时定子皇后十九岁，不宜穿着红梅，宜取萌黄，但她自己却不喜爱青绿色。

面加袭深紫色的绫质单衣，小袿则为稍带着红色的褐色料子，青绿色的外袿上有清晰的花纹，充分显露年轻的气息。那始终以扇子遮着面庞的样子委实与众不同，十分标致可人。主公所穿的是浅紫色直衣及青绿色的裤袴，里面有好几层红色底衣，衣襟的纽结也系得整整齐齐。他把背靠在厢房的柱子，朝向这边坐着，满意地含笑看着自己的两位女儿，照常地又在那儿打趣说笑。淑景舍之君看来是十分可爱，仿佛是画中的公主似的端坐着；皇后则雍容华贵，另有一份成熟的韵致，红色的衣物衬托出不可言喻的美，自是无人能与匹敌。

　　晨间盥洗之水奉到。淑景舍之君那边的，是由女童侍二人、下役者四人，经过宣耀殿、贞观殿而奉来的。唐厢[1]的廊上，只有女官六人伺候。由于地方稍嫌狭隘，所以有一半的女官于护送淑景舍之君到此后，便先行返归。两位女童侍都穿着面白里紫色的外套，其下所着的青绿色、暗红色等的衣裳裙裾拖得长长。她们接过下役侍者递上的盥洗用水，呈献于女主人，看来十分优雅有致。另有唐衣[2]的衣料自帘下溢出，知有相尹马头的千金——少将之君[3]，与北野三位的千金——宰

1　各本释作："连接贞观、登华二殿走廊上的屋顶，仿唐式建造，呈翘起形。"新潮社本、萩谷朴新注则以为："中央之反桥廊。"未知孰是，姑且并存之。
2　唐衣，为女官穿在最上层的礼服。
3　藤原相尹，时为正四位下，右马头。其女仕宫，以少将之君称之。

相之君[1]，也近伺在靠廊之处。正看得兴味浓厚之际，皇后这边的盥洗用水则由值勤的采女奉上。她们穿着裙裾染成深蓝色的衣裳，此外则又着唐衣、裙带、领巾等，脸上敷着雪白的粉，正从下役侍者手中一一接过盥洗用具。那光景，自有宫中格式，饶富唐朝风味，挺有意思。

轮到用早餐的时间，担任梳栉之役的女官参上，为女藏人之辈伺候膳食的女官们梳起头发。[2]等到皇后用膳之际，原先设置好的屏风也都推向一边，害躲在后头窥伺的我有如法衣被卸下来似的，[3]遗憾极了；只好又躲到帘子和几帐中间，从柱子的一旁继续偷看。我的裙裾、衣裳与唐衣都不知不觉间露出于帘外，被主公觑见，遂责以："那是谁呀？从云霞间偷看这儿的。"皇后说："少纳言好奇，躲在那儿的吧。""哟，真是教人难为情啊。她跟我是老相识了，可别教她笑话咱这两个丑女儿才好。"[4]瞧他说话的模样儿，真个踌躇满志！

也得奉食于淑景舍之君那边。"真教人羡慕啊。两边都有早餐可吃了。快点儿吃完，好赏点儿吃剩的食物给老头儿

---

1 藤原辅正，时为从三位。其女仕宫，以宰相之君称之。
2 将长发梳起，俾便服侍用膳也。
3 日本古代传说，以为鬼穿上法衣，便得隐身不现。
4 此盖道隆之反语。原意为：身兼皇后与东宫妃之父，有二女如此，实志满意足也。清少纳言深明其意，故有下文。

和老婆婆吧。"[1]整日价，就这么说笑猿乐言。[2]其间，大纳言之君[3]、三位中将[4]与松君[5]相率参上。主公像似迫不及待地把松君抱起来，让他坐在自己的腿上。松君的模样儿可真是乖巧极了，他那身正式的装束层层叠叠，在狭隘的廊上散了一地。大纳言之君，堂堂一表人才，中将之君，则显得十分稳重，双双皆是器宇非凡，主公自不待言，而太夫人的福分，也真教人羡慕的了。"拿个坐垫子来吧。"主公虽有请，但大纳言之君却推说："还得上衙门去。"便急急离去。

未几，式部丞某某奉皇上之命参上。乃设坐垫于膳食厅北边，请他就坐。今天，皇后的回信倒是早早就书妥交出。方才那坐垫都还没有来得及收拾好，这会儿又见周赖少将[6]为东宫之使，来参见淑景舍之君。他将东宫的亲笔函奏上之后，因那边渡廊稍窄，便在这边的走廊上设置坐席。淑景舍之君受信之后，依次递传给主公、太夫人和皇后阅览。主公催促："快给人家写回信呀。"却见一时并无立即回信的样子，遂又开玩笑地说："哟，有人在这儿看着，就不写回信的吗？否则

---

1 此为道隆说笑，盖以乞食之老人与老妪自况也。
2 此为平安时代人士取中国俗曲《散乐》之转音。
3 藤原伊周。
4 藤原隆家。
5 伊周之长男藤原道雅之幼名，当时四五岁，甚得其祖父道隆宠爱。事又见《大镜》。
6 藤原周赖为伊周等之异腹弟，道隆之六男。

的话，怕是频频投书的吧。"听父亲这番话语，淑景舍之君不禁面庞微微泛红，带着少许笑意，那模样儿可爱极了。"快点儿。"见母亲也在一旁催，便转向里边书写。太夫人乃遂靠近她身旁，帮忙写信，这样一来，更加令她害臊了。皇后这边赏与使者的禄物为：青绿色质料的小褂，以及袴裤。三位中将便将它们授与使者，使者受禄，颈子都有些负荷不了的样子。[1]松君高兴地不知道讲些什么话，大伙儿都挺有兴味地倾耳聆听着。主公乃说道："即使告诉人家'是皇后生的孩子'，也不会有丝毫逊色的吧。"说的也是，怎么到现在都还一无消息呢？[2]

未时[3]时分，有人报唱："铺筵道[4]。"说时迟那时快，裳裾綷縩地，皇上已经光临，皇后便也移到卧房这里来。他们二人双双直接入卧帐之内，女官们便都相继避入南厢里去。走廊上和马道[5]上，到处都是殿上人。主公召宫中司役者上来，令他们端出果物与菜肴，说道："来，让大家一起喝个痛快吧！"果真众人都喝醉，遂与女官们搭讪言笑，真个欢愉之至。

---

1 使者受禄，被挂于肩头。此表示禄物多，故颈子稍受压迫也。此处译文稍加增益，以助了解。
2 定子皇后于正历元年正月入内，已历五年。当时皇后十九岁，一条天皇十六岁。外戚摄政之故，道隆所最关心事，无疑乃在有无皇储一事；而此盖亦崇拜定子皇后的清少纳言所关切之事。
3 午后二时许。
4 为迎接贵人而敷设地上使勿玷污足部之物。
5 连接殿舍与殿舍之间的活动走道。

147

筵道

　　日入时分,皇上始起床。召山井大纳言[1]上,令取衣物袭上,龙驾便乃归返,有殿大纳言[2]、山井大纳言、三位中将及内藏头[3]等人陪侍。

　　皇上又遣马内侍[4]为使,谕令皇后于今夜参诣清凉殿。"今宵,可不方便啊[5]。"主公听皇后有异见,便晓告以:"这样子不好。快些儿参上吧。"复又有东宫方面派遣使者来。周遭显得喧喧攘攘,热闹极了。来迎的使者,有东宫方面的女官和侍从等人,纷纷催驾:"请快。"皇后便说:"那么,就让那一位[6]先回去,我再走吧。""怎么要我先走呢?""先送走你才好。"瞧她们姊妹俩互让的样子,真有意思。主公也说话了:

---

1 道隆长男藤原道赖。伊周等之异腹兄。
2 盖指道隆之子大纳言,即伊周大纳言。
3 道隆五男,藤原赖亲。时为内藏之头。
4 右马权头时明之女,仕宫为内侍。
5 定子皇后盖以亲子团聚之故,犹豫上清凉殿也。
6 指其妹,东宫妃藤原原子。

"好啦，那就让较远的人先走吧。"淑景舍之君便只好先行离去。主公护送返回来之后，皇后始参上。在陪伴上清凉殿途中，大伙儿谈及先前主公说笑的种种，不禁都笑闹成一团，险些儿从挂桥上摔下来。

一〇九　皇宫方面

皇宫方面的梅花已凋散。有人送一首咏梅的诗来，我只简单答以："早落。"[1] 赶巧北侧廊上聚集着许多殿上人，有好事者咏出，让皇上听见，竟蒙夸奖说："与其咏出平平凡凡的答歌，倒不如这样的应对好些。真答得妙啊。"

一一〇　二月末，风吹得紧

二月末，风吹得紧，天色阴暗，雪花飘落之际，宫中北侧有主殿寮的役者来言："打扰啦。"于是将身子挪移出帘边。对方便从帘下推入一束怀纸，说是："宰相中将公任之君[2]有命令。"那上面仅书：

---

[1] 此据大江维时之诗序而来："大庾岭之梅早落，谁问粉妆，匡庐山之杏未开，岂趁红艳。"
[2] 关白太政大臣藤原赖忠之长男藤原公任。为当时诗坛第一人。

今日心觉兮少有春。[1]

这歌句与今日天色十分相称,但是,这上面的句子该如何补足才好呢?倒是挺教人费思量的。"谁,谁来作呢?"遍问同席的人,有人说:"某某谁谁来作。"却大家都怕羞,当着那么多位高手之前,怎么敢随随便便给宰相之君答歌呀?我自个儿心中苦恼着,想同皇后商量商量,赶巧正值皇上幸临,双双都在寝中。而主殿司则尽在那儿催促:"快,快回音。"这真个怎生是好?作得不好,又迟延的话,那就更不像话了。"管他哩。"遂颤颤抖抖地写下:

天空阴兮寒彻身,
　似花飘散纷飞雪。[2]

歌句虽是交了出去,但是想到对方不知如何读此,便有些忧心。颇想听一听别人对此歌句的批评,另一方面又担心不知会不会遭受讥笑,然则不如不听矣。"俊贤中将[3]等人说:'还

---

1 此盖踏袭白居易《南秦雪》而来:"往岁曾为西邑吏,惯从骆口到南秦。三时云冷多飞雪,二月山寒少有春。"(《白香山诗集·卷十四》)
2 清少纳言此补句,抄袭乐天原诗,以示其博学多识。
3 故大宰权帅源泉高明之三男。其人富有才学。

是禀奏皇上，请擢升为内侍吧。[1]'大伙儿如此议论着哩。"关于对那诗歌的评论，只听到这些。是当时尚为中将的右兵卫佐[2]告诉我的。

一一一　遥远的事情

遥远的事情，如千日精进[3]的开头一天。始捻半臂衫[4]的带子。旅行陆奥郡的人，才来到逢坂关的时候。才诞生的婴儿，盼望其长大成人。一个人开始诵读《大般若经》之日。隐居山中修行的僧人，开始登山之日。

一一二　令人同情的表情

令人同情的表情，如垂流着鼻涕，不断地擤，又一边讲话的声音。拨眉毛之际，那种眼神。[5]

---

1 当时清少纳言之地位为命妇，或相当于命妇之职。此议论代表赞赏之义，故拟奏请天皇以擢升掌侍（内侍系简称）为奖也。
2 未详其人。
3 为登山修行所准备的斋戒，需时一千日，第一天之后，尚有九九九日，故云。
4 半臂，为当时穿在袍与底衣之间的衣服，其带长一丈二尺。制作时，需以宽二寸五分之布对折，加糨糊，用指尖用力捻合。以其制作过程十分费事，故云。
5 此段内容与前见第八九段近似。

一一三 方弘

方弘，真是个惹人讥笑的男人。不知道做他双亲的，怎么忍受得了？人们常常笑问追随他很久的侍从："怎么让这样的人使唤？心里会有什么感想？"他家里倒是很讲究衣着，举凡底衫、外袍等等，都比一般人家里来得考究些。"恨不得把这给别人穿一穿。"这讲话的口气可真是怪了。有一次，他遣人回家取宿直用的衣物，命令："派两个男人去。"从者回说："在下的一个人去就可以了。"方弘却说："奇怪的家伙。一个人怎么拿得动两人份的东西呀。你说，一升的瓶子容得下两升吗？"虽然不知道他说的是什么，大家都笑得要命。别人处有使者来，催促："请快赐回音。"方弘则说："讨厌的家伙。干吗那么急？难道还生灶燃豆[1]不成？殿里头的笔墨，是谁偷藏了起来的？饭啦，酒啦，倒是有人会想偷的吧。"这话又惹得大家哄笑。

皇太后玉体违和。方弘奉皇上之命为使参诣探病。有人讯问："皇太后那儿有谁跟谁在呀？"乃答说："这个，那个。"举出四五个人的名字来。"还有谁呢？"再追问之下，竟答说："还有一些在睡觉的人。"复又引来大笑，这话岂不

---

[1] 曹植《七步诗》："煮豆燃豆萁，豆在釜中泣。本自同根生，相煎何太急。"方弘语，盖欲袭汉诗，而未妥也。

怪异?

一日，他趁无人时来到我的房间，告诉我："喂，您哪。有话跟您说。有人说'那个'什么的。""到底是什么事情啊？"我挪近几帐旁问他。他竟把别人同他说"整个儿身子都靠过来"，讲成"五体全过来"，又怎能不教人笑煞呢！除目的第二夜，方弘担任点灯加油之职，正踏着地毡走路时，由于那上面铺着的盖布很新，上面沾着油，[1]袜子给牢牢地粘住。他想抽回身走动时，灯台便倒了下来。那地毡跟着他的袜子，所以走起路来，简直像大地震一般骚乱。

照规矩说，藏人头不就坐，餐席间谁也不能坐下来，可是方弘却偷抓了一碟豆子，躲在小屏风后头闷吃。大伙儿将那小屏风拉开，使他原形毕露，于是，又教大家笑得要命。

一一四　关

关，以逢坂关[2]为佳。须磨关[3]。白川关[4]。衣关[5]。岫田关[6]。戒

---

1. 此采意译。原文作"油单"，为覆盖于器物上的绢，上涂胡麻油。新用时，油的黏性较强。
2. 在近江（滋贺）与山城（京都）边境。
3. 在兵库县神户市须磨区。
4. 在福岛县白河市旗宿。
5. 在岩手县盘石郡平泉町。
6. 在三重县一志郡白山町。

惕关[1]。直越关[2]。铃鹿关[3]。横走关[4],与花关全然无从相比。[5]清见关[6]。见目关[7]。好好关,不知是教人怎么重考虑的呢?真想一探究竟。[8]勿来关[9],是不是要人考虑登越与否?男女相逢的逢坂关,若是教人这么考虑的,可有些儿伤感情哩。足柄关[10]。

一一五　森林

森林,以大荒木林[11]为佳。信天林[12]。儿恋林[13]。木枯林[14]。信太林[15]。生田林[16]。木幡林[17]。打木林[18]。菊田林[19]。岩濑林[20]。立闻林[21]。常磐

1　未详。
2　未详。
3　在三重县铃鹿郡。
4　在静冈县骏东郡横走乡。
5　此句各本有异说,待考。
6　在静冈县清水市。
7　未详。
8　未详。原文音同"好啦,好啦"(算了,算了),故云。
9　在福岛县岩城市勿来町。
10　在神奈川县足柄上郡。
11　在京都市伏见区。
12　或系福岛县信夫林之讹。
13　盖为静冈县热海市伊豆山附近之儿恋林。
14　在静冈市羽鸟。
15　在大阪府信太村。
16　在兵库县神户市生田神社附近。
17　在京都府。
18　未详。
19　或系勿来关附近之林。
20　奈良县生驹郡及福岛县须贺町,各有此名之林。
21　未详。

林[1]。宽林[2]。神南备林[3]。假寐林[4]。浮田林[5]。殖槻林[6]。石田林[7]。谁某林[8]。夜立林[9]。世立林[10]，这个名称，听起来颇觉怪异。根本谈不上森林，只有一棵树，怎么会称作森林呢？

一一六　卯月末

卯月末[11]，去参拜长谷寺[12]。途中，渡过久已闻名的淀渡，船载车而行。见得水面稍稍露出菖蒲和菰草，遂令人撷取，没想到竟是相当地长，吓了一跳。又见许多船满载着菰草来往，觉饶有风情，禁不住联想起"高濑之淀"那歌句，[13]大概就是指此。三日[14]，赋归，遇小雨。见有人头戴小斗笠，刈取菖蒲。有的男人将衣端撩起，露出长长的胫部。也有一些孩童。那光

1　在京都市右京区。
2　未详。
3　在大阪府三岛郡。
4　在福岛县白河市鹿岛社附近。
5　在京都府乙训郡西淀附近。
6　未详。
7　在京都市伏见区石田。
8　或在三重县。
9　未详。
10　未详。
11　四月也。
12　在今奈良县樱井市之长谷寺观音。
13　句出《古今六帖·六》："枕上眠兮未尝忧，枕中菰草高濑淀，岂知离别兮不可留。"
14　此指五月三日。

景，跟曾经在屏风画面见过的十分相像。

一一七　温泉

温泉，以七栗泉[1]为佳。有马泉[2]。玉造泉[3]。

一一八　听来有异常时之声音

听来有异常时之声音，如元旦的车声。又元旦的鸡鸣。晨晓的咳声。晨晓的乐声，尤其不同凡响。

一一九　画不如实物者

画不如实物者，如石竹花。樱花。棣棠花。物语中形容极出色的男女容貌。

一二〇　画胜实物者

画胜实物者，如松树。秋野。山居。山路。鹤。鹿。

---

1 在三重县久居市榊原町。
2 在神户市兵库区有马町。
3 在宫城县玉造郡鸣子町。

一二一　冬

冬天，以特寒为佳。

一二二　夏

夏天，以无与类比热者为佳。

一二三　令人感动之事

令人感动之事，如服丧之孝子。鹿鸣。身份高贵的年轻男子，有志于御岳精进。[1]大概是端坐在那儿的吧，拂晓时分的礼拜，真教人感动。想来，他的情人辈亲密的人，必定是睡也睡不着地竖起耳朵聆听动静。不知一旦真正参诣之时，途中可平安无事否？不时地这样担忧着；若其能够顺利完成参诣，那真是令人庆幸之事。那乌帽子，可不怎么好看。[2]我也明知道，不管身份如何高贵的人，都是刻意求其形状简陋

---

[1] 参诣吉野金峰山之斋戒精进。此为修道者之灵地，欲入此山者，需要长期斋戒方可。
[2] 修道者参诣时所戴的布制头巾，以其开头简素，故云。一说，以为因山途长期旅行，而致变形难看。

的,但是,那右卫门佐宣孝[1]却说:"真无聊。只要穿寻常素净的衣服就行了。难道山岳菩萨会说'衣着褴褛来参诣'吗?"遂于三月末,穿了一袭深紫色的裤袴、白色狩衣和极亮丽的面绿里黄色裃子。至于他的公子,主殿亮隆光[2],则身着青色狩衣、红色裃子,裤袴又是有讲究花纹的料子。[3]父子俩联袂而参诣时,归去的人与来诣的人都大感讶异,纷纷叹道:"古今来,这山路上就没有过这种装扮的人!"父子二人双双于四月末下山,六月十几日,宣孝即继故筑前守之职位,人们又纷纷批评:"瞧,果然如所言啊。"这件事,本来与令人感动之事不相干,只是提到金峰山参诣,顺笔所及耳。

九月末,十月初时分,似有若无的蟋蟀鸣叫之声。母鸡孵卵。秋深时庭院之中,杂草上的露,呈各色多彩似玉光。风吹河竹,无论傍晚或晨晓,醒着听那声音;而尤其夜晚更甚。年轻的情人互爱,偏有人居间作梗,不得随其心意。山里的雪。男人或女人之清丽者,居丧时穿着黑衣。二十六七日的拂晓时分,谈话到天亮,忽见外面月牙似有若无朦胧地在山边。秋野。年长的僧侣勤行修道。荒废的屋子上爬满了

---

1 藤原宣孝。即《源氏物语》作者紫式部之夫。清少纳言以记叙宣孝不高明之逸事而开罪其未亡人紫式部。
2 为宣孝之子,其母为下总守藤原显猷之女。主殿亮,系官衔,主殿寮之次官省称。
3 原文作"水干袴",以其不可译,径采意译。

蔓草，而蓬草又长长地丛生，月华明亮，普照其上。风吹，却非十分凛冽。

一二四　正月，参笼寺中

正月，参笼寺中，十分寒冷，雪花纷飞。要极其冰冷才有意思；若是天空看来要降雨的模样儿，那就没趣了。

有一回去参诣初濑寺，等待准备礼堂之际，车辆停靠在吴桥边，见有年轻僧侣们，披着覆肩，[1]足登所谓高屐，毫不戒惧地上下吴桥，随意念诵着经文的片段或《俱舍颂》[2]的一部分。这光景倒是挺合场所，十分有趣。轮到我们登那吴桥时，可真觉得危险极了，大伙儿靠着边儿，抓住栏杆什么的；想到人家上上下下就像是走普通走廊一般，真有意思。"礼堂准备好了。请。"僧侣来请，带了几双鞋子，让我们下车。

有的人把裙裾折起，也有人长裤啦，唐衣啦，一本正经地穿着一大堆。大家趿拉着深沓和半靴之类的，[3]在廊上步趋，倒像是在宫里头似的，也是好玩得很。

兼伺宾主双方的年轻男子和一族的子弟等多人跟随在后

1　此据新潮社萩谷氏考证。指法相宗僧侣仿天竺僧偏袒右肩之覆肩衣。
2　《阿毗达摩俱舍论本颂》之简称。
3　深沓，为黑革底锦面之鞋。半靴，为布面制，均为男用鞋。

头,时时提醒大家:"那边有洼下去的地方。""那边高上去。"不知是何人,忽而靠近女主人,忽而走在其前。从者便警告:"喂喂,等一等。有高贵的人在,可不能这么靠近。""遵命。"遂即稍稍退居于后。可也有人全然不理会,心中只想着:"我要比谁都先到佛殿前去。"即便是到礼堂去的途中,也得走经过许多人列坐之前,真不是滋味;但是,从栅栏[1]望入内阵时,心中感动,不禁想道:"怎么这几个月都没有来参拜啊。"信仰之心乃油然而起。

佛前之灯,有异于长明灯,内阵又有不知什么人奉献的灯燃烧通明,照耀得佛像金光闪闪,已教人倍感尊严,而僧侣们人人手中捧着参拜者的愿文,坐在礼拜厅上申愿,堂内众声喧哗,当然无法一一分辨清楚;不过,他们使劲提高的嗓门倒真是勉强能够听取:"奉纳千灯,为谁谁人之志……"我正把带子系结于胸前[2]膜拜时,有一位僧人说:"将此奉上。"遂将茴香木的枝子折来。[3]那姿势十分尊贵有致。

又有僧侣自栅栏处来,问道:"申愿之事,已经妥为奉诵过。不知准备参笼几多日?"又说:"现在谁谁某某正值参笼。"旋又搬来火盆、果物等等,俾便借用。又盛水于瓢中,以及

---

1 隔开礼堂(外阵)与正堂(内阵)之间的格子门。内阵供奉本尊十一面观音,故有神秘感也。
2 女子礼拜时,由肩系带于胸前。
3 奉茴香木枝于佛前,取其叶及树皮,以供涂香礼拜之用。

无耳之木桶等物。"随侍人员请到那边僧坊休息。"于是随叫随走,侍从们便轮流到僧坊去了。

有诵经的钟声传来,便以为:"那大概是为我而念诵的吧。"倒也挺教人感到安慰的。邻室有身份高贵的男子,肃静地顶礼叩拜,那一举一动,含蓄有致,见他不眠不休地勤行礼拜,实在深受感动。当其停止礼拜时的低声诵经,则又另有一种尊严之感。我这边恨不得他能大声诵经呢,没想竟闻擤鼻之声,也是那种小心翼翼不致令人闻而不快的声音。到底是何所思而然,真希望能成全他的愿望啊!

一般说来若是参笼日久,白天里总是悠闲的。男侍从和男童们都到下面的僧坊去,我独自在礼堂,正觉无聊之际,忽有人吹起法螺,那音声嘹亮,教人吓一跳。有个男子让侍者捧着一函清清爽爽的许愿文,又将诵经的布施品[1]摆在那里,喊叫僧童的声音在谷间回响,听来响亮壮大。忽又闻诵经的钟声格外响亮,正猜想:不知是何方人士在诵经?而僧人已报出高贵人士之名,接着祈祷安产,则又陡地令人不安。不知是否安产?恨不得也代为祷告呢。此类日间的喧喧扰扰,大概只是普通时候之事罢了。正月里,更是嘈杂异常,许愿参拜的群众络绎不绝于途。光是看这些人,便连修行的工夫

---

1 多系衣服、布帛等物。

都没有了。

　　日暮时分来者，多数是要参笼的。小僧徒们搬运着几乎拿不动的大屏风，却意外地安然进退。才见他们放置好了叠席，没想到一会儿便又出现在参笼的人房间里，唰唰地在栅栏上挂起帘子，按部就班准备房间，手脚干净利落，熟练极了。随后，裳裙绰绰地来了许多人，其中，年纪较大的女人用优雅含蓄的声音，大概是在对要回去府邸的人说话的吧："哪些哪些事情要注意。小心火烛。"另有七八岁的男孩子用稚气的声音骄慢地呼唤侍从，似在吩咐他们什么事情的样子，那声音也挺可爱的。又有约莫三岁大的幼儿睡得困思懵懂，许是吓着了吧，在那儿咳嗽，也十分有趣。那幼儿又在嚷嚷着乳母的名字，吵着要阿母什么的，不由得教人想知道：那为母的是谁呀？

　　整晚都听到僧侣们大声诵经勤行的声音，使人根本无法入眠。后半夜的勤行终了之后，好不容易才刚刚睡着，却又闻有人郑重其事地大声念诵与此寺本尊菩萨有关的经文。[1]那声音未必是特别尊贵的，却可能是巡行法师裹着蓑衣在念诵，故而醒来忽然深受感动。

　　又有人夜间不参笼，日里身份相当高贵的人穿着蓝灰色

---

[1] 清水寺本尊为十一面观音，故所诵或即《观音经》，或《法华经·观世音菩萨普门品》。

的铺棉裤袴，上着好几层的白色衣服，携带着子息模样衣着华美的年轻男子，以及装扮讲究的少年，由家司多人陪同伺簇拥着，看来挺有趣的。他们稍稍立起屏风，便在那里叩首礼拜。

不认识的面孔，格外教人好奇，想知道究竟是谁。至于认识的，则又内心想：哦，大概是某某人吧。如此观看，也十分有趣。年轻男士们总是喜欢流连在妇女借住的房前，菩萨那边连看都不看一眼。瞧他们叫来寺院的司役，小声说些话语啦，讲完话便走，看来都不是寻常等闲之辈哩。

二月末、三月初时分，樱花满开之际的参笼，更是有趣。年轻清丽的男子二三人，看来是便服微行的吧，身上穿着面白里红的袄子及面白里青的狩衣，吊起的裤袴下端，自有一种高贵的氛围。至于侍从们，也与他们挺相配，各捧着装饰得十分讲究的食物袋。连童侍们也都穿着面红里紫，或青绿色好看的狩衣等，多彩缤纷花纹的裙裤。随伺的手持樱枝的侍者模样纤细男子，在堂前击金鼓，那才有意思呢。从我借住的这个房间望出去，有认得出谁谁某某者，但是对方如何察觉得到呢？若其白白走经过嘛，有点不甘愿，故而心中不免嘀咕："怎么让他知道我在这里呢？"这念头岂不怪异？

如上所述，不管是参笼寺院，或到寻常不去的某处，如果只跟自己的侍从们去，就没什么意思。还是要伴同身份相若、意气投合的人一二，或者更多，才能闲谈种种。当然啦，身边侍者之中，也不乏堪与言谈的伶俐者，大概总嫌其过于熟稔的吧。恐怕男士们的情况也相类，否则他们怎么会刻意去寻找同行友伴呢？

一二五　极不满意之事

极不满意之事，如贺茂之祭及禊事[1]时，凡是男士们看热闹所乘之车，都是一人独霸一辆。究竟是什么心意嘛！即令非出身高贵者，让那些伶俐的年轻人共乘同赏，又有何不妥？却宁愿独自躲在车帘子后头，一个劲儿专心欣赏哩。

一二六　看来萧条之事

看来萧条之事，如六七月午时[2]，破旧的车让脊瘦的牛只拖着缓缓而行。不下雨的日子，却张着雨篷的车辆；又下雨之日，不张开雨篷，亦然。年老的乞丐，这倒无关酷寒或燠热，都令人觉得萧条可怜。贫贱女子，衣裳褴褛，又背着孩子。

1　四月中酉日，于京都贺茂神社举行祭事，又中午日，有斋院之御禊。
2　正午到午后二时，最热的时刻。

小小板屋之黑旧者,脏兮兮地在雨中淋湿。大雨中,骑着小马任前驱之役;夏季尚可,至于冬季,则上衣下裳,难免都贴到一堆去了。[1]

一二七　教人看来苦热之事

教人看来苦热之事,如侍卫长所穿的狩衣。缝合许多碎布帛的袈裟。宫廷仪式之际的近卫少将。肥胖者之头发尤其浓密者。六七月时节修法之际,于正午担任祈祷的阿阇梨。

一二八　难为情之事

难为情之事,如男人的心事。易醒的值夜僧。[2] 偷儿潜入屋内,躲在什么东西背后窥伺,可是又有谁知?大概也有人会摸黑将他人之物占为己有的吧。这种行为与小偷都无分别,偷儿知道了,定会觉得可笑。

值夜僧,可真教人难为情。年轻的女官聚集一处,总不免飞短流长,讥笑啦,埋怨啦什么的,他们却在一旁听了

---

1 此段夏、冬,有异文,作"冬季尚可,至于夏季则(因雨水与汗水)上衣下裳贴在一起了"。今从小学馆本。
2 为贵人彻夜祈祷之僧侣,容易瞌睡,本无可厚非,但易醒者,反觉心虚,故云。

进去，所以才真教人受不了。"哎，讨厌。吵死人哪！"尽管皇后近侍女官在生气制止，大伙儿仍说个没完。末了，都尽兴放心地入睡。不知那些僧侣们心中怎么个想法？真难为情啊。

男人对女人尽管心想着"可惜不是那种自己喜欢的典型，真是烦人"，但面对面时，却总是擅长哄骗，致令对方信赖上钩；这真教人受不了。而况，那些有名的情场老手，风流好渔色之徒，更是决不会表现出让女人窥见其本性之事。他们不仅心里这么想，而且往往还将这个女子的坏话跟那个女子讲，又把那个女子的坏话同这个女子讲。偏偏女人傻，就是不晓得自己立场，还自我陶醉，以为：他既然这么讲别的女人，大概是最喜欢我的喽。职是之故，即使遇到对自己还算不错的男人，我仍不免觉得："反正还不都是薄幸郎。"便也就不至于感到怎么不好意思了。

男人又往往对于那些境遇可怜，十分值得同情的女子弃如敝屣，而全不当一回事儿。这又是怎么一种心境啊，真教人想不透！不过，他们倒是擅长批评别的男子所作所为，真是巧口利舌呀。更有时会甜言蜜语骗上那些无依无靠的女官，一旦对方有了麻烦，[1]却又推得一干二净哩！

---

[1] 谓怀孕。

一二九　不成体统之事

不成体统之事，如潮退之后，搁浅在海滩上的大船。头发短的妇人，把假发取下来梳栉的样子。大树为风吹倒，根须向上，横倒的样子。相扑士[1]败退的背影。身份既不怎么高又无甚能力者，在那儿吆喝叱骂仆人。老翁头不戴帽子，把发髻露出。为人妻者，因芝麻小事妒火中烧而离家出走，以为丈夫定会惊惶失措，四出寻找自己，未料，对方竟一点儿没有那意思，泰然处之；这么一来，又不便长时住他处，遂只得自个儿回去。舞狛犬[2]，或舞狮子者，不由得兴高采烈自得其乐地舞蹈的足步声。[3]

一三〇　修法

修法，以诵读佛眼真言[4]为最优雅尊严。

---

1 角力之一种。平安时代，于每年七月，由各地选取相扑士，在宫中天皇之前举行大赛。相扑，日本至今犹传。
2 属日本古典乐舞，雅乐，高麓乐曲中之《狛犬之舞》。
3 盖雅乐庄重，切忌私自乱舞之卑野行动也。
4 佛眼，指一切佛眼大金刚吉祥一切佛母尊。即大日如来之化身。佛眼修法，即对此佛求祈息灾延寿之祷告。真言，为显示佛、菩萨本愿之秘语。

一三一　窘事

窘事，如叫唤别人，以为是找自己而露面；尤其是赏东西给人时，更窘。讲别人闲话，还夹杂了些坏话，没想到不懂事的幼童听到，当着那人面前和盘托出来。

人家哭哭啼啼说着悲伤事，心里是十分同情的，就是不知何故泪水竟流不出来，只得装着哭泣的表情，以别于平时的样子，真是一点办法都没有。反而有时听到可喜之事，泪水流呀流的止不住呢。

皇上自石清水八幡宫行幸返归时，[1]于皇太后凤座的对面下御辇，向母后行拜见之礼。这确实是感人之事。以帝王之尊，面对母亲，仍这般表示敬意，真是世所无与伦比的荣耀，怎不令人感动落泪？竟致脸上的化妆全都褪尽，真窘死人啦。宰相中将斋信[2]为皇上宣旨使者，来到太后凤座前参见，那风采真个俊美极了。他仅带随身侍役四人，皆衣着华丽，又有马徒若干人，都身材清癯，面敷白粉，在打扫干净的二条大路[3]

---

1 一条天皇自八幡宫（原文无"石清水"三字，译文为求明白而加之），事在长德元年（九九五）十月二十二日。此段各本中有另起为一段者。今从小学馆本（新潮社本亦同）。
2 藤原斋信。当时为头中将。此处清少纳言径以斋信后之官职称之。
3 京都市容仿唐代长安建设，其街道纵横整齐如棋盘，南北行者，由北而南有九条大路，曰一条、二条、三条、四条、五条、六条、七条、八条、九条。京都至今仍之。

上驱马疾走，于距离太后凤座稍远处下马，谨伺在御帘之侧。那光景绝妙。承太后之命令后，复驱马归于御辇之下，禀奏皇上的景象，则更是辉煌不可言喻。然后，皇上经过太后前返宫去。想象当时皇太后心里的感想，真是倍感荣耀，几乎都要飞起来！这种时候，我总是感动而泣，久久不能停止，常惹来同伴们笑话。即便是寻常人家，孩子有出息，总是教人兴奋的事情，而况太后内心！我这般推测，不知可有冒犯之嫌？

一三二 关白公自清凉殿

闻道关白公[1]要自清凉殿北廊西门出行，女官们密密地排列在走廊上伺候。"呀，好标致的女官们！可不知道你们心里头怎么嘲笑我这个老头儿哟。"说着，披拂也似的自里步出。排列于门口的众女官露出彩色缤纷的衣袖，忽地卷起帘子，看见权中纳言[2]殿下拿着关白大臣的鞋子伺候他穿。他那模样儿十分庄重，清丽中又透露威仪。衣裳的下端拖得长长，简直使屋子都显得狭隘了。"哎呀，了不得！竟让大纳言这般的贵人取鞋哩。"那光景，令人看得目瞪口呆。接着，是山井大

---

1 即皇后定子之父，藤原道隆。
2 道隆之嗣子，藤原伊周。

纳言，然后，一位跟着一位，[1]另有一些他人，也都纷纷迤逦着黑色的袍子，[2]从藤壶[3]的墙边排列到登华殿前。关白大臣翩然来到众人之前，稍稍整理腰间的佩刀驻步之际，宫大夫[4]殿下也来到门口。大概不至于下跪的吧，正猜测着，没料到，见关白大臣走出一两步，宫大夫却即刻跪了下去呢。不知是前世修积的什么善业，才有这等果报啊！当时不禁深深感动。

这一天正值女官中纳言之君守忌之日，她一本正经地在念经修行。有些女官便围拢来笑闹："把念珠暂时借用一下。咱们也要修行，好转生做他那样了不起的人物啊。"且不管是否玩笑，真是教人羡慕哟。皇后听此，也笑着说道："若能修德成佛，岂不比关白公更好吗？"她说话的样子，又是多么好看，令人陶醉！我向皇后禀报方才所见大夫殿下跪伺之事，讲了又讲。皇后竟然笑说："你总是偏袒着他[5]呀。"其实，她若是能亲眼见到其后的荣华富贵，就一定会同意我所说的了。[6]

---

1 皆伊周之弟。已见前文第一〇八段。
2 当时四位以上之官服为黑色。
3 即飞香舍，在清凉殿西北方；下文登华殿，则在清凉殿东北方。
4 藤原道长，即关白道隆之弟。
5 "他"指藤原道长。
6 此二句系清少纳言于定子皇后崩逝于长保二年（一〇〇〇）后所记。长德元年（九九五）四月，道隆殁。五月道兼殁。二兄长相继去世后，道长即继任为右大臣、左大臣、太政大臣、摄政，享尽荣华富贵。

一三三　九月的时分

九月时分，下了一整夜的雨。今晨雨止，朝日晃朗照耀，庭前种植的菊花，露繁欲滴，非常好看。篱笆啦，其上的罗纹装饰啦，还有芒草之上所张结的蜘蛛网，都已经残破。那丝网，到处不绝如缕，而雨珠儿挂在上面，晶莹犹如珠相串，饶有风情，惹人怜爱。

月稍高升。胡枝子原先看来是挺沉重的样子，待露晞之后，径自枝动，也无人触摸，竟会忽然向上弹起，有趣得很。

我这儿说，有趣得很；可是别人却认为，毫无趣味；那才又有趣哩。

一三四　七日嫩草

正月七日的嫩草，[1]有人在六日就采撷来，散了一地，大声嚷嚷。有孩童取来不知名的草，问她们："这草，叫什么名字啊？"她们一时也答不上来。"这，这叫……"遂彼此面面相

---

[1] 正月七日为人日，依俗采撷七种嫩叶为羹。此系来自我国风俗，详《荆楚岁时记》。已见前文第三段。

觑。"叫作无耳草[1]。"有人终于说出来。"是啦。有道理。怪不得装成没听见哩。"我笑着对她们说。又有人取来好看的野菊新叶。

  采矣撷兮无耳草，

   聚多何益徒伤情，

    宁似野菊兮巧又好。

很想咏一首这样的和歌，只恐她们听了也不解其意啊。[2]

一三五　二月，太政官厅

  二月，太政官厅[3]举行定考，[4]究竟是何事？大概会挂起孔子的画像吧。又有所谓"聪明"[5]之供物，将那怪异的东西盛在

---

1 即《诗经》所见之卷耳，又称耳菜草。
2 此和歌颇取音义双关之妙。日语"采撷"与"聚集"、"菊"与"闻"谐音。表面谓无耳草以其无闻辨语，多亦无益，未若野菊闻辨巧心；实则，又托众童讽刺如前第一三三段之描写自然风物部分；世人虽云多，而未必具有赏美之慧心也。谢灵运诗"情用赏为美，事昧竟谁辨"（《从斤竹涧越岭溪行》）意近之。
3 在宫中八省院之东。
4 每年八月，从六位以下官吏中选出才能优异者而定其官爵之仪式。二月先行遴选其优异者，仪式与八月相类，实为二事。此处或为清少纳言混淆所致。
5 于三月及八月在大学寮举行仪式所供奉之三牲（大鹿、小鹿、豕）。

碗中，分赠予皇上和皇后。

一三六　头弁处送来的

"头弁处送来的。"一天，主殿司拿了一包裹在白纸内，像画一般的东西来，还附有一根盛开的梅枝。"是画吗？"乃急忙取来看。原来是包着一对叫作馎饦[1]之物。那附文写得倒像是公文一般：

进上

馎饦一包

依例进上如件

少纳言殿下

又记月日及"美麻那成行"等字样。其后，又书写着："仆人欲亲自献上，碍于日间不便献丑，故若此也。"[2]笔迹挺好看。我把那张附文奉上请皇后览赏，她夸说："写得很好啊，想得也挺妙！"竟把那信给收了起来。听见我说："不知怎么回人

---

[1] 定考之际，给上卿以下公卿诸臣三献、四献之后所供之饼。饼中置煮熟之蛋或菜，而切成四方形。
[2] 当时太政官右弁官厅有美麻那延政者。又传说中有一言主神，自惭形秽，昼伏夜出，遂取其典也。

家的信才好。对那送馋饼来的人，要不要赏禄呢？有人晓得就好了。"皇后乃说："听到惟仲[1]的声音了。叫他来问一问便成。"遂到廊边，令人传呼："请左大弁上来，有话同他讲。"他立刻威仪端正地出现。"并非什么大事，私事罢了。比方说，有下役者给弁官啦，或是少纳言之辈送东西来，应不应该给赏禄呢？""那倒是不必。只要留下来请他吃一顿便成。何以问此呢？是否有什么上官府里头的人送东西呀？""哪儿的话哟。"如此搪塞过去。只在深红色的薄纸上书写："不愿亲自送东西来的仆人，看来可是十分冷淡的样子。"乃附上一枝明艳的红梅送去。岂料，即刻就亲自来到，报说："仆人在此恭候。"出去一看，对方却说："我还以为你会对我那种东西咏歌赠答呢。你倒是回答得挺漂亮。妇道人家，稍稍有点儿自信的，多半总爱咏歌什么的；不这么做的，反倒好交朋友。像我这种人呀，对于那些好歌之人，反而没兴趣哩。""那——你岂不成了则光嘛![2]"我笑着把话岔开了。后来，听别人提起："行成当着主公[3]前面有很多人伺候时，讲到这些对话。主公夸说'她倒是真会说啊'什么的。"我这样子，岂不变成自道自诩了嘛。

---

[1] 平生昌之兄也。曾仕藤原兼家及道隆。当时任左大弁之职。
[2] 橘则光不好歌，已见于前文第八十八段。
[3] 藤原道隆。

一三七　为什么要用后宫东南隅土墙的木板

"为什么要用后宫东南隅土墙的木板，去制作新就职六位的笏板[1]呢？这样的话，西边东边的也可以动用。又为什么不制作五位的呢？"女官们纷纷提出来讨论，不懂的事情可真多了。"像衣服取了各种各样的名称，也真教人弄不清楚。把衣服称作细长，[2]还算有道理。至于汗衫呢？叫作尻长[3]算了。""简直像是男孩子穿的嘛。""唐衣，又是什么呀？叫作短衣[4]还差不多！""可是，那是唐土的人穿的衣服啊。""外衣、外袴，都算是合理的。下袭也可以。至于大口[5]呢，宽度还超过长度，所以也还算好的。""袴，可真是无聊的名称。指贯[6]，也不知是怎命名的！既然是腿的衣服，理当称作腿袋才对！"听她们七嘴八舌在那里评论，我忍不住叫道："咳，吵死人！别再讲啦。快去睡觉。"没想到，隔壁房间值夜的和尚却说："那不好。尽管讲一个晚上吧。"那声调里大概是包藏着厌嫌的意思，可真个教人又好玩又惊吓。

---

1 《延喜式·卷四十一》："五位以上通用牙笏、白木笏……六位以下官人用木。"
2 女装之中的一般简略礼服，呈细而长之形状。
3 女童装之外衣称"汗衫"。衣身颇长，全然不符合吸汗之衫意，故云。
4 以其长度刚及上身，故云。
5 裤管之宽大者。
6 即前文中译作"裤袴"者，此采直译，以符合当前言谈场合。

一三八　为了替先主公追福

为了替先主公[1]追福，每月初十，皇后都要举行佛经的供养。九月初十，在后宫内举行供养。公卿、殿上人之辈，来的人很多。清范担任讲师，所讲的内容又颇悲伤，令人深深感受到无常之旨趣，连年轻女官们都落泪。

供养毕，趁着大伙儿喝酒、吟诗之际，头中将斋信之君忽然朗诵出："月与秋期而身何去。"[2]那情景，真是美妙极了。怎的教他慧心巧思，设想得到的啊。我推开人群，想走到皇后御前，赶巧，皇后也从内里步出，说道："真是巧妙。简直像是特别为今日之事而咏歌似的。""方才就是想来启禀这事，所以才顾不得宴会热闹，即快快参上。实在是太奇妙了。"听我如此讲，皇后竟又说："你大概是又格外受感动的吧？"

头中将时而专程召我去，偶尔相遇时又说："为什么不肯跟我认真深交呢？明知道你也并非特别憎恨我的样子，可就是有点儿怪。长年老朋友，怎么可能就此冷漠以终呀？今后，我若是不再能在殿上之间旦暮相随的话，[3]也该留一些什么可资

1　藤原道隆于长德元年（九九五）四月十日薨去。
2　《本朝文粹·卷十四》菅原文时《为谦德公修报恩善愿文》，有句："彼金谷醉花之地，花每春匂而生不归。南楼玩月之人，月与秋期而身何去。"
3　斋信当时为藏人头，日日在宫中殿上。此则暗示：来日或晋升为参议，则与清少纳言会面之机会将减少。

纪念的事情吧。""当然啦。要亲近倒不是难事，只是，假如一旦那样子，恐怕就没有法子赞美您，岂不太可惜！我们做女官的，就是难免要聚在皇上面前，担任赞赏的角色。不行哪。请您只保持对我的好感，否则，怕别人不知会怎么想法；再说，自己心里头有鬼，有话也不方便讲出来了。"中将听后却笑说："怎么会呢？相好的人，才往往更应当比普通关系的人要会夸奖对方才是。""我若不会讨厌这类事，那就另当别论……偏偏不管是男人还是女人，袒护亲近的人，只要他人一提到自己情人的缺点便生气……我最受不了的就是这样的事情。""这话真不能令人信服。"中将这么说，倒是挺有趣的。

一三九　头弁来到后宫

头弁[1]来到后宫，同我闲谈之间，夜已深沉。"明日值宫中忌避方位之日，在丑时以前，须得赶回皇宫才行。"说完，又回宫去了。

翌晨，取用藏人所内的公文纸[2]，重叠两张，书写道："今日似有言不尽意处。本欲彻夜与君共话往事，奈鸡鸣频催！"

1　藤原行成。
2　原文作"纸屋纸"，系以京都纸屋川之水所漉制之纸，专供当时宫中官用之纸张。

那字迹十分清丽，内容却大大与事实不相符合，[1]妙极了。我的回信是："所谓鸡鸣，可是指孟尝君的吗！[2]"岂知，立刻有回音："孟尝君的鸡，启开了函谷关，三千食客得以逃离；我这鸡鸣，则是为逢坂关事也。[3]"遂以歌代答如下：

"夜未央兮鸡已啼，

　　仿声骗启彼关守，

　　　　逢坂未许兮岂痴迷[4]。

此地有心明神清之关守相候也。"很快地，又有回音如下：

"逢坂关兮人易过，

　　据云不及鸡啼鸣，

---

1 以信内容颇涉情爱风流之旨，实则二人间所谈内容仅止于寻常事，故云。
2 《史记·孟尝君列传》："齐湣王二十五年，复使孟尝君入秦……（秦）昭王释孟尝君。孟尝君得出，即驰去。更封传，变名姓，以出关。夜半至函谷关。秦昭王后悔出孟尝君，求之，已去。即使人驰传逐之。孟尝君至关。关法鸡鸣而出客。孟尝君恐追至。客之居下坐者，有能为鸡鸣。而鸡尽鸣。遂发传出。"清少纳言取此典故，以揶揄藤原行成，谓明明不是偷情晓归，亦未闻鸡鸣，则"所谓鸡鸣"，盖为行成仿之也。
3 孟尝君有食客三千，然未以之随行。此或藤原行成误记。逢坂关，系喻男女相逢情事，故行成径以转称取譬。
4 清少纳言此和歌入《百人一首》集中，为其代表作。谓孟尝君食客虽仿鸡鸣骗得函谷关守开启关门，但男女相逢之逢坂关守岂是痴迷易受骗者？作者托歌以示己志坚定，不轻以许身也。

关户已启兮相待和。"[1]

这些书信中，前面的那一封，僧都之君[2]竟然叩首取去。至于后面那封，皇后笑说："逢坂那一首和歌，让对方的气势给压倒，竟没再回函。这可不怎么好。"

其后，头弁说："你的信，教殿上人之辈全都看到了。""如今才算真正了解您是真情想念我。好的诗歌，若不能口口相传，委实太遗憾；可是，另一方面，做得不好的，又怕被人宣扬出去，所以来函都想尽办法隐藏起来，不敢轻以示人。我这番心意与您相比，其实都是一样的啊。"头弁听后，居然大笑道："亏你说话经过深思，毕竟与众不同。我还以为你也会像普通一般妇道人家说'思虑欠周，行止不妥'啦什么的。""哪儿的话，道谢都来不及呢。"我说。"多谢你把我的信藏了起来；否则的话，可真教人担忧了。今后还拜托你多多费神哩。"说完这些话后，经房中将[3]对我说："可知道头弁十分夸奖你吗？前日他给我写信还提到呢。自己的情人给别人赞美，倒是挺窝心的。"瞧他一本正经说话的模样

---

1 此藤原行成讽刺清少纳言，以示挑逗之歌。又逢坂关在近江国境，原系平城京北方防卫要害，平安朝后已废置，任人自由通行。以此之故，歌谣每以为男女相会之歇后语。
2 定子后之弟，藤原隆円。盖以值夜勤在宫中也。
3 源经房。源高明之四男。

儿，真有意思。"这可是喜事重重嘛。蒙那一位夸奖，又得参加入您的情人谱中。""倒真个是奇妙。还真像是新鲜事儿似的！"中将这样说。

一四〇　五月，无月的暗夜

五月，无月的暗夜。忽闻众人异口同声叫唤："女官们可有人在呀？"皇后催促道："出去看看。外头怎么会吵吵嚷嚷的。"遂奉命出问："是谁啊？在那儿大声嚷嚷。"对方并不言语，只是将御帘微微掀起，唰唰地插入什么东西。仔细一看之下，竟是吴竹之枝。"哦，原来是'此君[1]邪'。"听我这么讲，他们竟说："走，去把这事向殿上报告。"于是，中将[2]、新中将[3]等六位的藏人辈，纷纷都离去。

头弁却留下来，说："那些家伙究竟是怎么一回事呀？本来是折下皇宫里的竹子，准备要咏歌的；后来又有人提议：'不如到后宫，去找女官出来咏。'竟被你马上一言道破是吴竹，而散退了回去。真是妙极了！是谁教你的，怎么尽说一

---

1 清少纳言盖巧妙踏袭《晋书·王徽之传》："尝寄居空宅中，便令种竹，或问其故。徽之但啸咏指竹曰：'何可一日无此君邪。'"以吴竹为中国传来，故有此联想，足证作者才智过人也。
2 未详其人。
3 藤原赖定。

些别人不知道的事情。""人家还不晓得那是竹名,恐怕他们会怪我的吧。"对方竟也附和道:"那倒是真的。怕是不容易晓得的吧。"

正与深谈之际,先前那些人又回头集拢过来,吟诵着"种而称此君"[1]的句子。头弁问:"在殿上相约的事都没有达成,何以就回去呢?真奇怪。"那些人则又回答:"那种事情该如何应对呀。弄得欠妥,反而不佳。殿上大伙儿也在纷纷传话,连皇上听到,也大感兴趣哩。"头弁也跟着大家反反复复吟诵着同样的事情,显得热热闹闹,以至其余女官也都跑出来看热闹。于是,大家纷纷找着殿上人通宵闲聊。直到回去的时候,还依旧异口同声吟诵着相同的诗句,甚至在他们走入左卫门阵时,我还听见呢。

翌日清晨,有个叫作少纳言命妇[2]者,奉皇上御函于皇后之际,大概是顺便提到了这件事,皇后便召我上来垂讯:"有这回事吗?""不晓得。没注意随便说出来的话,被那行朝臣故意说成那样子的吧。"听我这么讲,皇后竟含笑说道:"即便是故意的……"皇后娘娘不管听到任何一个女官有殿上人辈赞美,总是会很高兴的。真是有趣味。

---

1 此系《本朝文粹·卷十一》所收藤原茂《冬夜守庚申同赋修竹冬青应教》句:"晋骑兵参军王子猷,种而称此君"(此用上页注1《晋书·王徽之传》典故)。
2 近伺天皇之女官,未详其人。

一四一　円融院丧期终了之年

　　円融院丧期终了之年[1]，人人卸下丧服，心中莫不感伤正多。上自天皇，下及于院中仕者，大家都想到僧正遍昭所咏"花衣"[2]之事。一日雨下得正猛，有个个头高大的童仕穿着蓑虫似的雨具来到藤三位[3]的殿里，捧持着一枝削了皮的白树枝，上头系着一信笺，报说："献上这个。"接待的女官问："从哪儿来的？今天、明天都值忌避的日子，所以遮门都没法打开呢。"遂自下方仍关紧的遮门上端受信，又跟藤三位如此这般传话。"今日忌避，不能看。"遂将那信插在柜子上方。翌晨，洗净双手，催促："好啦，把那卷纸拿来吧。"从女官手中接来，拜受之后，展开来览阅。那厚实的胡桃色纸，看来怪怪的。逐渐展伸开来，原来是年老法师癖好似的笔迹：

　　未忍卸兮丧服皱，

　　　缅怀故主山里情，

---

1 円融院（天皇让位后之称）为一条天皇之父，于永观二年（九八四）让位，正历二年（九九一）二月十二日崩。天皇守父母丧制，为期一年，故指正历三年二月。
2 谓脱下丧服，始着平常华服之无奈也。此处作者"僧正遍昭"原文所无，译文补之以助上下句意明白。
3 一条天皇之乳母。右大臣藤原师辅之四女繁子。

　　　　京都已褪兮椎柴袖![1]

那信的内容如此。藤三位不禁心想：真是岂有此理，可恶极了。究竟是谁呀？会不会是仁和寺的僧正[2]呢？可又想回来：他大概不会说这种话才是。那么，到底会是谁呢？难道是藤大纳言[3]吗？他曾经担任过故院的总管，大概就是他作的吧。得赶快让皇上和皇后知道这事才行。她觉得颇焦急难安，却又因为阴阳师嘱咐过，要十分谨慎，是以只得耐下性子度过忌避的这一天。次日晨早，差人送回信于藤大纳言处。没想到，对方也很快就有复函送来。

卷纸

---

1 此为老僧讽刺之和歌。谓居住山寺之人，以缅怀故主，未忍卸下丧服，而京都方面恐怕早已褪下丧服也。椎柴，为染制深灰丧服之染料，故以"椎柴袖"称之。此歌颇收音义迂回婉转之效，中文无法译出，故径采意译。
2 仁和寺，在今京都区右京区，为真言宗本山。宽朝僧正，为宇多天皇皇子敦实亲王之三子，曾任円融院灌顶法师。
3 藤原朝光。

藤三位拿了那两封信，急急忙忙参见皇后，禀报："发生过如此这般之事。"赶巧，皇上也莅临后宫，皇后只得匆匆浏览一下便说："不太像是藤纳言的笔迹。大概是法师的吧。"藤三位说："那么，会是谁的呢？好事的公卿、僧纲，都有哪些人呢？是那个人吗？或者是这个人？"见她好奇地想要追根究底，皇上在一旁含笑说道："这信纸倒是仿佛见过，挺像的。"遂令人取出柜子里头的另一封信。藤三位着实忍不住了。"哟，真是的！请告诉我这缘故。头都疼了。快点儿告诉我。"瞧她，又央求又怨怼，终于又自己笑了起来。皇上方始说明真相。"那差使出去的鬼童[1]，乃是在膳房打杂的。大概是小兵卫[2]出的主意。"这下子，连皇后都笑了出来。藤三位推摇着皇后的身子，又气又笑的："为什么要这样子作弄人呢！人家可是深信不疑，以为那是经卷或什么，洗净了手，又膜拜如仪，才敢打开来。"瞧她生气之中又有一分得意的样子，真是好玩极了。

　　这事以后，御厨方面，大家也笑闹一阵子。藤三位回去之后，找到那个送信的童仕，叫当时负责接待的女官出来验对，果然说："确实就是他。"遂问："是谁写的信？是谁叫你拿

1　蓑虫，已见前第五十段文字。以其状似穿着蓑衣，故得名。传说蓑虫以鬼为父，故此又称"鬼童"。指前文送信之童仕也。
2　为后宫女官。

来的？"可是，那男童净在那儿傻笑，也不说一句话就跑了。藤大纳言后来听到此事，也笑得不得了。[1]

一四二　无聊事

无聊之事，如因忌避而离开惯常居所，到别的地方去住。马不下来的双六。[2]除目而未得官爵的人家；遇着天雨，则更为无聊了。

一四三　可慰无聊者

可慰无聊者，如物语。　棋。双六。三四岁幼童之牙牙学语者，正有趣地说着什么话。又，小小稚儿一个人独言独语，在玩儿"谁家"[3]的游戏。水果。年轻男士说笑，遇着擅辩者，即使值忌避的日子，也会延请入内。

1　此段文字为清少纳言仕宫以前之事。盖闻自定子皇后也。当时一条天皇十三岁，定子皇后十六岁，皆不脱淘气之年龄，故与宫中下役合作此恶作剧。藤三位繁子，则以其为年长得宠之故，对年幼之双皇，言行举止颇有亲昵之表现。
2　双六，古游戏之一。黑、白双方各有十五（一说十二）驹在盘上，掷骰决定出驹，先据满者为胜。
3　幼儿仿大人访问之游戏。如"碰碰碰，请开门。""这是谁家。"云云。此据新潮社本注。

一四四　无可救药者

无可救药者，如容貌长得丑陋而脾气又坏的人。饭糊之腐烂者。[1] 后者，虽云万人之所憎恶，但是，既已写下，如今要停止也来不及。又如所谓"葬火之火箸"[2]那谚语。既然这些事情，世间非不存在，人亦皆知之，虽则书写出来，别人未必想看；而我这草子，原本也没有想到人家会来读，所以才决心，不论怪异之事，或可恶之事，只要我自己想到的，就统统都书写下来。

一四五　世间奇妙绝顶之事

世间奇妙绝顶之事，盖以临时祭御前的仪式[3]为最。试乐[4]，也十分有趣。春日，天空熙和，清凉殿御前庭中，负责扫除布置之司，将叠席铺置妥当；敕使面北，舞人则在皇上前方。这些事，或者我的记忆有错误也说不定。

藏人所的众人将膳食用的小几放在每个人的面前，这一

1　浆衣服用之饭糊，一旦腐烂，则发臭，人人憎恶，故有下文。
2　古葬礼，尸体荼毗之后，于门前另烧一堆火，以竹箸烧之。以其无所用，故当时或以喻无所用而又有些用之物。
3　临时祭，有石清水临时祭（三月中午日）及贺茂临时祭（十一月下酉日）二者。当日天皇于清凉殿行御禊及供物之仪式，次有御前舞乐之宴。
4　于天皇前预演临时祭之舞乐。

天连陪从者也可以在御前进出呢。[1]殿上人之辈轮流举杯,复又饮尽青螺杯中的酒[2]始离席,遂以手迅速取残肴而食之;这种事情即便是下役男子所为都讨人嫌,何况还是妇道人家当着皇上御前拿取哩。原不知道有人在,怎料,忽有人从生火的屋子钻出来,贪多的人反而拿漏掉,致输给伶俐地攫取的人。至于巧妙地把生火的屋子权充收藏室,倒是想得好呀。负责清除的役人把叠席收拾妥善,主殿司的人便人手各持一扫帚,将庭内的砂石扫平。陪从们在承香殿前奏起笛子,又打着节拍演奏。"快快出来嘛!"正焦急等待之际,忽见舞乐者边唱着《有度滨》[3],从清凉殿前吴竹台的篱笆下步出。弹奏琴的时候,直教人感动得不知如何是好。跳第一支舞的两个人跑出,他们的衣袖端丽地贴合着,面向西边站立。于是,舞者顺序出现,一面和着节拍顿足,又一面整修半臂的带子、冠帽和衣领,[4]唱出《小松》等歌谣,那舞姿曼妙,真个无懈可击。至于舞大轮[5]的时候那种热闹劲儿,可真是看一整天都不会厌倦的,只可惜舞已尽;好在尚可期待下一场舞;而拨子复又搔返琴弦,这次直接从竹台之后舞出。瞧他们把袍子

---

1 舞者之陪从,以其身份低,平时不得出入天皇御前,故云。
2 劝杯五献之后,天皇以螺杯铜盏赐陪从也。
3 《东游》舞中《骏河舞》之一节。
4 此指舞者于配合音乐跳舞之际,又一边不忘随时整顿因舞动而零乱之衣冠等。半臂,为着于袍与下袭之间的短衣,有长带。
5 于舞者出场整齐,或终舞退场之前,绕圈子,曰"大轮"。

的右肩褪下的模样儿，实在优雅极了。至于他们所穿的光亮的丝裳下摆，则又因舞蹈而交互错乱，忽在此，旋又忽在彼。唉，再写下去，反而显得庸俗了。

这回，可真的不再有了，实在舍不得已经终尽。连公卿大人们都跟着退出去，教人不由得感觉寂寞。贺茂临时祭的时候，倒因为有返归宫中的神乐，[1] 故而聊堪安慰。庭火烟丝袅袅之际，神乐的笛声明亮地响起，那音律细细澄澄，歌声嘹亮动人。当其时也，寒气凛冽，捣练过的丝衣裹身犹有凉意，而持扇的手亦非不寒，却已浑然不知觉。神乐舞人之长，召来滑稽之才男，瞧他们齐向他奔来的样子，可以想见他心中自得的情况了。

东游

若遇着我退居在家时，单只看队伍，是无法满足的，故总是要跑到神社去看热闹。把牛车驻停在大树下，松炬的烟

---

[1] 当夜，敕使及舞者归参皇宫，复奏神乐也。

飘游，火光通明，那半臂的带子啦，衣裳的色泽等，反较日间看得清晰哩。听他们踩着桥板合唱舞蹈，固然有趣，而水流助响，笛声配合，更不知神明会怎么样地高兴呢！有一位叫作良少将[1]的舞者，每年出任舞者，令人敬佩；他死后，据说亡灵寄托在贺茂神社上社的一之桥下。这事听来怪可怕的，乃决心别老去想它，但这个祭祀的高妙，却真是令人难以忘记。

"八幡神社的临时祭[2]终了之后，才真正无聊呢。怎么归参皇宫后就不再舞蹈呢？否则，定热闹极了。看他们一个个受禄后，才教人失望。"听女官们纷纷议论，皇上遂下令："那么，就叫他们舞吧。""真的吗？那岂不太好了！"大伙儿兴奋得围着皇后，异口同声热烈地说："还是让他们舞蹈吧。"这次，果然有归参之舞，真令人高兴。"不可能有这回事的吧。"那些一时松懈的舞者，听到皇上谕旨，心慌意乱，有如撞到了什么东西似的，简直乱了谱儿；至于退居在自己下房里头的女官们，则又匆匆忙忙参上清凉殿的样子，也真够瞧的……她们也顾不得有别人的从役或殿上人之辈看见，将衣裳从头上披盖下来，[3]难怪引得大家笑不停。

---

1 新潮社本萩谷朴作"藤中将"，未知孰是。
2 指石清水的临时祭。作者于前文叙述贺茂神社临时祭之后，再回头记述石清水也。
3 言急忙边走边穿衣服之狼狈状。

一四六　故主公过世后，世间扰扰

故主公过世后，世间扰扰，发生了许多事情，[1]皇后又未参内，而暂居在小二条处[2]。碍于诸事纷扰不快，我便也久假在乡里。不过，由于挂虑着皇后周遭的事情，毕竟无法长此以往。

一日，右中将[3]来访。"今天去参见皇后，感觉真是寂寥无可言喻。女官们的装束，举凡裙裳啦，唐衣等，挺能应和季节，一点也没有松懈，大家仍旧伺候得中规中矩。我从御帘边上的缝隙窥伺内里，见有八九个人并坐在那里，大家穿着表褐里黄的唐衣啦，淡紫色的裙裳啦，表褐里黄、表红里青等美丽的衣着呢。我注意到皇后御前的草长得挺高又茂密，遂建议：'怎么任它长得这么高呀，不会叫人来芟除吗？'没想到，却听见宰相之君[4]的声音答说：'故意留着，让它们沾上露，好让皇后娘娘赏览的。'真有意思。她们大家又说：'人家退回乡里去住去了。真个狠心呀。皇后娘娘还以为：住在这种地方期间，哪怕是自己有什么再重大的事情，都应该来陪侍才对。'大概是以为我一定会来把话传给你听的吧。你不妨

---

1 定子皇后之父——关白藤原道隆，于长德元年（九九五）四月十日薨去（已见前文第一三八段）。同年五月八日，关白藤原道兼亦相继去世。四月、五月间流行疾病，故云。
2 在冷泉北町尻西，为明顺宅。
3 源经房。
4 藤原重辅之女。已见前第二十段文。

回去看看宫中的情况，风景还蛮可赏的，露台之前栽植的牡丹，颇有一些唐土风味呢。""是吗？人家嫌弃我，害我也对她们没兴趣了。""别太放在心上吧。"他笑着说。

其实，倒非忤度皇后对我的看法如何，是那些伺候左右的女官在窃窃私语："那人跟左大臣派的人走得很近。[1]"见我从官职宿处去参上，大伙儿便忽然中断话头，把我一个人孤立起来。这种事情，前所未有，真令人气愤，所以虽然皇后屡有召上之令，都故意搁置不应，致逾时久久迄今；而皇后那边的人则真把我当作敌对派的人，随便胡诌，捏造了一大堆莫须有的事情了。

跟往常很不相同的，这一次竟然没有什么谕令。日子过去，心绪不佳。一日，正无聊发呆之际，有个下女之长送了一封信来。"是皇后命左京之君[2]偷偷交给我的。"这女子，连在我这儿说话都是悄悄的，也未免太过分了。一想到这不是命人居中传达的话，心头便骚动。打开信看，那纸上并没有写什么，只包着一瓣棣棠的花瓣。又附有歌句："未言心思念。[3]"见她书写如此，这些日子以来绝无音讯的怨怼，也因此得以安慰，心里一高兴，泪水便也不禁夺眶而出。那下女之

---

[1] 藤原道长。据荻谷朴注云：此或意味着，道长一方欲将清少纳言自定子皇后圈内隔离之谋略，显示出当时外戚政策下的利害错综关系。

[2] 盖为后宫女官。

[3] 句出《古今六帖·五》和歌（已见前第七十六段文）。

长望着我说："皇后娘娘一有什么事情，总是想到您，提及您。每个人都在讲'好奇怪的长假呀'什么的。怎么不参上返宫来呢？"又说："我要到附近某某地方去一趟。回头再来候教。"她走后，想要写回信，可是竟将那首和歌的上句忘得一干二净，这可真是怪事了。"真怪。这么有名的古歌，哪有人不晓得的！都快到喉头了，就是吟咏不出来，怎么回事儿啊！"有个女童坐在前面，听见我自言自语，乃道："就是：'水下行'[1]。"怎的就给忘了呢？如今反而受教于一个小孩子，岂不可笑！

奉上回函后未久，方始参上。不知她怎么想法？心中难免较往常嘀咕，乃半隐在几帐后头。没想到皇后却取笑："那可是新来的人吗？"又说："不喜欢那首和歌，这景况可是说得挺合适。见不到你，一刻难安。"听她这般言语，倒是与从前都无甚不同。遂将女童教上句歌的事情禀奏，竟蒙大笑。"是啊。有时以为熟悉透了的古歌，反而会这样哩。"接着又说："在猜谜游戏场合上，有一个精于此道的人说：'我要在左方的首位上。一定哦。'既然人家这样拜托，便以为绝对不会讲出差劲的事情，心里头既佩服又高兴。一会儿，大家在那里商量出谜题，临到选择决定时，问他：'请问，那谜题的事情。'

---

[1] 句出《古今六帖·五》和歌（已见前第七十六段文）。

便说:'交给我吧。我这么说,绝不会让你们失望的。'听这么一说,觉得也不无道理。而日期已逼近,乃又催促:'你还是把那句子说出来听听,万一若是碰巧相同就糟糕了。''这,可不知道了。既然这样,就不要托我好了。'见他不高兴,就只好不安归不安,也由他去了。到了当日,左方右方,大家男女分坐,殿上人之辈许多年轻人也并列其间,参加猜谜游戏。左方首位上,那位精于此道的人,不知会说出什么样的事啊?那边右方的人和这边左方的人,大伙儿都心中充满了期待,连他发出'这是什么,这是什么'[1]的声音期间,都令人焦急难安。那人终于说出'天上张弓'[2]。右方的人认为:这可是太有意思了。[3]而左方这边的人却真个茫然若失,哑口无言,恨得心痒痒,猜疑:莫非是偏袒敌方,要让这边输的吧。少顷,右方的第一人也感到被愚弄了,遂故意笑称:'哎啊,一点儿都猜不透。'又撇下嘴角说:'从来也没听过这样的句子。装疯做癫的。'那人竟连呼:'插筹,插筹。[4]'遂令插筹称胜。右方的人便争论:'这才怪啦,谁不懂这样的谜题啊。不能插筹。'但左方却坚持:'既然说猜不透,怎么不算输呀?'于是,接下去的,也都由那人来主持议论,终致取胜。

---

1 猜谜游戏时,左第一人向右方提出谜题以前,先说出的话。
2 "弓张月"为上弦(或下弦)月之谜题。以其过于平易,而出乎意外也。
3 以其易解稳赢,故云。
4 游戏计胜负之法,以竹串为筹,胜方插筹于容器中。

后来，大伙儿便怨怼那右方第一人：'如果是人人都熟悉的，只是一时想不出来，那还可以那么回答；但明明知道的，为什么说不懂啊！'那人不得已，只好向大家讨饶了。"听此一席话，御前所有的女官都说："真是的！怎么会做那么糟糕的答复啊。""右方的人，猛一听之下，定必会怀恨的。"这则故事，是影射像我这般容易忘事的人吗？不，大概是指人人都熟悉之事而言的吧。[1]

一四七　正月十日，天空阴暗

正月十日，天空阴暗，云层看来极厚，却又日光极耀眼。普通贱者家的后园荒废的田里，土地高低不平处，长着一棵新桃，枝丫从低处横出，一边是青绿色，另一边则在日光中显得色泽浓丽带有暗红色。有个瘦瘦的男孩，狩衣褴褛，头发倒是挺美的，在那儿攀缘。另一个男童，衣服在腰际缝褶，足蹬短靴，站在树下央求："给我砍一枝好的。"又有一些头发好看的小女孩三四人，衣裳破旧，裙裤变了形，走了样儿的，也在那儿纷纷说："给我们砍一些可以做卯槌的好枝子。主上要我们来取哪。"爬上树的一丢下树枝，底下的就围拢去抢，

---

[1] 作者体会定子皇后之意：以忘记的古歌与谜题并提也。

又抬头央求"给我多一点儿啊"什么的,真好玩。有个穿黑色裤袴的青年也跑来央求。树上的男孩说:"等一等。"青年竟在树底下摇晃,害那上面的吓得跟猴子似的牢牢抱住树干叫喊,可真滑稽。梅子结实时节,也有类似这样的情况可见。[1]

一四八　两个清秀男子玩双六

两个清秀的男子,玩了一整天的双六,仍不满足,把矮灯的灯芯挑起点亮。轮到对方掷骰子时,便又诅又咒的,可偏偏就是顿时入不了筒;对方则又把筒子放在盘上等。狩衣的领子老是顶到脸,遂用一只手去拉扯,又把那一顶也不怎么硬挺的乌帽子推向后面去。[2] "不管怎么咒诅骰子,也不至于输人哪!"瞧他不耐烦地注视,倒挺自信的样子哩。

一四九　贵人下棋

贵人下棋,于是解开了直衣的带子,不拘小节地捡棋子儿下;至于那身份低的对手,倒反而毕恭毕敬地端坐于离棋

---

1 此段文字颇缠绵,且各本异文歧义难辨。译文参照各说,径求通畅耳。
2 此描写游戏者全神贯注,屈膝抱胫,俯视盘面,致下巴缩入衣领内,乌帽子倾覆向前也。

盘之处，腰身儿一弓一弓，还用一只手压着另一边的袖口，可真是有趣得很。

一五〇　可怕的东西

可怕的东西，如橡树的果实[1]。火灾的遗迹。芡。菱。多发的男子洗头晾干时。

一五一　看来清爽的东西

看来清爽的东西，如陶器。新的金属碗。叠席之荐缘。水注入容器时之透明光影。崭新之唐柜。

一五二　看来污秽的东西

看来污秽的东西，如鼠窝。早起迟迟不肯洗手的人。白痰。流着鼻涕到处跑的孩童。盛油的容器。小麻雀。热天久不沐浴之人。衣服穿旧了总是看来污秽不爽净，其中尤以本色无花纹者为甚。

1　当时用橡实染丧服，故予人可怕之联想。

一五三　看来卑劣的东西

看来卑劣的东西，如式部丞的笏板。[1]粗黑之发。布屏风之崭新者。[2]若其用旧变黑者，自是毋庸多言，反而不足为怪。至于新贴制者，多画满开之樱花，又猛涂胡粉[3]、朱砂等缤纷的颜料。拉门柜子，反正乡下风味的总是土气卑劣。挂席的牛车[4]下端。巡捕官穿的裤袴。[5]伊予帘[6]的宽幅缘饰。法师之肥胖者。[7]道道地地的出云[8]产叠席。

一五四　令人忐忑难安的事情

令人忐忑难安的事情，如赛马。捻制髻带之纸线。双亲玉体违和，模样儿与平时不一样。尤其若有疾疫流行，那就更加令人忐忑难安，心无旁骛。还不会说话的婴儿啼哭不已，

---

1 笏上常贴备忘录，而式部省三等官，职司最繁多，频频贴剥，故其笏最是不堪入目。
2 布屏风不同于纸屏风，表面粗糙，又如其上画有满开之樱树等，看来更为卑俗，故云。
3 烧贝壳以研制之白粉，供着色之颜料。
4 身份低贱者所乘之牛车。
5 已见前第五十二段文。
6 伊予地产之帘子。
7 此句小学馆本义不详，译文取新潮社本。
8 地名，即今岛根县。

既不吃奶,乳母哄骗无效,久久哭个没完。在意想不到处,听见爱情尚未牢固的情人的声音,当然会心跳,有时候甚至只是听到别人提起那人的事情,都会忐忑未已。十分憎恶的人来找,也会令人忐忑心跳。昨夜来会的男人,今朝迟迟不寄信来。这样的事情,连别人听了都会不安。[1] 又乍受情书,亦同样令人心跳。[2]

一五五　可爱的东西

可爱的东西,如画在瓜果上的童颜。小麻雀听见人学鼠咭咭叫,便跳过来。又如把小麻雀的脚用绳子绑住,那大麻雀就会衔着虫儿来喂,教人看着挺欣慰。两岁许大的幼儿急急朝这边爬过来,途中发现有小小尘埃什么的,眼明手快,用那小手指捏起给大人看,那模样儿乖巧极了。剪着齐肩娃娃头的女娃儿,前刘海覆到眼上也不去拂开,歪着头看东西的样子,真是可爱得很。又将袖子高高系在腰际,露出的肌肤白白嫩嫩,也十分可爱。[3]

---

[1] 平安时代男女交往,由男子赴女住处,翌日必修函致情意,若无信函,则表示婚事无望,故云。
[2] 以其未知内容如何也。
[3] 和服袖子宽大而长,以细带系于腰际,俾便做事。

个头不挺大的殿上童[1]，打扮停妥走动的样子，很是可爱。挺好看的婴儿，抱来逗弄，不一会儿工夫即入睡，也十分惹人怜爱。

玩偶游戏的道具。从池里捞起莲叶浮现之特小小者。葵叶之小小，不管什么东西，凡小小者总是可爱。

胖娃儿，约莫两岁许，白白可爱的，穿着紫色罗衣，衣服十分长，把袖端高高系起，爬将出来，那模样儿伶巧可爱极了。八九岁的男童，用稚气浓重的声音读书，也挺可爱的。

长脚的雏鸡，白净可爱，就像是穿了短衣一般，喈喈地跟在人后头叫着，一忽儿又在母鸡身旁绕来绕去，看着都教人喜欢。鸭蛋。瞿麦花。

一五六　人来疯

人来疯，如无甚特别的平凡的孩子，被双亲宠坏。咳嗽。尤其想同了不起的人物说话时，往往先就咳了起来。

邻近人家四五岁的孩子，调皮得不像话，到处搞得一团乱，又捣毁东西，平时或者还可把他给拉过来揍一顿，教他

1　公卿子弟值元服前仕官见习礼仪者。

无法为所欲为的；只因为见他母亲来了，竟逞起意来："给我看那个嘛，阿母！"拉着为母的，使劲摇拽。大人正谈话谈得起劲，也没有去分神听小孩子讲什么；那孩子竟然自顾自地取将出来，撒了一地，才真正可恶极了。而那母亲却只说："不行呀。"也不把东西拿走，径在那里含笑说："不要这样子嘛。"或是"别弄坏喔"什么的，真教人生气。我这边，又不便于说出太伤感情的话，只能在一旁看着，那才真叫作不是滋味哩！

一五七　名称可怖者

名称可怖者，如青渊。谷洞。鳍板。铁。土块。雷，则不仅名称可怖，实实在在是恐怖的。疾风。不祥云。矛星大神。牛蟹[1]。牢。牢长。□□[2]，名称虽未见得如何，看来却可怖。绳筵。强盗，总是恐怖的。阵雨。蛇莓。生灵。鬼野老[3]。鬼蕨。蔷薇。枳壳。□□[4]牡丹。牛鬼。[5]

---

1 义不详。姑从其一说。
2 不详。原文取和文片假名注音"いにすし"。
3 草本植物，形似山芋。以冠有"鬼"字，故可怖也。下"鬼蕨"亦同。
4 不详。原文作"いかすみ"。
5 此段文字，各本有异文，且多歧义不详。

一五八　写起来夸张者

看来未见得怎样，写起来夸张者，如覆盆子[1]。露草[2]。芡。荇。胡桃。文章博士。皇后宫权大夫。杨梅。"虎杖"更是夸张，老虎没有杖也看来毫不在乎的样子。

一五九　杂乱无章者

杂乱无章者，如刺绣的反面。[3]猫的耳朵内部。鼠崽之未生毛者，倾巢而出。尚未加里子的皮袄缝痕。未清除处之黑暗者。贫贱者，又养了一大堆孩子而放任不知所措。不怎么顶深爱的妻子，久卧病床，丈夫心中定必郁结不快的罢。

一六〇　小人得意

小人得意之时，如元旦的萝卜。[4]天子行幸之际的姬大

---

[1] 即草莓之汉字别写。
[2] 又书"鸭头草"。
[3] 刺绣表面整齐美观，而反面往往杂乱无章。
[4] 此段内容写小人（小事）得意行道。萝卜本微不足道之物，以元旦有"固齿"之习，凡人皆食萝卜、瓜、鲇鱼、猪肉、鹿肉，以祝长寿也。

夫。[1]六月、十二月末，任折节量身的藏人。[2]季节诵经的威仪师，[3]穿着红色的袈裟，当其唱读众僧的名字之际，是挺荣耀的。宫殿周遭的层层曲庵。诵经及佛名法事之际，担任装饰职务的藏人所众人。春日祭[4]时节的近卫舍人。大飨[5]之际的游行队伍。元旦的药童。[6]卯杖的法师。[7]五节之祭，于御前试演的梳发师。节会时，担任御膳的采女。大飨当日的史生。[8]七月的相扑。[9]下雨时候的市立笠。[10]渡船的舟子。

一六一　看来极苦之事

看来极苦之事，如看顾夜啼婴儿的乳母。享有齐人之"福"者，顾此则失彼，遭双方妒恨。担任祛妖之验者，遇着顽强的妖怪。若是祈祷早现灵验倒无事，否则怕遭人笑话，故而拼命祷告，看来真个是极苦之事。

1　姬大夫属内侍司，为天子行幸时，乘马仕奉之女官。
2　于六月及十二月举行大祓之夜，女藏人取竹节依天子身长量计。
3　春二月及秋八月，百僧于紫宸殿诵读《大般若经》，居众僧之前任整威仪者，称为威仪师。
4　二月上申日所举行之祭祀。
5　于宫中或贵族府第举行之盛大宴会。
6　于元旦为天子试尝屠苏酒之有无毒味的童女。
7　天子于元旦接受真言宗、天台宗修验者之卯杖，此盖指任其职之法师。
8　太政官的书记。左史大少史下，各有十人。大飨之日，赐杯及禄。
9　七月下旬，各地相扑士在御前竞技，天子亲临观览。
10　女用中高之斗笠。本为市井女子所用，后身份高贵者徒步时亦用之。

被多疑之男子深深爱上的女人。在摄政,或关白等一流府第任职者,当然无法休闲;不过,那倒也是挺不错的罢。神经紧张的人。

一六二　可羡者

可羡者,如诵经时,自己时忘时蹶,老是念诵同一段经文,法师当然毋庸置喙,但世上就有一些男女,能够倒背如流,听人家那样子背诵,不禁想道:不知何时才能够到达那种境地啊?身子不适,卧在床上,听别人笑笑说说、自自在在地走动,才教人羡煞!

发愿参诣稻荷神社[1],中座一带路况陡急,正耐性慢慢攀登,却见后来者毫不以为苦似的,渐赶到前边去,可真了不起。二月午日,拂晓便急急出发,走到半途陡坡处,已届巳时[2]。渐渐热起来,真教人受不了。"世人也有不须要这般辛苦的,偏偏我为什么来此参诣哪!"禁不住泪落,正休憩养神,见一妇人年约三十余岁,未着壶束装[3],只将普通衣服的裙裾拉起,听她同路上遇着的人说:"我想要参诣七度。已经参诣过

1　在京都南部伏见。路途遥远,分上、中、下三座。
2　上午十时许。
3　当时妇女旅行装束。

三度了,还有四度,没什么大不了的,到未时[1],该已下山了吧。"便又走下坡去。这女子,平时一点儿也不起眼的样子,可是当时就教人羡慕,恨不能马上变成她。

无论是男人、女人,或法师,有好子嗣的,总是令人羡慕。头发长而整齐,下端美丽者。身份高贵的人,受众多仆役簇拥伺候着,教人看着挺羡慕。写得一手好字,又擅长咏歌,逢着什么时节,总是第一个给人选出来的。

高贵的人面前,有众多女官伺候,若其想到要给什么了不起的人物送信去,如何可能找一个字迹像鸟爪痕迹一般的人代笔呢?可是,有时见到特召退居于下室的女官上来,将自己的砚台借与书写之用,可真令人羡慕。此类事情,若是仕奉有年的长辈,即使字迹恶劣如初习《难波津》帖[2]者,也不得不视情况而书写;而有时则不然,譬如公卿大臣的千金或某人推荐来初仕的有来头人家的女儿,从纸张等一切都费心准备好,别的女官岂能不半开玩笑地讲些中伤的话呢!

又譬如练习筝、笛等,也同书法一样,未熟练时,总是想:真希望能够像他一般地好。做天皇,或东宫的乳母,可真是神气。伺候皇后的女官们,准以出入后宫各位贵人处者。

---

1 午后一时至三时。
2 古和歌句,为当时初习毛笔字者必先行临摹之字帖。

建有三昧堂[1]，得以早晚诵祷者。玩双六时，对方掷出好骰子。真正忘世事的高僧。

一六三　很想早早预见结果之事

很想早早预见结果之事，如结染、分层染，以及部分结染。[2]别人产子，很想早早打听是男婴还是女婴。若是身份高贵的人，那就不用说更想知道了；即便是身份不怎么高贵，甚至于身份低贱者，也还是一样。叙官除目翌日清早，纵使亲知之中未必有什么该当除目者的情况之下，也还是想早早打听到结果。情人寄来的信函。

一六四　令人焦虑之事

令人焦虑之事，如送紧急缝制的东西到别人处，等待缝纫完。急急忙忙赶出去看热闹，窝守在车厢内等着。来了未？来了未？不停地来回掀开车帘子望那边的心情。待产妇人，逾期仍未见动静。收到远方的情人来函，要打开那用饭糊封紧的信封，真是教人焦虑的事情。急忙出去看热闹，游

1　三昧，为佛教术语：正定、正受、寂静。三昧堂内，多诵《法华经》。
2　此皆日本本土之染布法，有日语专词，以其不可译，径采意译。

行已经开始,也看得见居前领导者所持的白杖,偏偏得等车辆停靠在驻车处,心中委实急煞,恨不能下车自行走过去算了。

有个不想见的人来访,正教身边的人如何去敷衍那人。好不容易等待又等待才生下来的婴儿,方过了五十日庆、百日庆等,要指望其将来,可有得盼了。

急着要缝制东西,而在暗处穿线。若是自个儿穿线倒还可以,有时自己捏着那要缝的地方,别人却老穿不进线,乃央求她:"不要穿啦。"人家却一脸"那怎么行,怎么能够不穿过啊?"偏就是不肯罢休,那种时候实在不由得会憎恨起来。

不管何事,急着想出门之际,有人说:"我须得先到某某地方去一下。"乃留言道:"随后就叫车子回来。"那等待车子回来时的心情呀,才真教人焦虑呢!见有牛车走过街上,高兴得以为:"就是这辆车子了。"哪晓得却跑向别处去,真个遗憾。尤其若是想出去看热闹的时候,听人家说:"游行一定已经开始了。"心里更不是滋味。

生下婴儿的妇人,老不见有后产。[1] 相约去看热闹,或是参拜寺院,讲好了一道走,便将车子停靠在屋子边侧,对方竟然也不快快上车,净教人等,心里实在焦虑不过,恨不得

---

[1] 指胎衣之下降。

不管她，先走掉算了。有急用生炭火，也是感觉格外费时令人焦急的事情。

想要早点儿给人家答歌，偏偏就是咏不出来，真是急死人的事情。若是情人，或者不必太着急；不过，有时也有非急不可的事情；而即使女人或男人，普通交往时期的答歌，总觉得愈早愈好，可就是怕有时会出差错，那才糟糕。

有时遇着夜间身子不舒泰，心里又害怕，盼着天快快亮，那种心境才真教人焦虑不安哩。又如染黑齿，[1]等待干的时候，也是够令人心急的。

一六五　为故主公服丧时期

为故主公服丧时期，适逢六月末的御祓[2]，皇后要出行，据云，后宫方向不宜，故而莅临于太政官厅的朝膳室内。是夜值六月末之大热天，又是到处漆黑，一切都……

地方狭隘，又是瓦顶，[3]实在异样。也没有一般房子的木格子门窗，只在四周垂挂着帘子。这样倒是反而稀罕有趣。女

---

1. 平安时代妇女以黑齿为美，故成年女子必以铁片浸酒或醋，使酸化，取其液体染齿。
2. 每年于六月及十二月底举行之除灾大祓，诸官集于朱雀门前。
3. 当时普通宫殿宅邸皆用桧木皮顶，仅寺院及太极殿等特殊建筑才用瓦顶，故云。

官们都到院子里游玩。庭园中多栽植所谓萱草，在篱笆的衬托下，成丛成堆地长，花儿开得十分鲜丽，比起那些中规中矩的造庭设计更有情趣。漏刻司[1]就在附近，钟声听来也觉得不同寻常，年轻女官约有二十余人，大家好奇地走过去，攀登那高高的钟楼；从我这边望过去，见浅灰色裙啦，唐裳啦，同色调的夏衣啦，深红色的裙裤等缤缤纷纷，虽称不上"仙女"，却也够教人误以为翩然从天而降。虽然都是年轻人，身份较高的女官们则无法参与其间，徒有艳羡地抬头仰望的份儿，看来挺有意思。

日暮以后，趁着昏暗，连年纪较大的女官也都纷纷加入，大家到左近阵[2]去看热闹，也有人嬉笑吵闹。"别乱来啦！"有人出来制止，"公卿大人坐的椅子，给女官们踩了上去，政官坐的床几[3]，也教她们都给推倒弄坏了。"尽管那些人在抗议，可任谁也不稍予搭理。

房子古旧，又是瓦顶，那种热呀，真是从未经验过，只好夜里也睡在帘子外。既然是老房子，便一天到晚有所谓"蜈蚣"之虫落下，又有巨大的蜂窝，周遭叮满了蜜蜂，真够

---

1 原文作"时司"。以水钟漏刻计时，每时击钟鼓报之。在太政官厅北侧隔一条路，有阴阳寮，有守辰丁二人专司其事。
2 顺太政官厅及阴阳寮东侧之路北上，可达建春门（左卫阵）前（此说从荻谷朴校注）。
3 原文作"床子"。"椅子""床子"均为室内用坐椅。后者无椅背及扶手，为官位较低者所用。

吓人。每天都有殿上人参上,夜晚也流连不忍离去,同我们女官坐谈到天明,有人便揶揄,诵咏成声:

> 太政官兮本肃穆,
> 　　人岂相信成游庭,
> 　　　　男女夜行兮宁侧目。[1]

实在有意思。

虽然已入秋,却丝毫没有"凉风来"[2],不过终究由于所在场所的缘故,虫声倒是可闻。皇后于八日返归禁中。七夕当晚,众星看来比往常为近,大概也是由于地方狭隘的关系吧。

一六六　宰相中将斋信与中将宣方

宰相中将斋信[3]与中将宣方[4]双双来临。[5]女官们正在靠外

---

1. 此歌亦取荻谷朴校注。盖为踏袭《周礼》疏:"御晨行者,禁宵行者、夜游者。"及《礼志》:"男女夜行以烛,在宫中也。"译文于原歌稍有补充。
2. 典出《古今集·夏》,躬恒和歌:"夏与秋兮轮替催,季节流转有秩序,空中自有兮凉风来。"
3. 太政大臣藤原为光之次男。
4. 左大臣源重信之子。
5. 此指前记七月七日事。诸本亦有与前段不分者。

处同他们两位谈天之际，我出其不意地问："明天要咏什么诗呢？"斋信竟不假思索地答说："就咏'人间四月'[1]罢。"真有意思。言语不忘过去之事，总是饶多情趣，妇道人家，每常如此，至于男士则不然；普通说来，能够记得自己咏过的诗歌就已经算是不错的了，故而斋信之君的记性，可谓真是有心。这事，帘内的女官，以及外头的殿上人辈都弄不清究竟是怎么一回事，[2]也难怪他们哟。

话说，四月初一那一天，在宫中厢房的第四间[3]门口聚集了许多殿上人。后来，众人渐渐散去，只剩下头中将[4]、源中将[5]及六位藏人一位。于闲谈种种，读经[6]咏歌之余，头中将说："夜已尽了，回去吧。"又吟咏道："露应别泪。"[7]源中将亦饶有情趣地一同咏诵起来。"真是性急的织女！[8]"给我这么一讲，他竟愤恚地说："只因为忽然想到晓别的情旨，顺口提一提罢了。这下子，可真惨啦。"又道："反正哪，在这儿呀，

---

1 此袭白居易《大林寺桃花》："人间四月芳菲尽，山寺桃花始盛开。长恨春归无觅处，不知转入此中来。"（《白香山诗集·卷十六》）
2 谓众人皆不明白：何以七夕翌晨，斋信竟咏四月桃花，而清少纳言则又闻言欣慰也。
3 登华殿西厢，自南数第七间。
4 即斋信。
5 即宣方。
6 读经，盖亦属鉴赏声乐之一种。
7 《菅家文草·卷五·七夕代牛女惜晓更》："年不雨秋夜五更，料知灵配晓来情。露应别泪珠空落，云是殊妆髻未成。"
8 以时值四月而咏七月之诗，故云。

凡事不多多考虑是不能随便出口的。"天既明，遂留下一句戏言："葛城之神也技穷了。[1]"便乘机逃走。七夕之际，我正想把此事提出来，但是想道：人家既然已做了宰相，谅也不大可能赶巧在七夕见面；或者能在其前后的日子见到；再不然，修成一函，托主殿寮的人送去给他吧。没想到，竟会在七日这一天参上，真教我高兴。心中正一个人来回思量：假如提起那晚的事情，他定会不好意思。如果故作若无其事地忽然说出来，恐怕他会歪着头装蒜："奇怪，什么事啊？"到那时候，我便可以顺势把那件事情讲出来了。可真没料到，人家一点儿都不犹豫地答复如此；实在有意思极了。害我这几个月以来，一直有等待，盼望着这个时刻早来到，连自己都觉得未免太好奇；可是，究竟怎么会得到正如预期的答复呢？[2] 当时同样受窘的源中将，不是呆头呆脑地坐在那儿吗？经宰相中将提醒："人家在告诫某个晓晨的事情啊，还不知道吗？"这才恍然大悟："是啦，是啦。"这又未免太差了些罢。

　　关于男女交往之事，我俩往往以棋为谕，若是双方以心相许，便说"打了个先手。""打了个劫。"，又比如"男方可

---

[1] 葛城之神貌寝陋，昼伏夜出。已见前第一三六段文中。
[2] 此谓斋信于四月时分咏七月诗，为清少纳言所讥；而今七夕，反而即席咏出四月诗，故亦令人惊奇也。

能要让几目。"等等，别人不懂，可是跟这位男士[1]就挺能沟通的。"到底是什么？什么事啊？"这种时候，源中将总是紧盯着问，而我不肯讲，便转向那位男士抱怨："讲呀，讲道理来听呀。"由于他们两人是好朋友，所以结果大概是说明了罢。

男女之间如果连好好说话的时间都没有，两人之间已急速发展成为亲密关系，就称作"该已到投子称臣阶段[2]罢"。听我们这么讲，源中将大概是很想让我知道，他也早已了解了，遂故意找我，提议："你有棋盘没有？我也想下棋呢。'打了先手'没有？我的棋艺可是跟头中将'同等'哟，千万请别见外才好。"云云，只好敷衍他："如果什么人来都一一搭理，那岂非太无'定目'了吗！"没想到，源中将把这些话传到那位男士耳中，而对方居然也高兴地说："说得倒是挺教人欢喜。"不忘过去的人，总是多情趣的。

头中将升任宰相之时，我一度曾在皇上御前进言："那位人士诗吟得挺好。若是当了宰相，那么谁来吟诵'萧会稽之过古庙'[3]等句子呢？真希望他暂时不要升官。可惜呀。"没想到，皇上大笑，说道："好呀，那就说是你讲的，别让他升职

---

1 指斋信。
2 棋局胜负已定。
3 《本朝文粹·卷十》，太江朝纲诗序《晚春陪上川大王临水阁同赋香乱花难识应教》中之一节："萧会稽之过古庙，记缔累代之交，张仆射之重新才，推为忘年之交。"

吧。"真是有意思。不过,他终究还是升职了,好不寂寞!而正值此时,源中将以为自己决不输于人,便径自风流多情地常来走动,我故意将宰相中君的消息讲出来:"他咏'未至三十期'[1]的诗,别人简直无法望其项背呢。"源中将便也"岂能输给那人,定要更胜于他"似的吟咏,但被我泼以冷水:"简直像都不像!""真泄气!如何才能吟得像那人一样地好呢?""人家吟咏那'三十期'的一段呀,真是有说不出的魅力。"说得他咬牙切齿地怀恨,在那里走来走去;赶巧,那位男士正来到近卫之阵,便把他叫出来责求:"清少纳言如此这般说的。你定要把那一段教给我。"据说,他便也笑了笑教给了源中将。尔后,源中将来到我房边,居然也吟诵得颇为近似,我不禁讶疑地问:"那是谁啊?"对方随即转变为笑声,说道:"告诉你一个好玩的事情。这样这样。趁着他昨日来到阵中时问了他。听你方才好温柔地问'谁啊',可见大概是学得蛮像他的罢。"听他说是刻意去学来的,倒是十分令人感动。自此以后,只要他来吟诵此诗,我便会到靠外处与之闲谈,没料到他竟然说:"托宰相中将之福啊,我得向四方膜拜才行。"有时我明明就在房里憩息,却故意叫下役侍女传

---

[1]《本朝文粹·卷一》,源英明《见二毛》:"吾年三十五,未觉形体衰。今朝悬明镜,照见二毛姿。疑镜犹未信,拭目重来髭。可怜银镊下,拔得数茎丝……颜回周贤者,未至三十期。潘岳晋名士,早著秋兴词。彼皆少于我,可喜始见迟。"

言:"上后宫去了。"不过,一听他吟咏此诗,则又忍不住地说"其实,在啦"什么的。我曾将这些事情禀报于皇后,亦博得欢笑。

值皇宫内忌避之日,源中将差使右近将曹光某某[1]带了一沓怀纸来。打开来看,那里面书写着:"颇想来拜访,唯今日明日值宫中忌避,故未得如愿。'未至三十期'者如何?"我便即复函如下:"谅已过其期矣。或恐已届朱买臣诫妻之年欤?[2]"见我如此书写,便又十分不甘,乃将信函启奏于皇上。皇上光临后宫时便对我说:"亏你想得到这么艰难的故事!"[3]宣方还说"既然到四十九岁受妻诫,我这宣方可也真够受的了。"什么的。我看,这个人八成是头脑有问题了罢。

弘徽殿,乃是闲院太政大臣的千金。[4]在弘徽殿那边,有一位"卧下"的女儿,唤作左京[5]的,人人都嘲笑:"听说源中将跟她挺要好。"有一回,皇后正在后宫时,源中将赶巧也参

---

1 右近卫府四等官,名字不记得,故称光某某。
2 《汉书·朱买臣传》:"家贫,好读书,不治产业,常艾薪樵,卖以给食,担束薪,行且诵书。其妻亦负载相随,数止买臣毋歌讴道中。买臣愈益疾歌,妻羞之,求去。买臣笑曰:'我年五十当富贵,今已四十余矣,女苦日久待,我富贵报女功。'妻恚怒曰:'如公等,终饿死沟中耳,何能富贵!'买臣不能留,即听去。"清少纳言用此典故,迂回揶揄宣方年纪早已过三十,且又逾四十矣。
3 朱买臣事出于《汉书》,当时女子甚少读汉文书籍,故称。
4 藤原公季之女——义子。长德二年(九九六)七月二十日入内为一条天皇妃,八月九日为后(原文作"女御"),居住弘徽殿。
5 "卧下之女左京"又见于《紫式部日记》,以其出身卑贱,受紫式部等女官讥讽。清少纳言亦因而侮辱源中将宣方。

上,遂禀告皇后:"臣下有时也得宿直值勤,但她们女官全然不把小的放在眼中,所以做起事来也就不顶起劲。倘能蒙赐宿直处,定必会克勤执行任务。"众女也应和着:"说的也是。"这时候,我插嘴:"当然啦。谁都希望有个能够卧下的地方嘛。听说这样子,就能常常来的呀。"想不到他竟说:"再也不跟你讲话了。人家把你当朋友才这么说的,你却把谣传当真!"见他认真生气,我便说:"奇怪啦!到底我说了什么?值得你这般挂记在心头的!"我摇晃了一下旁边的同僚,她立刻会意地附和道:"也没什么特别的话嘛。气咻咻的,一定别有道理。"又笑得挺厉害。更引得源中将火上加油:"这一定也是清少纳言要你讲的。""怎么会说这种话呢?连听都讨厌听别人讲的呀。"说罢,我就退入内里去。后来,他仍然愤懑地说:"你可真是乱造谣啊。"又道:"存心想教殿上人之辈传开来当笑话的罢。""又不能全怪我一人。你这人真怪!"我便也这样回敬他。但是,这之后,我俩之间,竟断绝了来往。

一六七　记得也徒然之事

　　记得也徒然之事,[1]如有华丽缘饰的叠席[2]变旧而枝节突出

---

1 意近"好汉不提当年勇"。
2 原文作"纭绸端"。为花纹织锦之缘饰,乃最高级之叠席。

者。唐人画的屏风，表面已损毁。藤花挂在枯枝上。白色华衣上之蓝色花纹已褪。画师双目已老化。几帐之帷幕已旧损，又其帽额已落。七尺长的假发，已转呈赤褐色。葡萄色衣裳之色泽已褪。好色之徒衰老。华屋之林园遭回禄。庭池虽依旧，而浮萍水草覆盖其上。

一六八　不可恃者

不可恃者，如薄幸而健忘之人。女婿夜晚渐次疏于走动者。[1]六位之人，头发已白。[2]好吹牛者，却一脸自信地承担大事。双六赢头回。[3]七八十岁老者，身体不适，已过了多日。风大日子扬帆之船。

一六九　诵经

诵经，要诵不断经。[4]

---

1 当时夫妇分居，女方住于娘家，由其夫婿于晚间来访，此则表示夫妻感情渐形淡薄也。
2 六位之官职本低，发白年老，则前途堪虞，故云。
3 双六戏，赢了头回，其次难保常胜，故云。
4 昼夜不断，使僧侣诵读经文。

一七〇　似近而实远者

似近而实远者,如皇宫附近的祭事。[1]没有感情的同胞及亲戚。鞍马的曲折山径。[2]大年夜[3]到元旦。

一七一　似远而实近者

似远而实近者,如极乐。船行途中。男女之间。

一七二　井

井,以堀兼[4]井为佳。涌泉,以在逢坂关者为佳。山井,何以会变成"浅薄"之证呢?真有意思。飞鸟井,人称"水质寒又冰"[5],真有趣。玉井[6]。少将之井[7]。樱井[8]。后町井[9]。千女

---

1 于正月及十二月初午日,阴阳师所修之俗祭。以十二月至正月虽近,实隔一岁,故称。
2 鞍马寺(在京都附近)之山径,自山门至本殿,长仅四百米,高六十米,然迂回曲折,十分险峻。
3 原文作"师徒",今取意译。
4 在埼玉县狭山市堀兼。
5 句出催马乐《飞鸟井》。
6 在京都府缀喜郡井手町。
7 未详。
8 或系奈良县高市郡明日香村之井。
9 或指宫内连接常宁殿与承香殿之后廊侧之井。

尺井[1]。

一七三　地方官吏

地方官吏，以纪伊守[2]、和泉守为佳。[3]

一七四　地方官吏叙爵前暂任之职

地方官吏叙爵前暂任之职，以下野、甲斐、越后、筑后、阿波为佳。

一七五　大夫

大夫[4]，以式部大夫、左卫门大夫、史大夫为佳。

一七六　六位之藏人

六位之藏人，不可抱持希望。试想，一旦叙爵为五位之

---

1 盖为"千贯井"之讹。《保元物语》《古事谈》并见其名。或云在京都东三条。
2 纪伊为上国，和泉为下国。国有大、中、小之别。此盖以二地吏务轻松，附近有美景，故云。
3 以下皆上国，作者选择之理由未详。
4 五位官爵之称。文中所称，皆六位而叙爵为五位者。

后，人说某某大夫或某某国权守住的狭隘板屋已新修为桧垣，车辆拉进车库内，庭前栽种小树，又牵牛在那儿饲草等等，岂不令人讨厌。

又有些人把庭园打扫得清清爽爽，房屋周围挂满了紫色革纽的伊予帘，又张贴了布门[1]住着哩。夜里还煞有介事地指挥下人"门要关紧"啦什么的。这种人未见得有什么出息，才真讨人嫌。

其实，倒不如去住在自己双亲之家，或者岳父家里，乃至于叔伯、兄长的家，如果没有这方面的适当人选，或可借住于认识的地方官吏因赴任而空着的房子。再不然，女院或亲王们有许多第宅，先在其中之一借住一下；等到获得适当官职以后，才觅一处好房子，搬过去住便成。[2]

一七七　独身女子所住的房子

独身女子所住的房子，往往荒废不堪，土墙既不完好，池中又每常多聚生水草，庭园里虽还不至于蓬草丛生，可是砂中到处见到绿草，看着都令人感觉寂寞悲凉。不过，有些

---

[1] 日式住屋，门用纸糊，故取布料者为讲究之谓。
[2] 作者认为六位藏人之职相当于自己当时中下流贵族之地位，故而对于一旦叙爵便甘于小小成就之男子颇有反感。

人显得挺伶俐,房子时时整修,门户紧严,凡事都一无疏漏的,也同样令人不愉快。

一七八　仕宫的女官宅里

仕宫的女官宅里,若有双亲健在,自是很不错的事情。虽然出入的客人难免频仍,屋子后头喧喧扰扰,听得见很多声音,马鸣亦或嫌骚扰,但这些都无妨。

不过,时则又不免于有人私下或公然来探访,提及:"不晓得你退居在家里啊。"或是说"什么时候才会再回到宫里头去啊?"一类的话。对咱们怀有好感的人,又怎么能不来访呢?对这些人,当然会令舍人开启门户,可又不免引致家人嫌恶,说什么"讨厌,吵死人",或"真是厚脸皮,半夜里还来"之类的话。这可就教人懊恼了。"大门锁好了未?"听得见双亲在讯问用人的声音。"客人还在呢。"有人回答,听得出那语气间有些不耐烦的样子。"那么,客人走了就快快把门锁好。近来偷儿可真不少。也要小心火烛才是。"听见这类对话,有些客人心中难免挺不悦。至于那宾客的侍从们,则恐怕在笑窥这边的用人隔不多久就偷看:"这客人怎么还不走呀?"家里的用人若是听到他们在学自己的言行举止,能不生气才怪哩。未尝明白示情意的人,若非怀有好感,怎会这般殷勤来访呢？不过，有些拘谨的男人也会说"夜深了，怕有碍门户紧严"什么的，便即回去。而情意特别深刻的男人，则几经女方催促"走吧"，也往往会恋栈至天明。用人屡屡来巡视，天都快亮了，真是罕见的事情，遂提高嗓门："真是要命。今儿晚上大门竟懒散地敞开着。"仿佛故意要让客人听见也似的；到拂晓时分，方始不情不愿地将大门锁妥。这不是挺可恶的吗！大体而言，与双亲同居者，率皆如此。至于与非亲生父母居住在一处的，只要一想到来访者不知会如何感受，便教人受不了。若其与兄弟同居而手足情非深，必然也是够受的罢。

不论夜中或晨晓，门户未必十分森严，有仕奉于某某亲王，或皇宫，或某公卿府第的女官等出来应对，格子门窗也一任其敞开，冬夜坐谈至天明，客人走了之后，复自房中目送他们的背影久久。这种情景，可真是饶有情趣。若逢着有晓月时分，则更奇妙。有时候，男客人边吹着笛子回去，自己一时间也睡不着，漫谈着别人的事情，或是某人咏过的和歌等，讲着讲着，不觉地睡着，也是颇有情趣的事情。

一七九 积雪未深

积雪未深，淡淡地飘着雪花的时候，最有情调。

又有时候，雪积得挺厚的黄昏，在靠外的房间里，跟志趣投合的朋友二三人，中间摆一具火盆取暖，闲谈种种之间，不觉得天已暗下，这边厢也没有点火，却由于四周雪光皑皑，白茫茫一片。漫不经心地用火箸搅动着炭火，深深地谈心，其情其境，委实妙极。

正想着，夜深了吧，赶巧听见脚步声近。"奇怪啊。"出外一探，没想到竟是这种时候偶尔会来访的男士。"正在挂念着，不知你们会怎么看今日的雪，却又被一些微不足道的事情羁绊，拖拖拉拉弄到现在哩。"言外之意，大概是隐含着"人儿今日来"[1]之类的意思吧。于是，谈到白天里发生的种种，谈这谈那之间，又说又笑。虽然给他在廊上准备了圆坐垫，却径自把一只腿垂放到廊下，直聊到听得见晨晓钟声的时分。这样的聊天儿，不管是帘内的女官，或帘外的男士，都兴致浓郁，丝毫不觉得厌倦，薄暗微明时，那男士方说要回去，又边咏着"雪满某某山"[2]，真正饶有情致。大抵众女是不会这般坐谈到天明的罢，只因有一位男士加入，所以才会造成如此风流有趣的情况。过后，大伙儿便纷纷谈论着这位男士的种种。

---

1 句出《拾遗集·冬》，平兼盛和歌："山里雪兮降连绵，雪深堆积觅无路，人儿今日兮来可怜。"
2 《和汉朗咏集·雪》："晓入梁王之苑，雪满群山。夜登庾公之楼，月明千里。"此乃沿袭鲍照《舞鹤赋》"冰寒长河，雪满群山"而来。作者故意把"群山"改写为"某某山"。

一八〇 村上天皇时

村上天皇时,曾遇雨雪霏霏,遂令人以器皿盛之,插上梅花,赐予兵卫藏人[1]。时值月光皎洁,乃奏上:"雪月花时。"[2] 皇上颇为欣赏,赞道:"咏诵诗歌,本是寻常事情,但能这般扣紧时景,却是十分难得。"

另一天,天皇又由同一位兵卫藏人伺候着。殿上周遭别无他人,正伫立之间,见火盆上有烟丝袅袅,乃命令:"那到底是怎么一回事?去看看。"她便过去察看,回来禀奏:

"海茫茫兮有一物,

奉旨察看谓舟漕,

海人赋归兮曰钓讫。"[3]

委实妙极。原来是青蛙跃入火盆中烧焦的缘故。

---

1 此为女官(女藏人)。
2 白居易《寄殷协律》:"琴诗酒友皆抛我,雪月花时最忆君。"(《白香山诗集·卷二十八》)
3 此和歌巧取日语音义双关之妙,外文不可译其精髓,今取其字面意义:见茫茫海上有一物,以为是船只摇漕,不料竟是渔人钓罢欲归。其中"漕"与"焦"、"归"与"蛙"(另有"中"与"燠"未见于中译文中)音同,故暗喻:水盆中有物烧焦,实乃青蛙跃入所致也。

一八一　一日，御生宣旨

一日，御生宣旨[1]制成五寸许大、好看的殿上童玩偶，头发做成左右两髻，衣着也挺好看，又书写其名曰"兼明王"。皇上[2]欣喜异常。

一八二　当初，开始参上后宫

当初，开始参上后宫，不知有过多少窘事，眼泪都快落下，夜夜出侍，躲在皇后身旁的三尺几帐后头。尽管皇后取出图片给我看，我却羞得连用手去碰触都不敢。"这张如何如何，那张如何如何。"她对我说。有时伺候在高坏灯[3]下，油灯愈明，连发丝都比白昼看得更清楚，委实使人羞怯，但也只好抑制自己的情绪，在旁陪览。时值寒天，偶尔瞥见玉手自袖口伸出，那浅浅红梅也似的肤色十分光润，直教当时尚未见过世面的我，不禁感叹："世上怎么会有这般人物哟。"遂不自觉地痴痴凝睇。

---

1 宣旨为女官之一。御生，系指祭贺茂别雷神之生日，往往由斋院主司，故又以斋院宣旨称御生宣旨。
2 此盖指花山天皇（九八四—九八六年在位）。此段与前段文字，均为作者追记前皇逸事。
3 原文作"高坏"，系以高杯倒放，置灯在其上，光晕变低，可以清晰辨画。

拂晓时分，难免会急着想退回自己的房间去。皇后却说："就算是葛城之神[1]，也得逗留才是呀。"然则，只得想法子斜着点儿，以免让她正面觑见，[2]身子便也伏卧着，也不教格子门窗敞开。后来有主殿司之女官参上，见此情形说道："把这栓钩子松开罢。"另一个女官听到，想去松动那栓钩子，皇后却制止她们："别动！"那两人便会意地笑着走开。皇后对我垂询种种，又谈说种种之间，竟已过了很长的时间，遂道："想退下去了是不是？那么就快快下去罢。"不过，又吩咐："到了晚上，可得要早点儿上来哦。"

待我膝行退下，女官们即刻便逐一打开了格子窗门。雪正纷飞。"今天日里就来。雪下得这样子，不会教人看清你的。"皇后屡次遣人来召，宿处的同僚们又都催促："干吗呀，老躲着做什么？皇后娘娘这样破格准许你伺候，一定是有原因的。违背人家的好意，可是惹人厌的哦！"禁不住她们再三怂恿，心中虽然还有些忐忑难安，也只好参上，那滋味可真是不好受呢。途中见得雪积在生火屋顶上，这景象十分珍奇有趣。皇后御前，照例地生了许多火盆，火势正旺，却也别无他人在。皇后正面对沉香木绘有梨花的火盆坐着。一些仕

---

[1] 已见前文第一三六段。此定子皇后以昼伏夜出羞将面孔示人之神比拟清少纳言也。
[2] 此盖清少纳言自卑之念，未敢以面对定子皇后。

奉身边琐事的上级女官近伺在侧。隔壁房里的长形火盆周围坐满了众多女官，见她们个个潇洒地搭挂着唐衣，自由自在挺轻松的样子，着实令人羡慕。[1]她们正在那儿递传信函，或起身，或坐下，那一举一动之间，并不拘谨，随意地谈笑着，不由得令人暗自思想："不知道什么时候才能跟她们一样呢？"遂不免有些自卑起来。房间里头，还聚集了三四个人，好像正在欣赏画片的样子。

少顷，听到高声叫喊行警跸的声音。有人说："关白殿公[2]要来了。"于是，大伙儿纷纷收拾周遭散乱的东西。我想：不如退下去算了。但是，另一方面又有些儿好奇，便自几帐的空隙偷偷望入。

原来，是大纳言之君[3]参上。他所穿的直衣、裤袴的紫色，映在雪景中，更显得鲜明夺目。他坐在柱子旁边，说道："昨日、今日逢着忌避，雪下得那么厉害，真教人担心。""还以为'觅无路'[4]，没想到您竟会光临。"皇后仿佛如此答话的。大纳言之君笑道："只盼你会'可怜'[5]的呀。"瞧他们兄妹俩谈话的样子，哪有人比得上他们！简直跟物语之中夸张其实的

---

1 此由当时初仕奉后宫之清少纳言眼中所见资深女官之态也。
2 定子后之父藤原道隆。
3 定子后之兄藤原伊周。当时二十岁。
4 为前第一七九段注1上句。
5 亦踏袭同一首和歌。

人物一般哩。

皇后身上穿着好几层白衣,其上又加袭两件红色唐土产的绫质外衣,以及同样也是白色的唐绫上衣。她的乌发流泻其上。图画上常见有这样的人儿,可没想到现实中也如此,害我还以为是在做梦呢。

大纳言之君和女官们谈话,一个劲儿地开玩笑,她们丝毫也不怕羞地应对着,对于凭空胡诌的话语,都能反驳回去;这光景真教人看得目眩,简直不能置信,脸上禁不住地红起来。大纳言之君正享用着水果,他劝皇后也进用。

"躲在那几帐后面的是谁?"大纳言之君大概是这样问。大伙儿不免要告诉他:"是谁谁。"他起身走过来。我还以为是要到别处什么地方去的,未料竟在极靠近的地方坐下来,同我讲话。提到有关我未仕后宫以前的种种传说,又一一讯问:"是真的吗?有这回事呀?"即使隔着几帐远远地偷觑都挺难为情的,如今竟这般靠近,面对面地讲话,这怎能教人相信是真实的事情呢?过去偶尔挤热闹去看天皇行幸,只要仕奉的大纳言之君从远处随便望一眼,我都要连忙拉拢车帘子,只恐怕对方会隐约看见,复又以扇子遮面;可又怎的居然不识相地会步上仕宫这条路呢?念及此,不觉汗颜,实在不是滋味,故而也不知何以为答了。那一把权充遮蔽的扇子都让大纳言之君抢走,害我意识到额头上披拂的头发不知有多难看。想到自己这副狼狈相,真恨不得他快快离去。可是,大纳言之君径自在那儿把玩着扇子,问:"这上面的画是谁给画的?"似乎并没有急着要离开的意思。我只得低头用袖子遮脸,弄得唐衣上面尽是粉痕斑斑。

皇后大概是体谅大纳言之君久久逗留令我尴尬的罢,便问他:"您瞧,这是谁的笔迹啊?""拿来我看看。""不。您过来看。""她把我给逮住,没法子起身呢。[1]"这可真是新派的玩笑,哪儿像是对我这种身份和年纪的人讲的话呢,实在教人受不了。皇后取出不知何人书写的草假名体[2]草子来观赏。大纳言之君说:"究竟是谁的笔迹呀?给她看吧。世上能笔者,她全都熟知的。"妙言妙语,总之,就是想要逗我作答。

有这样一位已经够受了;而况又闻警跸声起,另有一位同样穿着直衣的人物参上。后来的这一位,比起大纳言之君更开朗,更好开玩笑,女官们都听得兴致盎然,禁不住地加入"某某人如何如何"等殿上人辈的传闻。当时只觉得,这些人莫非是天仙下凡或什么的;不过,其后渐渐习惯于仕官生活,日子一久,便也就不再大惊小怪了。说不定别的人在初始离家仕奉之际,也会有跟我类似的经验罢。总之,经过

---

[1] 此盖伊周戏言。此好戏谑谈笑之个性,颇与其父藤原道隆相似。
[2] 日本文字"假名"系变化自汉字。"草假名"则为特保留草书风格之古朴趣味者,后之"平假名"即再由此变化而来。

许多事情以后，自自然然就会习以为常了。

皇后曾经在闲谈种种之后，忽问我："你可是真疼我？"我正在回答她"怎会不……"之际，膳厅那边有人大声打了一个喷嚏。皇后便叹道："哎，讨厌。你是骗我[1]的罢。算了算了。"遂退入内里。这怎么会是骗她的呢？我对皇后的思慕，又岂止是寻常感情啊！真是的，骗人的是那个打喷嚏的人呀。究竟是谁呀，在这种时候打喷嚏，实在讨人嫌，我自己每逢着想打喷嚏时，总是会憋住不敢让它发出声音来，所以这事才更加地令我生气；不过，当时初仕宫，一切还都挺生疏，也就不便于辩说什么，致徒然如此到天明。回到住宿处后，收到一封浅绿色薄薄的精致的信笺。一看之下，原来是女官代皇后书写：

"如何知兮如何辨，

　　倘无纠神在苍天，

　　　　空口谎言兮总难显。

皇后娘娘以为如此。[2]"收到这样的信函，真是亦喜亦恼，[3]思绪

---

1 当时习俗或以为打喷嚏为恶事之前兆，故有下文。
2 此为上级女官代笔替定子后说出其心意。和歌中之"纠神"，系指下贺茂神社森林之守护神，相传可以辨明谎言，故云。
3 盖喜见信笺精致，和歌巧妙，恼其受冤不白也。

纷乱。昨夜打喷嚏的究竟是何人？恨不得将其逮问一番。遂修成一复函：

"浅兮浓兮辨花色，
　　情意浅深不可分，
　　　悲由微事兮人岂识。

这一层心意无论如何请代启禀于皇后御前。式神谅亦知悉，岂敢辄诓。"[1]信件奉上之后，仍不能释然于怀。"唉，真不凑巧，怎么会在那个时节打喷嚏呢！"可叹可叹。

一八三　得意者

得意者，如元旦最先打喷嚏者。[2]在竞争剧烈的人间，爱子得以出类拔萃者的模样儿。叙官除目之际，得任最佳地之郡吏者，有人向他庆贺"恭喜恭喜高迁"什么的，那人却故意答说："哪儿的话。据说是挺荒废的地方呢。"那表情，才见得意哩！

---

1 日语"花"与"鼻"音同。故以花色浓淡为喷嚏之喻，谓如何可以人喷嚏分别已情意浅深。又"式神"系监察人类言行之神，故以表明作者心意坦荡，绝无诓言相欺。
2 当时以喷嚏为恶兆，故念"休息万命急急如律令"，以求无病息灾，延年益寿，俗亦转谓最早喷嚏念此咒者为吉兆也。

在众多求婚者的激烈竞争中，脱颖而出雀屏中选者，心里必定会以为：瞧我的！制伏了顽强妖物的法师。猜韵游戏[1]之首先猜中者。射箭比赛时，虽然对方的人故意咳嗽干扰，却能极力镇定，音声响处，一发中的，那副得意劲儿哟！下棋时，不明就里，贪心地到处分神，虽然没有做成多少目，倒也赢了不少子儿，怎么会不兴奋呢？这种时候，难免会踌躇意满地笑，比起普通胜利更为得意了。

一拖再拖，好不容易做到郡吏者，那派头才叫作得意之至呢。仅有的几个家司舍人啦，这一向都轻慢无礼的人啦，碍于景况，都不得不忍气吞声过来；一旦而受任为郡吏，那些原先比自己还优越的人，却忽然唯唯诺诺地追随在后，岂非与往日判然有别？至于他的夫人方面，也就会有优雅的女官伺候，以前所见不到的上等器物啦，更是自自然然就会涌现出来。至于郡吏之晋升为近卫中将者，难免较贵族子弟之升为中将者更自以为高贵，扬扬得意，真正不可一世。

一八四　官位，可真是了不起的东西

官位，可真是了不起的东西。同样一个人，一听说是

---

1 掩盖古诗之韵字，由诗意猜其字之游戏。

"大夫之君[1]",或"侍从之君[2]",难免会有些瞧不起的意思；他若做了中纳言、大纳言，或大臣，就会教人莫名其妙地感觉尊贵，真是奇怪。以身份而言，郡吏也大概予人这种感觉的罢。历任诸地，而后升任为大贰[3]，或四位，那就连公卿们也会格外器重的。

女人真是吃亏。在宫里头做皇上的乳母、任内侍啦，或者叙为三位啦什么的，已经算是很不错的了，可是，多半年纪已大，还能够有多少好事可盼呢？不会有了。而况，这样的女人也不会有很多。在郡吏夫人的地位，陪丈夫往赴任地，在一般人的身份而言，总视为是挺幸福的事情罢。普通家庭出身的公卿们的千金，若能做到皇后，那就十分可艳羡了。

至于男人嘛，要趁着年轻时候飞黄腾达的好。瞧那得意劲儿哟。法师们自称"某某[4]"，其实不见得引人注意。若其擅长诵经，又长得容貌清秀，女官们往往认为好欺侮，便难免热衷骚扰。可是，一旦做了僧都，或僧正，连身份高贵的人都会以为"是菩萨转世的罢"，那种毕恭毕敬的样子，真个无法形容。

---
1 五位者之通称。此称"君"，盖为名门子弟之叙为五位而尚未任正式官职者。
2 五位下者。
3 太宰府之次官。
4 地位较低之凡僧称谓也。

一八五　风

风，以台风为最有意思。寒风也不错。三月的黄昏时分，徐徐吹来的花风[1]，教人深深感动。

八月，和着雨而吹的风，亦十分动人。雨脚横扫，吹得颇喧嚣，一整个夏季使用的棉衣[2]上的汗味儿已干，在那上面又加袭生丝的单衣，也蛮有情致的。而当溽暑之际，连这生丝的衣裳都恨不得抛掉，不知不觉间怎么已经变得这么凉爽呢？真是耐人寻味。

拂晓时分，将格子窗和门户敞开，让飑风忽地吹过，脸上冰凉凉的，极饶情趣。

九月底、十月初时分，天空阴阴暗暗，风吹得紧，黄叶零零星星地飘落下来，那景致颇诱人哀伤。樱树的叶子呀，榆树的叶子呀，更是早早都落了下来。

到了十月，枝木多的庭园，才真有看头呢。

一八六　台风过后次日

台风过后次日，最有情趣，也最有可观。板障啦，篱笆

---

[1] 此或为清少纳言所创之词。盖谓拂花而过之风欤？
[2] 当时所穿衣服宽大，亦兼作为盖被之用。

等都横七竖八地东倒西歪。庭园里种栽的花草，惨不忍睹。大树倒下，枝丫折断，而女郎花[1]上，横倒的树枝蒙笼罩盖，真令人不能想象。格子门窗及板障的空隙里头那些落叶，仿佛是风故意把它们吹了进去似的，简直不像是那么粗狂的风之所为。

有个人儿穿了一袭光泽已褪的衣裳，外面搭袭着黄褐色的小褂，生得清清秀秀的，大概是昨夜风大没睡好，致久久始起床，从房间里稍稍挪移出外，头发给风吹乱了，蓬蓬松松地垂落肩头，那模样儿倒是挺诱人的。

妻户

---

[1] 即黄花龙芽。此径采直译，以保留原文美感。

她正定定地望着饶富情致的庭景,另有个约莫十七八岁罢,身材不怎么顶小,却又非特别成熟的少女,穿着一袭生丝的单衣,相当敝旧的,花色已褪,那上面又搭袭了一件淡紫色的夜裳,长及裙裾的发端修剪得像芒草花似的,只有红色的裤裙颜色鲜明。而自那裙裤旁边,看得见有女童和年轻的女官们在那儿收拢整理到处被风吹倒的庭木花草。她[1]羡慕地从房间把帘子推向外,那跟在女主人后头的背影,则又是极可赏的。

一八七 优雅有致之事

优雅有致之事,如隔着东西听到仿佛不是女官者[2]在那儿轻轻拍手呼唤人,回答的声音饶富青春气息,尔后得闻裳裾綷縩之声,遂有人参上的样子。大约是在用膳罢,有筷子、汤匙等碰触的声音。这种时候,连搁置勺子把手的声音也会传入耳中。[3]

在光泽鲜明的衣裳上,不是乱七八糟,而是十分自然地

---

1 原文无主词,译文径加之以助明白,盖指十七八岁少女也。此段文字颇具视觉美效果。
2 从作者主观判断,谓女主人也。此段写女主人与其侍从之间呼吸相应一般融洽有致的生活情调。
3 此段全以听觉为主。

流泻着长发。

讲究设备齐全的屋子里，日暮后也不点灯，火盆中倒是炭火艳艳，借那火光也看得见几帐的丝组啦，帘子的帽额啦，还有那卷帘的钩子等物，都挺清晰的。精致的火盆里，炭灰清爽，火势炽烈，那火盆的内侧还画着画儿什么的，挺有意思。而火箸格外光亮地斜搁着，也饶有情趣。[1]

夜深人静后，靠外处有人在跟殿上人之辈聊天，而里边则又时时听见有人在收拾棋子儿的声音。那种情调，十分优雅有致。若是走廊上点着灯，那就更有情味了。有时夜里忽醒，隐约听得见有人偷偷来幽会，[2]那说话的内容虽听不到，却闻男人低声笑，到底他们在谈些什么呀？怪有趣的。

一八八　岛

岛，以浮岛[3]为佳。八十岛[4]。戏岛[5]。水岛[6]。松浦岛[7]。篱岛[8]。

1　此段全以视觉为主，而特集中于薄暗中之光影描写。
2　此写作者仕宫经验之一。平安时代男女交往颇浪漫开放，仕宫女官所居寝所或有情人来访，而作者于其寝内闻知之也。
3　在宫城县盐釜湾中之岛。
4　或谓在秋田县象泻。
5　在熊本县宇土市。
6　在熊本县八代市。
7　或谓宫城县松岛。
8　为松岛中之一。

丰浦岛[1]。奈都岛[2]。

一八九　海滨

　　海滨，以外滨[3]为佳。吹上滨[4]。长滨[5]。打出滨[6]。诸寄滨[7]。千里滨[8]，予人以寥廓的想象。

一九〇　湾浦

　　湾浦，以负湾[9]为佳。盐釜湾[10]。志贺湾[11]。名高湾[12]。勿惩湾[13]。和歌湾[14]。

1　在山口县下关市。
2　未详。
3　或谓在青森县东津轻郡沿海。
4　在和歌山市。
5　在三重县。
6　在滋贺县大津市。
7　未详。
8　在和歌山县日高郡。
9　或谓在三重县。
10　在宫城县盐釜市。
11　在滋贺县大津市。
12　在和歌山县海南市。
13　未详。
14　在和歌山市。

一九一　寺院

寺院，以壶址寺[1]为佳。笠置寺[2]。法轮寺[3]。高野寺[4]，以其为弘法大师[5]所曾居住过，故而格外令人感动。石山寺[6]。粉河寺[7]。志贺寺[8]。

一九二　佛经

佛经，《法华经》之佳妙自是不在话下。《千手经》[9]。普贤十愿[10]。《随求经》[11]。尊胜陀罗尼[12]。阿弥陀大咒[13]。千手陀罗尼[14]。

---

1 在奈良县高市郡。
2 在京都府相乐郡笠置山。
3 在京都市右京区岚山东部。
4 在和歌山县金刚峰寺之寺城。
5 日本真言宗开祝空海也。延历二十三年（八〇四）留学于唐朝长安。撰有《文镜秘府论》等。
6 在滋贺县大津市。
7 在和歌山县那贺郡。
8 在滋贺县大津市崇福寺。中世以来已废绝。
9 《千手千眼观世音菩萨广大圆满无碍大悲心陀罗尼经》之简称。
10 《华严经》之"普贤行愿品"，说普贤菩萨十大愿。
11 《普遍光明清净炽盛如意宝印心无能大明王大随求陀罗尼经》之简称。
12 《佛顶尊胜陀罗尼经》中之陀罗尼。"陀罗尼"系梵语，每字皆有无限义理，故直诵不译。
13 阿弥陀如来之陀罗尼。
14 千手观音之陀罗尼。

一九三 文

文,以《文集》为最。[1]《文选》[2]。博士所书写之奏启。

一九四 佛

佛,以如意轮观世音最能关切人心,那支颐的模样儿,真个慈悲,世所无比,教人自惭形秽。千手观世音,以及所有六观音[3]。不动尊。药师佛。释迦。弥勒。普贤。地藏。文殊。

一九五 物语

物语,以《住吉物语》[4]为佳。又《宇津保物语》[5]之类。《殿移物语》[6]。《待月女物语》[7]。《交野少将物语》[8]。《梅壶少

---

1 即《白氏文集》。白居易诗文集在其生前即经由日本留唐学生抄录渡日,广受朝野喜爱,为日本文学汉化之最重要依据。
2 即《昭明文选》。亦为当时日本文士学习汉诗文之范本。
3 指千手、圣、马头、十一面、准胝、如意轮等六观世音。
4 现存之《住吉物语》,杂有后世伪作。
5 现存二十卷。
6 未详。
7 未详。
8 此或以实存人物,好色者交野少将(见于《落洼物语》《源氏物语》),为传记性物语。

物语》[1]。《让国物语》[2]。《埋木物语》[3]。《道心精进物语》[4]。《松枝物语》[5]。《狛野物语》[6]中，去找折型夏扇那一节，十分有趣。[7]

一九六　原野

原野，嵯峨野[8]，自不在话下。稻火野[9]。交野[10]。狛野[11]。栗津野[12]。飞火野[13]。□野[14]。□□野[15]，可真是有情趣。怎么会取了这样的名称呢？阿倍野[16]。宫城野[17]。春日野[18]。紫野[19]。

---

1 未详。或谓以仕梅壶之女官少将为主角之物语。
2 现存《宇津保物语》有此卷名，疑非一也。
3 未详。
4 未详。
5 未详。
6 未详。
7 《源氏物语》中亦见其名称。本段由上段所述男子学问之基础各本汉文著作，而及于和文书写之女性趣味物语，可供研究古代日本文学之参考资料，惜其中多种，日本学界犹未能详明也。
8 在京都市右京区。
9 在兵库县加古郡。原文有音无汉字，译取谐音。
10 未详其地。或谓在京都府柏乐郡。
11 在大阪府枚方市北方。
12 在滋贺县大津市。
13 在奈良市春日野之南。
14 未详其地。和文不可译。待考。
15 同上。
16 在大阪市阿倍野区。
17 在宫城县仙台市东部。
18 在奈良市。
19 在京都市北区。

一九七　陀罗尼经

陀罗尼经，以晨晓为佳。诵经，则以夕暮为佳。

一九八　奏乐

奏乐[1]，以夜晚为宜，以其不见人脸孔，故有趣。

一九九　游戏

游戏之中，虽然模样儿不好看，但以蹴鞠为妙。射小弓。猜韵游戏。棋。至于妇女的游戏，则以猜字偏旁为最有趣。

二〇〇　舞蹈

舞蹈，以《骏河舞》《求子舞》为妙。《太平乐》的舞姿虽然不好看，不过也挺有趣。至于《大刀》，虽然不讨人喜欢，倒也蛮有趣味，据说在唐土，有与敌方相舞之事例呢。

《鸟舞》。《拔头[2]舞》，则头发散乱，眼神可怖，而且音乐

1　此段与第一九九段，原文均作"游"而有别。
2　又称"宗妃乐"，为单人舞。舞者披头散发，戴可怕面具，故有下文。

也十分可怕。《落蹲舞》[1]，双双屈膝踏舞。《狛龙舞》[2]，也挺好看。

二〇一　弦乐器

弦乐器，以琵琶为最。乐调，则数《风香调》。《黄钟调》。《苏合急》。《莺啭调》亦佳。筝琴，也挺好。其曲调，以《相夫恋》为佳妙。

二〇二　笛

笛，以横笛为佳。听那声音渐次由远而近，最是有情味。又原在近处之声音，渐形远去，依稀可闻，亦饶富情趣。无论在车中，或徒步，或马上，笛在怀中，一点儿都不显眼刺目，没有比这个更有意思的了。而况，若遇着自己熟悉的曲调，那就更妙。有时，晨晓时分发现枕边情人忘了带回去的笛子，也是挺有情致的事情。至于差人去情人处取笛子，包裹在纸张里，看来竟像是普通的信函一般。

笙笛嘛，以月明时分坐车走过忽然听到的最为佳妙。不

---

[1] 属高丽舞。单人或双人舞。舞中往往取蹲姿，故称。
[2] 亦属高丽舞。

过,这种乐器似乎是极复杂难使的样子。吹奏者的脸又是怎么个样子的呢?当然啦,横笛也是一样,端赖吹奏得如何的罢。觱篥[1],可真是烦人,若以秋虫为喻,就像蟋蟀似的,讨人嫌,不喜欢就近听到那声音。更何况,若是不擅长吹奏的话,那就更讨厌了;偏就有时遇着临时祭的日子,御前大伙儿尚未来齐,一旁有人美妙地吹奏起横笛,正听得陶然入神之际,中途上突然插入那觱篥,即使头发平整者,若不为之怒发竖立才怪哩。不过,其后渐次与琴笛相调和而步出,倒是十分有情调。

二○三 值得参观的

值得参观的,如天子行幸。贺茂祭归来的队伍。贵族参诣贺茂神社的队伍。临时祭的队伍。

天空阴暗,[2]颇有寒意,雪花稍稍飘散在侍从及舞人们的插头花和蓝色衣裤上,[3]那光景绝妙,无可言喻。舞人佩带的大刀,刀鞘黑亮亮,在日光反射中看来又觉白晃晃有宽度;而

---

[1] 与笛相似,吹奏时成纵直。表有七孔,里有二孔。
[2] 此当承上一段文末,指临时祭之日而言,在十一月末。
[3] 临时祭当日赴贺茂神社前,于清凉殿东庭受天子赐花,使者受藤花,舞人受樱花,侍从受棣棠花(皆系人造花)。各人所着衣服有别,而白底染青色花纹,盖其异中之同也。

他们所穿的半臂上衣，其纽组又仿佛是磨晶莹了一般；至于从砧打讲究的裤袴下映现的耀眼有光泽的底衣，则更是鲜明异常，一时令人怀疑：那可是冰吗？一切都真个奇妙极了。多么希望那游行的队伍能够长一些，但是使者之间也未必全都是出身好的贵族，有些郡守之辈又不惹人注目，他们的脸孔刚巧隐藏在藤花之后，倒是十分有趣的事情。[1]

不过，队伍通过后，大家自然会目送那方向。侍从们所穿的柳绿色衣裳及棣棠的插头花可不怎么顺眼，但他们敲响了泥障，高唱着"贺茂神社木棉襷"[2]的样子，倒是十分有趣。

还有什么可与天子行幸匹敌的呢？当远远拜见皇上乘御舆过来时，哪里会想到，这一位便是自己旦暮伺候御前的人物，只觉得他是那么地尊贵、威严、了不起！就连那些平日并不怎么看得上眼的某某司啦，姬大夫等等，都仿佛觉得格外珍奇高贵起来，至于驾舆执纲绳的次官之中、少将等[3]，居然也看来挺不错呢。

祭祀回来的队伍也十分有意思。昨日万事都整顿齐全，一条大路[4]宽广洁净，阳光温热，直射入车内，十分耀眼，遂

---

1 此段文字小学馆本注释颇嫌迂回不明，译文系参考新潮社本。
2 句出《古今集·恋一》："风飘扬兮条逶迤，贺茂神社木棉襷，不可一日兮不挂兹。"木棉襷系日本神道祭祀时用以周饰之白色布条，以示洁净之用。
3 皆为天子出行时，执驾御陪侍之下役。
4 京都市容仿唐朝长安，马路纵横如棋盘，由南而北有九条大路。此一条大路，盖祭祀队伍自宫中往下贺茂神社所必经之路。

以扇子遮挡，坐姿换了又换，等待许久，致难看的汗水沁出。今日则早早出门，途中见到驻留在云林院啦，知足院附近的车辆，其葵叶、桂叶[1]都已枯萎。日虽高升，天空仍然阴暗，平常总是起早坐等，想听一听子规啼鸣，如今但觉其嚣嚣扰扰，多不胜烦。那啼声自是美妙，而黄莺苍老的声音，偏似要模仿子规，径在那儿添和相鸣，虽不免觉其可恶，倒也别有情致。什么时候才开始呢？正等待得有些焦急之际，见从神社那个方向，有重叠穿着好几层红衣的人联袂而来。问人："不知游行可是开始了吗？"所得回答却说："还早得很哪！"他们净顾抬着轿子走了。想象坐在那轿子上的人物不知有多尊贵！[2] 便反过来又想：怎么他们的身旁容得这些卑下的徒众啊。

说是遥遥无期，其实倒也不像有那么久，游行的队伍已经回来。先是见到陪从女官们所持的扇子，然后见到黄绿色的袍子，皆是挺赏心悦目的。接着又见藏人所众人的青色袍子，他们略略将白色的裳裾之一端夹在腰带间。这光景，有如溲疏的花垣，令人想象或许有子规藏身于其中哩。昨日，一辆车上载了许多人，人人穿着紫色的直衣，或是随便穿着狩衣，车帘子都扯下来，大伙儿疯狂也似的嚷嚷着的年

---

[1] 当时风行以葵叶、桂叶装饰牛车。
[2] 此指斋主。

轻人，今天当了斋院宴飨的客人，衣带齐整地一人乘坐一辆车，真个判然有别。他们的座位后头，又坐着殿上童，十分可爱。

等游行队伍通过后，顿时形成乱局。大家争先恐后地离去。虽然出示扇子制止道"别急，慢慢儿的"，但陪从的可不予理会。见有稍稍大一些的空间，仍强令他们把牛车驻停。侍从们大概是焦躁难安的罢。瞧他们愤愤地瞪视稍远处别的车辆，那模样儿才真是好玩！等渐渐把其他的车辆抛开在后头，自己的车子也稍稍得以行进时，才觉道旁的风物看来颇有乡野风味，十分动人。那所谓溲疏的篱笆，可真是粗陋，枝丫突然横出，挺吓人的，花儿也尚未开完，还有很多含苞待放，遂令人撷取，插在车子各处。昨天插到现在的葵蔓已枯，未免遗憾，而这些新插上去的，则是十分可赏。净顾赶路，等真的靠近时，才发现原来跟想象的并不一样，倒也是挺有趣。有一辆男人乘坐的车子，也不知是谁的，跟在我们后头。这光景已是不同寻常，有趣得很；没想到等来到岔路处，那车中的人竟忽然向这边道别："遇峰辄分。"[1] 更是教人觉得格外风流多情趣。

---

[1] 句出《古今集·恋二》，忠岑和歌："风乍起兮白云舞，过峰辄分真无奈，莫非君心兮亦依稀。"

二〇四　五月时节，漫步山里

五月时节，漫步山里，真是饶有情趣的事情。水泽一片苍澄，其上则青草茂生。一行人直直地走过去，哪晓得澄净的水虽并不怎么深，却也步行处溅起水花，非常有趣。

路途上，从左右两旁的墙垣伸展出来的树枝子，在车辆通过时，往往会插入车厢里头，连忙想要折取，却倏地过去，没法子折到，遗憾极了。蓬草给车子压倒，待车轮子碾过，复又弹起，碰到近处车帘子什么的，遂有草香袭人，也蛮有情味。

二〇五　溽暑时分

溽暑时分，正纳凉之际，四下薄暗，分辨不出周遭一切。这时若有男士乘车，有人在前面吆喝清路，[1]自是情趣无可言喻；而即使只是普通一般的男子，将车厢后头的帘子卷起，乘者或二或一，见那车子跑过去，倒是挺凉爽的样子。而况，若有人在车内弹琵琶，或听到吹笛子的声音，那才真舍不得教它走过；当其时也，牛鞦的香气[2]原本是我所不熟悉的味

1　暗示车内为身份高贵者。
2　牛车用具之一种。连系牛后身与车辄间之皮制品，以其往往为牛粪污染，杂有怪异恶臭，而此称"香气"，盖以特殊心态所致也。

道，却也会觉得挺好闻的，这岂非荒谬有趣吗！又如在漆黑、幽暗无月的夜晚，车前点燃起松炬，那烟香飘进车厢内，也十分有情趣。

二〇六　五月五日的菖蒲

五月五日的菖蒲，[1]过了秋冬以后，发白变枯走了样儿的，将其拉拆折断，没想到当时的香气依旧飘荡于四周，真是有情味。

二〇七　刻意熏染过香料的衣物

刻意熏染过香料的衣物，经历昨日、前日，到今日取来穿着在身上，竟然还有余香残留其中，较诸刚刚熏染者犹为佳妙。

二〇八　月色分外明亮之夜

月色分外明亮之夜，以牛车渡川。随着牛步过处，水波漾散，仿佛水晶碎裂，委实可赏。

---

[1] 当时日人模仿我国习俗，于端午节大量取用菖蒲以为祛邪装饰。

二〇九　大为佳者

大为佳者，如法师。果实。房屋。食物袋。砚台。墨。男子的眼睛，若太过细小，未免显得女性化。但反过来，如果大得像锍[1]，则又太吓人。火盆。棣棠之花瓣。马及牛，均以大者为佳。

二一〇　短小为宜者

短小为宜者，如紧急欲缝纫时之线。室内照明用之灯台。身份低贱的妇女的头发，要整齐而短才好。[2]少女的声音。

二一一　与家庭相称者

与家庭相称者，如厨房。侍从者之房间。新扫帚。餐几[3]。女童侍。杂役下侍。中餐几[4]。活动隔门[5]。三尺的几帐[6]。装饰讲

---

1 金属制碗。
2 身份低贱者须劳动，发长则妨碍工作，且不易整梳也。
3 原文作"悬盘"，为四足高餐几。贵人所用。
4 未详何物。或曰介于大型与小型餐几者。
5 日式房屋隔间用纸门，此则纸门之下设置台，以为室内隔间之用。其功用略同屏风。
6 高三尺，属小型。

究的食物袋。唐伞[1]。裁衣板[2]。衣橱。圆垫。曲廊。炕炉。绘有图画的火盆。

二一二　出门途上见一清俊男子

出门途上见一清俊男子，奉使手持一信札，折得细细长长，瞧他急急忙忙赶路，也不知要到什么地方去。

又如，看来清丽的女童，穿着色泽不顶鲜明，相当旧而服帖的衣裳，屐子倒是十分光亮，但上面沾了不少泥巴，手捧着包裹在白纸里的东西，或是装在盒盖子里的好几册草子，走过眼前。这种时候呀，真想把她叫住，看一看那里头究竟装的是什么东西。若是把走过门口的叫进来，却遇着一点儿都不爱理人，连回答的话都没有的，几乎可以想象是什么样子的主人在使唤了。

二一三　天子行幸，诚可赏

天子[3]行幸，诚可赏，只可惜没有贵族啦，公子们的车辆，

---

[1] 为当时中流以上之人所用有柄之伞。庶民则穿戴蓑笠。
[2] 此有同音异词，故又解释为"写字板"或"异板"。
[3] "天子"二字为原文所无。译笔加之，以成文章也。

难免显得有些儿寂寞。

二一四　最讨厌乘坐敝陋的车

最讨厌乘坐敝陋的车，又带一群不像样的随从赶去看热闹的人了。若是去听说经的话，还算可以，因为反正是为了偿抵罪障嘛。但即令如此，倘若太过随便，还是教人看不惯的，而况，若是贺茂祭等的场合，那真倒不如不要去看热闹的好。连个车帘子都没有，就像是把白色单衣随便搭挂在车上那般！我呢，为了这一天，车辆和车帘子全都整顿簇新，以为这样子总不会输给别人了吧；可是，如果看到人家的车子比自己的好，还是会后悔：怎么就这般出行了呢？真是想不通那些乘坐敝陋车辆的人，到底是怎么个心境啊！

那些在街头上坡又下坡地跑来跑去的公子们的车辆，硬把别人的车子挤向一边，来靠近我的车子，那才真教人心里忐忑不安哩。随从的人想赶紧去找一处好驻车的地方，乃不得已晨早便出了家门，等待的时间显得分外久，在车子里头一会儿坐着，把帘子推出外边，一会儿又站着，觉着等得挺热的，这时候，参加斋院宴飨的陪客，那些殿上人啦、藏人所的大伙儿啦，还有辨官和少纳言等人的车辆，层层地从斋院的方向跑过来。"游行队伍来啦！"遂忍不住地兴奋起来。

有些殿上人把车子靠近来,同我讲话啦什么的,我又得准备些茶饭[1]给他们随车前驱的仆人们吃。为此,有些人将马匹牵到阶下来,其中若有认识的人的子息,随从们便会连忙从屋子里下来牵引马匹啦什么的,真有趣。倘若是普通的前驱仆役,那就连理都不理,真可怜。

斋院所乘的车辆通过时,所有来看热闹的车子都一齐将帘子垂下,待通过之后,又竞相掀上去,十分有趣。有些人对于挡住自己前面的车子,毫不留情地抗议,那受阻的随从们也毫不相让地反唇相讥:"为什么不可以立在这里!"没办法,只得去向车主央请,真是挺好玩。车辆已经挤得水泄不通,有地位的人又带着一群陪伺的车子来到。正担心他们不知要将车子停靠在哪儿,只见那前驱者之辈陆陆续续下马来,不管青红皂白地把人家原先就驻停在那儿的车辆给挪走,却连自己随伺者的车子都拉过来停靠,这可是真教人叹为观止了。至于那些被赶走的简陋的车子,则不得不把牛只拉回来重新套牵上,找个空地挪移过去,好不悲惨!对于亮闪闪,有来头的人乘坐的车辆,当然就没人敢随便去碰了。另外,也有一些土里土气怪模怪样的车子,倒也还不断叫唤着用人过去,还让幼儿坐到车帘子外头呢。

---

[1] 原文作"水饭",系日人夏季以茶水泡饭食用者。

二一五　有个不配在走廊出入的男子

有个不配在走廊出入的男子，晨晓撑了一把伞出去。大伙儿在那里飞短流长，越讲越有那么回事儿似的，仔细打听之下，竟然是跟我有关系呢。那人虽属地下之辈[1]，但家庭背景还算不错，也不像会受人议论之徒。"怪事啦。"正觉疑惑之际，清凉殿方面皇后令人送信来，那当差使的女官催促："请立刻回信。"究竟是什么事情呀？乃见其上绘画着大伞，却不见有人影，只画着一只手握着那伞柄，下端写着：

三笠山兮现曙光[2]

皇后无论什么言语行为都是令人折服的。我原本想：不成样儿的歌诗，最好千万不能让皇后看到。那事情虽出于子虚乌有，教我心里难过，但这信函的巧思，却又令我感到兴味浓厚，遂取出另一张纸，绘出雨滴落于其上，然后于其下书写：

1　谓非殿上人，六位以下者。
2　日语"笠"与"伞"同音。定子皇后此歌句盖取音义双关揶揄之妙；谓：晨光之中，有男子撑伞而出也。此歌又踏袭《拾遗集·杂贺》，藤原义孝和歌："衣尽湿兮可奈何，衣湿缘由人借伞，御笠山兮何方呵。"

"雨其蒙蒙不停降,

　　浮名由来兮久难忘。[1]

难怪衣服尽湿了呢。[2]"这复函一经启奏,据说皇后还与右近内侍[3]等人谈笑言及。

二一六　皇后住在三条宫殿时代

皇后住在三条[4]宫殿时代,端午节的菖蒲,用轿子抬来献上,便以香包赐下。年轻的女官啦,御匣毅[5]等人则制作香包,分赠予公主[6]和小皇子[7]佩带。外头也送来许多挺好看的香包,又听说有人奉上青麦制的饼,我便用青绿色的薄纸铺在一具十分雅致讲究的砚台盒盖之下,献给皇后:"这是从篱笆外来的。[8]"

---

1 清少纳言接定子皇后上句,亦续成音义双关之歌。"降"与"久"同音,故谓:非仅雨降,实亦蒙受浮名矣。
2 清少纳言信末之句,则又表示已熟知定子皇后踏袭古歌也。
3 亦属定子皇后宠爱之才媛女官,曾见于第七段文字。
4 原文或作"四条",或作"三条",各本多取后者,小学馆本虽取前者,注解表疑问,今从多数作"三条"。
5 藤原道隆之四女,亦即定子皇后之妹,当时十八岁。
6 即修子公主。
7 敦康皇子。
8 此语巧妙踏袭着《古今六帖·二》:"延颈啮兮篱外麦,驹马越垣仅为兹,吾爱浅薄兮何得积。"其歌意谓:驹马越垣(马栏),好不容易啮食麦草,而女心独虑宠爱日损。

未料,竟蒙赐以和歌一首:

花兮蝶兮此节日,

世人纷纷竞相追,

唯君晓知兮吾心室。[1]

将那薄纸撕下一端,如此书写着。这真教人感动。

二一七 十月十几日,月分外明亮时

十月十几日,月分外明亮时,大伙儿想出外散步。于是,女官十五六人,皆着深紫色外衣,将裳裾褶上。只有中纳言之君穿了一袭艳红色硬挺的丝衣,又将头发自头后拽向前面,跟她那新装可真相配啊!年轻的女官们遂以"韧负佐"为她的绰号。[2] 瞧她们跟在背后嘲笑,而中纳言之君竟不自知哩。

---

1 定子皇后亦能汲取清少纳言心意,故此和歌踏袭《古今六帖》歌之末句,谓己正忧虑帝宠日损也。案:当年(长保二年,一〇〇〇)二月,藤原道长劝帝立其长女彰子为中宫,形成二后并立之状况,而定子后当时怀孕,居于三条宫,与彰子后热闹之节会气氛,相形之下颇显寂寥。故清少纳言此举,令定子后感怀知己者稀也。
2 盖以韧负佐(卫门府之次官)之制服为红色硬挺之服(已见前第五二段文)故也。

二一八　再没有人比大藏卿更锐耳的了

再没有人比大藏卿[1]更锐耳的了。他简直连眼睫毛掉落的声音都听得清楚。在后宫西面,有一位此殿的四位少将[2],与我闲谈之际,正在一旁的女官悄声耳语:"问这位少将,有关扇子上面的画儿吧。"我便轻轻附耳说:"待会儿,等那一位走了以后……"那声音轻微得连那个女官都不一定听得清楚,故她竖起耳朵问:"什么,你说什么呀?"没想到,大藏卿却抵掌而道:"可恶,既然如此,今儿索性就是不走了!"不知他怎么会听得见的?真教人疑惑。

二一九　砚台脏兮兮地积尘

砚台脏兮兮地积尘,墨又邋遢研歪了一边,肿胀了头的毛笔上套着笔盖头,这些都教人看了焦躁,其他身边的东西,自亦不消说,而妇道人家之心,尤其可见于所使用镜子和砚台了。砚台盒子四周积着尘,随便乱扔在那儿,委实不足取。

---

1 藤原正光。为藤原兼通之六男。长德四年(九九八)十月,为大藏卿(管理朝廷财务、仓库之长官)。
2 其人不明。

至于男人，书桌上拭擦得清清爽爽，砚台若非双层者，最好是两具各有盒子装妥才好。那金银装饰的漆盒未必要刻意讲究，但求雅致可也；墨啦，笔啦，样式都要选取引人注目者，才够情调。

居然也有人认为：横竖都是一样，便任由墨漆的盒盖子缺落了一只，砚台也只有研墨的部分勉强有些墨色，其余部分则一任灰尘积落瓦缝，[1]看来这辈子也弹不去那尘埃，竟然还在那上面注水；至于那青瓷的瓶子[2]，瓶嘴已掉落，颈部又是到处龟裂有洞，简直不像样儿的，人家倒是满不在乎，还以示人前呢。

二二〇　援引他人砚台

援引他人砚台，想练练字什么的。未料，那物主却说："请勿用那支笔。"那种感觉，可真正教人不好受。要把笔搁下嘛，挺别扭的，要继续用下去嘛，又好像故意跟人家过不去。其所以有此感受，实因为自己也深深有过同感之故。别人用我的笔时，一言不发在旁观看，有些人字写得未必好，

1　盖指品质不良之瓦类砚台，故易裂，呈隙缝，致灰尘聚落其间也。
2　谓注水用器。

却挺有兴致,拿起我平素使惯的笔,怪模怪样地将笔根都浸泡到墨汁里头,于是乎,用平假名在细长型的盒盖子上面乱写"什么什么",[1]然后,又随便掷笔,任由笔尖插进墨汁里,真教人生气!但是,这种时候又未便发脾气责备人家啊!有时正坐在别人[2]面前,却听人说:"呀,好暗哪,坐过去点儿嘛。"也着实难堪。又譬如去窥伺人家写字,对方竟惊叫责怪,也同样不好受;不过,此类事情,倒不会发生在我所钟情的人身上。

二二一 信函虽未必是稀奇之物

信函虽未必是稀奇之物,却称得弥足珍贵。试想:千里迢递在外的人,教人牵肠挂肚的,不知那人儿可安然与否?而当其读信之际,竟感觉仿佛那人就坐在对面一般,不是挺奇妙吗!又如将自己心里头想的事情写了下来,虽然未必真能传达于对方,却也令人心满意足。倘使没有信函这种东西,不知会教人如何气结心闷呢!将心中千思万想的许多事情细腻书写倾诉于那人,便觉得一时郁闷都获舒泻;而况,若能

---

[1] 此段文字意未详,今从小学馆本注存疑。其他版本缺佚,此数段文字颇有歧异。
[2] 盖谓写字者。

读到复函，实不啻有延年益寿之感。[1]此言真不虚。

二二二　河流

河流，以飞鸟川[2]为最佳。那渊深莫测不定，令人感到无常哀伤。耳敏川[3]，则又教人怀疑，到底听清楚了什么呀？真有意思。音无河[4]，则以其名曰无音，真是别出心裁的名称，因而有趣的吧。大井川[5]。泉河[6]。水无濑川[7]。勿告川[8]。名取川[9]，究竟有何评论呢？真想打听一下。细谷川[10]。七濑川[11]。玉星川[12]。天川，在这下界，居然也有哩。[13]业平所咏的"七夕可宿"一歌，更添助情趣。[14]

---

1 "读复函，有延年益寿之感"，或为当时谚语，故有下文也。
2 在奈良县高市郡。
3 在京都市。
4 在和歌山县。
5 在京都府岚山下。又称大堰川，为红叶胜地。
6 在京都府，为木津川之上流。
7 在大阪府三岛郡。
8 未详。
9 在宫城县。日语"名取"，音同"博取评论"，故有下文。
10 在冈山县。
11 在京都府。
12 在陆奥地方。
13 在大阪府。以名为"天川"，而河在人间下界，故云。
14 歌见《古今和歌集·羁旅》，业平所作："为狩猎兮走天涯，今夕何夕身何处，七夕可宿兮天川湄。"

二二三　驿站

驿站[1],以梨原[2]为佳。日暮驿[3]。望月驿[4]。野口驿[5]。山驿[6]。曾听一些感人的故事,又自己也经历过一些感人之事,故而收集这个那个之间,不禁百感交集起来。

二二四　冈陵

冈陵,以船冈[7]为佳。鞆冈[8],有细竹生长,故饶富情致。语冈[9]。人见冈[10],亦佳。

二二五　神社

神社,以布留神社[11]为佳。龙田神社[12]。花渊神社[13]。御厨神

1　原文作"马屋"。为古时驿站,三十里设一驿,供道中换马匹之所也。
2　在滋贺县草津市。
3　未详。
4　未详。
5　原文无汉字,此径取谐音字译之。其地亦未详。
6　未详。
7　在京都市北区。
8　所在地未详。
9　亦不详,此无汉字,径取谐音译之。
10　在京都府葛野郡。
11　在奈良县天理市,石上神宫。
12　在奈良县生驹郡,供奉天御柱命、国御柱命二神(皆为风神)。
13　在宫城县宫城郡。

社[1]、杉御社[2],据说很灵验,颇有意思。任事明神,也予人可以信赖的感受。想到"有求必应"的传说,便引人入胜。

蚁通明神[3],据说纪贯之曾奉咏"盼愈此患",果然马疾痊愈,[4]真是神妙。这个蚁通的称谓,不知可信否?据说:"从前有一位皇帝,只爱护年轻人,令杀四十岁以上者,故而大家纷纷逃往外国远处隐藏,都城里全无老人。有个皇帝宠信的中将,系思虑颇贤明的人,上有近七十岁的双亲,他们担忧:'四十岁的人都不许有了,何况我们……'中将乃是有孝心之人,他说:'决不让你们住到远处去。一天不拜见一次,心里就不安。'于是夜夜秘密在家里掘地造屋,使双亲居住其中,而经常往来会见,至于对朝廷和私底下,都谎报双亲失踪……那皇帝究竟为何如此?对于躲在家里头的人就不要去追究了嘛!真是可恨的时代啊。既然有子贤明如中将,那为父的,大概也是公卿大夫一类的人吧。中将的父亲固然是十分聪明博识,而中将本人虽然年轻,亦颇有才智多思虑,故而皇帝依赖甚重,宠信非凡。[5]

---

1 此取音译,其地未详。
2 在奈良县樱井市。
3 在大阪府泉佐野市。
4 纪贯之,平安时代前期(八六八?—九四五?)和歌作者。相传其所乘马尝于蚁通神社前患病,乃咏歌以奉,马即痊愈。
5 此段故事或袭《杂宝藏经·卷一·弃老国缘》而来。"佛言,过去久远,有国名弃老。彼国中有老人者,皆远驱弃。有一大臣,其父年老,依如国法应在驱遣。大臣孝顺,心所不忍,乃深掘地,作一密屋,置父着中,随时孝养。"又《法苑珠林·卷四十·弃父部第四》略同。

"唐土的国君一直伺机想要骗这位皇帝，夺取国土，常常试以难题，引发争端。有一回，送了两根刨得光溜溜的二尺许长木棍来，发问：'这棍子的本末在哪一边？'皇帝根本无法鉴别，正苦恼困惑着。那中将不忍于心，便去双亲处请教：'如此这般。'父亲教以：'试赴河流，将木棍投入湍流之中，俟其旋转之后，若是挺立起随波而流，则当记为末即可。'中将参上，佯装自己所知，便说：'来试试看吧。'遂带大家一齐出去，将木棍投入，而记挺立之一方为末，以之遣返为答；果然如此。[1]

"复又送来五尺许长之蛇，看来完全一模一样。问：'何者为雄？何者为雌？'亦无人可知，乃再由中将去请教其父。父亲告以：'并列两只，以细枝搅之，其尾部不动者，即是雌。'即依言在朝廷内试之，果然有一尾不动，便做记号送还。[2]

"久之，唐土国君又遣人送来七曲之珠玉而中空，左右有小口者，说道：'将丝线贯穿其间。此乃吾国人人均知之事。'

---

[1] 关于鉴别木棍本末故事，在《杂宝藏经》中出现于九个问题中之第八问。"天神又以一真檀木方直正等，又复问言，何者是头？君臣智力无能答者。臣又问父，父答言：易知——掷着水中，根者必沉，尾者必举。即以其言答天神。"《法苑珠林》所载大同小异。
[2] 《杂宝藏经》以鉴别蛇雌雄为第一问。"尔时，天神捉持二蛇，着王殿上，而作是言：若别雌雄，汝国得安。若不别者，汝身及国，七日之后，悉当覆灭。王闻是已，心怀愫，即与群臣参议斯事。各自陈谢，称不能别。即募国界：谁能别者，厚加爵赏。大臣归家，往问其父，父答子曰：此事易别，以细软物停蛇着上，其躁扰者，当知是雄；住不动者，当知是雌。即如其言，果别雌雄。"《法苑珠林》所载大同小异。

这恐怕连最最巧手的人都无能为力了罢。许多公卿殿上人之辈，以及世间所有的人都说：'不懂。'中将只得又去'如此这般'请教一番。'捉两只大蚂蚁，在腰间系上细线，再将粗一点的线联结于细线之上，又在另一边的洞口涂抹蜂蜜。'父亲如此说。乃将此话转报于皇帝，并如言将蚂蚁放入。那蚂蚁闻到蜜味，果然很快就爬出了另一边的洞口。送还那个贯穿好线的珠玉后，唐土的国君才了解：日本乃是贤明之国，其后便也不再胁迫了。[1]

"皇帝以此中将乃是不可多得之人，遂问：'当如何报卿，赏何种禄位才好？'中将回命：'无须赏臣任何官位。但请允准寻找失踪之年老父母，使其居住于都城中。''是轻而易举之事。'既蒙皇帝许可，天下父母听到此消息，莫不欣喜异常。而中将亦得升任为大臣。"

后来，大概是此人转成为神明的罢。据说，某人来参诣此神社，夜间有神明出现，咏歌道：

　　七曲折兮玉有洞，
　　　　蚁通之名究缘何？

---

[1] 新潮社注云，宋陆庵撰《祖庭事苑》："世传，孔子厄于陈，遇穿九曲珠，桑间女子授之以诀。孔子遂晓。乃以丝系蚁，引之以蜜而穿之。"然《祖庭事苑》系后世文献，其原典据暂不可考知，则清少纳言此段文字记载，可视为宋代以前此故事之东传于日本者，故弥足珍贵也。

世人岂知兮丝贯中。[1]

二二六　自天而降者

自天而降者，[2]以雪为最妙。降雹时虽然讨厌，但纯白的霰雨交加，倒也可赏。

雪降在桧皮葺顶上，十分赏心悦目，尤以似消未消之际，最称美妙。

降得不顶多的雪，沁入瓦缝中，有处纯白，有处乌黑，看来十分有趣。

微雨和霰雪，要降在板葺顶上才妙。霜，也是要在板葺顶上。

二二七　日头

日头已经完全沉沦的山边，尚遗一丝红色的余晖，浅黄色的云飘入远空。那光景，十分令人感动。

---

[1] 《杂宝藏经》载弃老国大臣之故事与此有别："王言：设汝今有万死之罪，犹尚不问，况小罪过。臣向王曰：体国有制令，不听养老，臣有老父，不忍遗弃，冒犯王法，藏着地中。臣来应答，尽是父智，非臣之力，唯愿大王，一切国土，还听养老。王即叹美，心生喜悦，奉养臣父，尊以为师：济我国家一切人命，如此利益，非我所知。即便宣令，普告天下：不听弃老，仰令孝养，其有不孝父母，不敬师长，当加大罪。"
[2] 原文仅作"降者"，以其不易明白，故译文助益之。

二二八　月亮

月亮,以晓月[1]为妙。东山之边端,冒出细弯弯的,才教人感动呢。

二二九　星星

星星,以昴星为妙。牵牛星。明星。宵星[2]。至于流星,可别教我们瞧见才好。[3]

二三〇　云

云,以白色为佳。紫色亦佳。黑色,令人感觉哀伤。风吹时的雨云也好。

二三一　喧嚣者

喧嚣者,如喷火。凝集板葺屋顶上的乌鸦,啄食着僧侣

---

1 拂晓有月,在阴历十六日以后。
2 金星之晓见者曰明星,夜见者曰宵星。
3 当时传说,妇人见到流星为不吉利,故云。

们午饭的余粒。[1] 十八日，参笼于清水寺。[2] 天色暗下而尚未点燃灯火时分，四处有人来到。有些人是老远从外地跟随主人赶回到京城来的，尤其显得喧喧嚷嚷。忽闻附近起火了，不过并没有延烧开来。赶去看热闹，完了，回来的车队，可真叫作喧嚣哩。

二三二　不精整者

不精整者，如下级官梳结长发于头顶上的模样儿。[3] 绘饰着唐画的皮革带里头。[4] 高僧的举止。[5]

二三三　言语令人觉其无礼者

言语令人觉其无礼者，如诵读宫咩祭文者。[6] 摇船的众人。

---

1 谓佛家分施米饭于众生，乌鸦见而啄之于屋顶。
2 每月十八日为观音缘日，为十斋日之一。清水寺在京都市内，至今香火鼎盛。清水寺平日香客已多，而参笼时尤喧嚣也。
3 盖指厨房中的下级女官，随意结发于头顶上，以便利工作也。
4 仪式等正式场合所用革带，表面用五彩、玉石、角等，绘制中国风味之马，其里则芜乱，故云。
5 盖高僧不为世俗一般礼节所拘，故云。
6 谓向宫咩五柱之神祭祀家门昌隆之祝祷文，此种祭祀半似游戏，其祷文亦不甚庄重。

雷鸣阵之舍人。[1]

二三四　看似聪明者

看似聪明者，如现今之三岁小儿。为幼儿疾病祈祷而举行按腹治疗之妇女。央人取出许多道具来，在那儿制作各种祈祷用的东西，将好多层纸叠放着，用一把极钝的刀子裁割的样子，那刀子明明连一张纸都裁不动的，却也别无选择，瞧她歪着嘴硬裁的样子！随后，又用多目之物[2]切割挂东西的竹段，待一切就绪后，极其慎重肃穆地站起，颤抖着全身祈祷，那模样儿，看起来可真像似伶俐极了。一边又同人说："某某人家的小少爷病得挺厉害的，我帮他们完全治好了，所以领了好多好多赏禄。他们曾经找了各种各样的人，都没有效验，到现在还是来找我去哩。"

身份卑微家庭的主妇，往往像似愚笨，其实，她们倒也有些小聪明，挺有趣的。

大体而言，应当尊重真正聪明者为宜。

---

1 当时习仪，大雷四次，近卫府之大将、次将即携带弓箭伺候于清凉殿之边厢，将监以下则着蓑衣伺候紫宸殿下。此称为雷鸣阵。但何以言语令人觉其无礼，则不可考知。或以临时紧急之警备，故众人言语无礼耶？
2 或系锯刀。此段文字颇嫌暧昧不清。

二三五　公卿达人

公卿达人[1]，如东宫大夫[2]。左右大将[3]。权大纳言[4]。宰相中将[5]。三位中将[6]。东宫权大夫[7]。侍从宰相[8]。

二三六　贵族公子

贵族公子[9]，如头弁[10]。头中将[11]。权中将[12]。四位少将[13]。藏人辨[14]。藏人少纳言[15]。东宫亮[16]。藏人兵卫佐[17]。

1　指三位以上之公卿。
2　东宫坊之长官，多由摄关之子息，或大臣之子孙而位居中纳言者兼任。
3　近卫府之长官，由大纳言，或大臣兼任，多属名门子弟。
4　为定员外之大纳言。由升任大臣者任此重职。
5　参议而兼卫中将者。由四位以上之有才者任之，限于大臣之后代。
6　中将属四位下，但超拔为三位者，限由大臣之子孙任之。
7　东宫坊定员外之长官。由中纳言以上之人任之。
8　参议而兼侍从者。
9　较诸正式官位更多兼职，常常出任特别任务，晋升之机会亦多。
10　太政官之弁官而兼藏人头者。藏人头，定员有二人。
11　近卫中将而兼藏人头者。
12　相当于四位下。
13　少将属正五位下，此系特任为四位者。
14　五位藏人之补为辨官者。
15　五位藏人之兼少纳言者。
16　东宫职之次官，相当于从五位下。
17　五位藏人之兼兵卫府次官者，相当于从五位上。

二三七　法师

法师，以律师[1]为最。内供[2]。

二三八　妇女

妇女，以内侍助[3]为最。内侍[4]。

二三九　仕宫处

仕宫处，以内里为最。后宫。皇后所出公主之宫。一品公主之宫。[5]斋院处虽罪障深，[6]却是十分有趣，尤其近来更有意思。东宫之母后。

---

1 指戒律师范之谓。仅次于僧正、僧都，拟五位。
2 内供奉之简称。宫中内道场之供奉职。任太极殿斋会之诵经师，亦任值夜僧侣。
3 内侍所二等官。典侍，有四人，相当于从四位。常近侍皇帝御前。长官尚侍仕皇帝寝后，内侍助遂成为最高位职。
4 内侍所之三等官。掌侍，四人，相当于从五位。掌奏请、宣达之职。
5 一品为授予公主之最高位。
6 以斋院为仕神道，忌佛，故云。又当时任斋院者为村上天皇之女选子公主。自円融朝至后一条朝，历任五代，以风雅闻名于世，组成文艺沙龙，故有后文。

二四〇　可憎恨者，莫过于乳母之夫

可憎恨者，莫过于乳母之夫。[1]若系女婴，不得接近，则尚可；倘使是个男婴，则不免俨然视为己出，独占之，复又照拂得无微不至，假如有人稍稍拂逆了婴儿意，便进逸言，全然不把人当人。也真是怪事，竟然没有人会把这个男人的缺点照实说出来，故而愈使其得意，一派为所欲为、高不可攀的样子，真是教人生气哟！

二四一　一条院，而今称作新宫

一条院，而今称作"新宫"。[2]皇上所居处，权充清凉殿，皇后居于其北之宫殿。皇上幸临后殿时，须得经由东边渡廊，其间有中庭，栽植花卉，又编结篱笆，看来挺有情趣的。

二月十几日许，阳光和煦。皇上令人于那渡廊的西厢房吹奏着笛子。高远[3]为大贰之官，任御前笛师，他正配合着琴、笛，反复吹奏着《高砂》[4]的曲调。人人都称赞："真了不起！"

1　此段文字内容大部分与前见第二六段文同。
2　长保元年（九九九）六月十四日，皇宫焚毁，皇帝迁幸于故一条太政大臣藤原为光之一条殿，遂称为"新皇宫"。以下所记，盖为长保二年二月之事。
3　藤原高远，为藤原实赖之孙。
4　为《长生乐》破曲之歌，属催马乐。

其实不过是世间一般的表现而已。至于他以一介笛师而向皇上禀报有关于笛子的种种事体，倒是很有意义的。女官们大伙儿聚集在御帘之下窥伺，却并没有什么"采撷芹兮"的感觉呢。[1]

为济系由木工寮役人升作藏人者，为人挺粗野的，真教人讨厌，所以殿上人辈和女官们都管他叫作"露骨氏"，大家还编了歌谣："蛮不讲理先生，原是尾张[2]之胤"哩。他乃是尾张兼时之女所生。皇上令人吹奏御笛时，我们女官便也伺候在一旁，大伙儿嚷嚷："笛调吹高一点儿。那为济大概听不到。"皇上则又说道："怎么吹法？人家定会听得到的。"平时总是悄悄吹奏，这会儿可是从那儿幸临后殿，说道是："这边并没有那个人，可得好好儿吹奏才行。"于是尽情吹奏，十分有趣得很。

二四二　教人感觉：莫非是投胎重生的罢

教人感觉：莫非是投胎重生的罢？那是指普普通通的仕

---

1 此踏袭古歌："采撷芹兮心郁结，世事难顺可奈何，昔人几曾兮凭悲切。"乃为表心境不畅快之典故。一条天皇于长保二年二月二十五日册立定子为皇后，同时又立彰子为中宫，故清少纳言以定子皇后之女官处境，谓宫中未必没有暗淡不称心之气氛也。

2 尾张，为日本古郡国名，即今之爱知县西北区。

宫女官忽然升作皇太子的乳母而言。瞧她那气派！唐衣都不穿，说不定连裳服也不着[1]地陪侍在御前，将寝内当作自己的地盘，颐指气使众女官，一忽儿叫人到住宿处去传口信啦，一忽儿又遣人当信差啦，那模样儿真是不可一世，说也说不尽的。

当杂役的，忽然跃升作藏人，则简直令人不能相信，这就是去年十一月的临时祭时候供奉着琴旁的家伙，瞧他陪同着公子们走来走去的样子，真个教人疑惑：究竟是哪一方的人呀？至于从藏人所的其余身份变成藏人者，虽亦同样，却不怎么令人讶异。

二四三　雪降积得挺深

雪降积得挺深，而今又于其上继续降着。五位及四位的年轻人，在宿直服之上搭袭着色泽鲜丽的袍子，[2]革带的痕迹犹新，他们折起了裳裾，露出紫色的裤袴，在白雪相映之下，显得格外清晰，袍子里穿的短衣，或为红色，或为醒目的黄绿色。纷纷撑着大伞，风吹得紧，吹得雪花斜下，不得不弓着身子走，而积雪竟满到长靴或半靴的胫部。这光景十分有趣。

---

1 唐衣及裳服为女官礼服，但既为皇太子之乳母，则恃养育之亲的权威，故可省去臣下之礼。
2 四位之袍色为浅紫色，五位为浅褐色。

二四四　打开厢房的拉门

打开厢房的拉门,见有殿上人自皇宫澡堂的马道[1]走下来。人人穿着十分服帖的直衣和裤袴,一任其松垮垮的,或者随随便便塞了一端什么的。在走向北阵去的途中,步经过这启开着的拉门前,大家还赶紧将冠带拉到前面来蒙住脸呢,真是好笑。

二四五　流逝不稍停者

流逝不稍停者,如扬帆之船。人的年龄。春、夏、秋、冬。

二四六　他人不怎么注意事

他人不怎么注意事,如别人家母亲年老。凶日[2]。

二四七　五六月的向晚时分

五六月的向晚时分,青草苃割得齐整,工人们穿着红衣,

---

1 殿舍与殿舍之间的通道。
2 黄历上阳阴相克之日。一年有七十九凶日,故一般人未及注意也。

戴着小斗笠，左右携带了许许多多割下的草走过。那光景妙极了。

二四八　参诣贺茂神社途中

参诣贺茂神社途中，见有妇女们将新的桧木片制盆一般的东西当斗笠顶在头上，一边唱着歌，一边又伏身又起立地向后移去。那究竟是在做什么呀？我正看得入神，却听到她们所唱的《子规》的歌声十分令人不悦愉。"子规哟，你呀，你这家伙呀。你啼叫，我才下田去。"真教人不忍卒闻。到底又是谁咏的歌，说什么"别叫得太响"呢？至于讥评仲忠的年少时代[1]者，以及放言"子规不及黄莺"者，都令人讨厌。黄莺是夜里不会鸣啼的，所以很差劲。凡是能夜鸣的，都可喜。

婴儿夜哭，[2]可不是什么好事。

二四九　八月末，参诣太秦

八月末，参诣太秦[3]。见到稻田里有许多农人。他们正忙

---

1 仲忠为《宇津保物语》中的主要人物。年少时代曾栖大树洞中以养母。作者偏袒仲忠，已见于第八七段文字。
2 此句或有误，各本或有缺佚。今姑从小学馆本注，存疑。
3 即广隆寺。在京都市右区太秦之蜂冈。

着收割稻子。"喏，才下秧苗，曾经何时。"诚如歌词所咏的，前不久去参诣贺茂神社，途中看见的秧苗怎的一忽儿工夫就变成了这一幅感动人的景象啊。这种工作，妇女是不参与的。只见那些男人一只手把着挺红[1]的稻穗，根部则是青青的，用一种不知是刀子还是什么东西，在那儿轻轻松松地工作着，我真恨不得自己也跑过去试一试呢。究竟是怎么一回事呀？瞧他们将稻穗向上立着，排成一行行，挺有趣的。那些田间的小茅屋，也看来十分稀奇好玩。

二五〇　极腌臜的东西

极腌臜的东西，如蛞蝓。扫过简陋地板的扫帚。清凉殿供用的朱漆碗。[2]

二五一　十分可怕的事情

十分可怕的事情，如夜晚的雷鸣。盗贼侵入近邻人家。至于若是侵入自己住所，那就往往吓得魂不守舍，反而没什么知觉了。

1　此盖称成熟之稻穗呈深黄色也。
2　此朱漆木碗五年换一次，故谓其用旧未换时为腌臜也。

二五二　可以告慰的情形

可以告慰的情形，如生病时，有许多僧侣在作法祈祷。所爱之人病时，有个可信赖的人在一旁谈话安慰。遇着可怕之事，而双亲在身边。

二五三　铺张万端，好不容易招了女婿

铺张万端，好不容易招了进来，哪晓得过不了多久就不再来访的女婿，[1]却偏偏在某处遇见丈人。这种情况之下，那为婿者能不感到抱歉吗？

某位男士，成了某某权贵人家的乘龙快婿。岂料，不到一个月工夫便疏远不相来访，竟此中断，那女方的家里自是骚扰不安，乳母之辈则更诅咒起男方来；而翌年正月时分，那男的竟升作藏人。"真奇怪。'事情弄到这个地步，怎的还能晋升！'[2]别人定会这样子想。"世人纷纷如此传说，那男的也定会听到的罢。

六月，举行法华八讲[3]，人人都来听讲。那升作藏人的女婿

---

1 平安时代婚姻，由夫婿往返于女家，故云。
2 盖以藏人之任命，必经大纳言或大臣等权贵者认可，此谓女家以德报怨也。
3 于四日内讲解《法华经》八卷之会。

也穿了绫缎的裤袴，表褐里红的褂子及黑色短衣等鲜丽的衣服[1]来到。跟遭他遗弃的妻子的牛车挨得挺近，致差点儿衣带子都要钩到人家的鸱尾[2]了呢。"怎么忍受得了啊!"晓悉车内为其妻者，自是人人都不忍于心；即使不知情的一般人，也难免打抱不平："亏他还坐得住。"大伙儿久久地议论纷纷。

大凡，男人都是欠缺怜恤之情，也不善体人心的。

少不更事的女孩子，倘若想仕宫，对于世间男女之事还不习惯的话，最好是……[3]

二五四 可喜之事

可喜之事，例如发现了许多尚未读过的物语。又如读了第一卷之后觉得兴味浓厚的物语，又找到了次卷。不过，有时也会读后大失所望的。

偶然捡得别人撕毁的信，后来又找到许多余文。

"如何是好？"做了噩梦，吓得半死，心里正担忧着，却遇占梦者解说无甚大碍，也会让人挺高兴的。

---

1 盖意味男方已另有新欢照料其身边衣着等琐事。
2 车辕后方突出之饰物。
3 此段文字，各本或缺佚。作者盖有意以其阅历见闻，奉劝世间女子勿受男人欺骗也。

在高贵的人[1]尊前，许多女官伺候着，谈古说今，叙说着世间种种话题之际，却将视线特别贯注于自己，那种情况，真教人心喜。

远处之人自不消说，即使是住在同一都城之内，得悉心上人儿生病，正挂虑着："到底怎么样？到底怎么样了？"不意竟得已痊愈之讯息，岂不大喜！

心上人儿受人赞赏，高贵的人们交相夸奖其人。

特殊时节所咏，或与人酬答之诗歌，传颂于世间，受人赞美，乃至于给人记入书籍之中；不过，我自己倒是尚未有过这种经验，只是想象可知耳。

不怎么顶熟悉的人提及的古诗歌，自己并不晓谙的，忽自他人处打听到，可真是高兴。其后，又在某书中偶然发现，那就更高兴了。"原来，这就是那首诗嘛！"遂对提到此诗歌的人也心怀感激。

喜获陆奥纸[2]，或者白色的纸，[3]即使是普通之纸，只要是纯白色，都令人欢喜。

有教养得令人自惭形秽者，偶询及某一首诗歌的上文或下文，而自己赶巧能记得那字句，当时心里可真是欣喜异常。

---

1 新潮社本注荻谷朴谓，此人盖指定子皇后。以为清少纳言叙述皇后对己之特别关注也。
2 陆奥地方所产之纸，用檀木树皮制成。其质地较为厚实，受人珍重。
3 此句意未详。姑从小学馆本注文。

因为明明是记得清清楚楚的，给人一问，便往往会忘得一干二净呢。

急需用之物，好不容易找到。正需引用的文字，遍寻不着，翻箱倒柜，弄得天翻地覆，忽然找到，确实太高兴。

游戏比胜负之际，费尽心机得胜，焉得不喜？又有些人，挺自以为是的，若能使计骗到这种人，也很乐。若对方不是女人而是男士，那就更乐了。人家一定会想："非报仇不可。"于是乎，自己心里头不时警惕着，已是饶多兴味；未料，对方竟然不闻不问，好似毫未知悉一般，也故意想让这边大意不设防的样子，才真有意思。

讨厌的人遇到倒霉的事情，虽然心里有些罪恶感，总难免于幸灾乐祸的。

定制装饰用的梳子，结果做得漂漂亮亮，心中真是欢喜。其实，自己已经有了许多别的了。

病了好多天，好多月，终于有了痊愈的征兆，可真是高兴的事情。倘若这是心上人儿，那就比自己的事情更高兴。

皇后尊前已有众多女官满满地伺候着，我后来参上，倚着柱子坐到远方。未料竟蒙明眼察觉，命令："过来这边。"众人遂分开，让出一条路给我走近。这种时候，心里格外欣喜。

二五五　皇后尊前，有众多女官伺候着

　　皇后尊前，有众多女官伺候着，皇后说完话后，我接着禀报："有时候觉得世间纷纷扰扰，一刻也活不下去，恨不得管他是什么地方，找个处所隐居起来算了；却忽然得到，譬如说普通的纸，纯白清爽的，又有好笔，甚至于陆奥纸等，便又不觉得想回来：这么说，还是活着的好呀。又如展开高丽缘饰[1]的草席，见那细密编制的席子，青青的色地，缘饰的图纹黑白清晰，不禁想：'这人生，怎么舍得随便遗弃！'于是乎，连命也都珍惜了起来呢。"皇后听此，便也笑说："可真是的，些微事情都能让你感到安慰哟。如果是这样，那'姥舍山月'又有谁去赏啊？[2]"周遭伺候的众女官也异口同声地说："口气真像简便的除灾祈祷嘛。"

　　这事过了一段时间以后，由于心烦意乱，我退居在家。皇后派遣人赐下二十卷上等品质的纸张，命令我：快快返宫来。又有附言："这是听说的。[3]恐怕纸质不够上乘，不配抄写《寿命经》[4]的吧。"真是有意思。连我自己都早已忘了的事情，

1　以白绫织出黑色云纹或菊纹之草席缘饰。
2　此意取《古今集·杂上》和歌词："难慰安分难排遣，姥舍山月徒自明，意都结今不可展。"定子后引此以揶揄清少纳言乐天易足之个性也。
3　此盖代笔女官之口吻，谓皇后尝闻清少纳言以上品纸张写《寿命经》也。
4　《一切如来金刚寿命陀罗尼经》之简称。

而她竟然还记得。这样的事情，即使是普通人都会教我感动的，而况说话的人乃是皇后本身啊！怎能不感激兴奋，以至于不知如何回命，乃只好书成：

"大矣皇兮出冥冥，

　　竟蒙神明赐圣纸，

　　　或将延年兮齐鹤龄。[1]

此言可有非分之嫌？请启禀于尊前。"信去之后，皇后又差遣后宫膳处的杂役来，遂以青色之单衣一袭为赏禄。

　　想象果真用这些纸来写作的话，会怎样子呢！一个人胡思乱想着；又觉得，也许可以消愁解忧亦未可知，心里头不由得顿生欢喜。

　　过两天，有个穿红衣的男人[2]送了叠席来，说："喏，拿来了。"我这边的下女们叫喊着："哟，那是谁呀？屋子里简直都原形毕露啊！"那人放下东西便走。事后我问："什么地方送来的？""已经走了。"遂令人取来看，原来是一种放置于普通叠席之上的叠席，有漂亮的高丽缘饰哩。我心里若有所知，[3]却不

---

1 日语"神"与"纸"同音。原歌以神拟定子皇后，而巧取双关之义，译诗为补足形式而道破之。"鹤龄"，则踏袭定子后《寿命经》之语而设。
2 红色狩衣为下役男子之服装。
3 谓猜想：或为皇后遣人赐下。

太有把握，遂令人去寻找那男子，终于还是无法找到，消失得无影无踪。大家笑说："真是怪事了。"既然那使者不在，讲也没用。倘若是送错地方的话，回头自然会有说辞再来拿走的罢。本来也想差个人到皇后那边去一探究竟，可是又想回来：又有谁会开这种玩笑呢？然则，必是皇后御旨无疑。这真令我欢喜。

又过两天，仍旧一无消息，证明无疑是让我猜中了。遂差人送信到左京之君[1]处云："事情如此这般。可曾觉察有过这等事吗？请暗中代为打听，再行告知。千万勿将我写此信之事宣扬出去才好。"回信："这事，皇后是极其虑重隐秘的。请千万千万不要说是我通风报信才好。"果然如我所料啊，真是有意思极了。于是，我又写了一封信，叫人悄悄地送到皇后尊前的高栏扶手之上，可惜那使者太慌乱，没搁好，致令信掉落台阶下去了。

二五六　关白之君于二月二十一日

关白之君[2]于二月二十一日在法兴院尺泉寺佛堂内，举行

1　一作"右京之君"，其人未详。盖为定子皇后身边近侍女官而与清少纳言有特殊交情者。
2　时藤原道隆四十二岁。

《一切经》之供养。皇太后[1]及皇后都准备莅临，故而皇后在二月初即先行移居于二条宫殿里。夜已深沉，我因为太困，什么都不想看。翌晨，日光和煦，醒来一看，见宫殿里外白净簇新，挺精致的，而且，从新挂的帘子开始，一切都像是昨日才更换过似的，室内的设备与装饰，如狮子啦，高丽犬等等，真教人惊讶：到底是什么时候摆进来的？实在有趣。樱树约有丈许高，正盛开于阶边。"开得可真是早啊。若是梅花，现在倒是绽放的时候呢。"心里正纳闷着，原来是人造的假花哩；不过，花瓣酷似真花，不知制作时费了多少功夫啊。然而，一想到遇雨怕是难保不立刻损毁，便觉遗憾了。此地原来有许多小住宅，如今重新整顿营建这所新宫殿，故自然还谈不上有林木等景观可赏，可说是屋室本身十分讲究有趣味罢了。

　　主公关白之君莅临皇后御前。他穿着蓝灰地有显纹的裤袴，面白里红的直衣加袭在三领红色的衣裳上面。至于我们这边，则自皇后以下，众女官也都穿着面红里紫的深深浅浅的衣料，有显纹的，也有无花的，满室缤纷，灿烂夺目。至于最上面所搭袭的唐衣，则有青绿色的、面白里青的，以及面红里紫等各色。

1　东三条女院诠子。为藤原兼时之女，一条帝之生母。

关白之君坐在皇后御前，与之闲谈种种。见皇后应对得体，完美无瑕，真个恨不得让外头那些未尝仕宫的人看一看，让她们开开眼界！

关白之君浏览众女官，说道："后宫该是不会有什么不满足了罢。瞧您有这么多美人儿围绕，可以欣赏，真教人艳羡。没有一位容貌不佳的。而且，个个都是大家闺秀出身，实在了不得。可要好好疼她们才行。至于各位在旁的嘛，不知是如何了解皇后的本心呢？尽管皇后生性吝啬，我可是打从您诞生就细心照顾您的人啊，怎的到如今都没赏赐过一件半件旧衣裳什么的呢？对啦，我是不背着人讲闲话的。"大伙儿听了都忍俊不禁。"说真个的，你们大家是当我傻瓜，才这样嘲笑的吗？"正说着时，宫里头差遣了某某式部丞来到。

皇上的御函，由大纳言殿下[1]拜收，再转交与关白之君。他一边解开信封，一边又说笑："看来是挺有意思的信嘛。您若肯答应，我倒想打开来看呢。"又说："算了，皇后在怪责。万万不敢。"遂将信笺奉上。皇后受信，却也未便展读，那顾虑周详的举止哟！帘内，有人推出坐垫给那敕使，另有三四人在几帐之旁伺候着。"咱们到里面去张罗赏禄吧。"等关白之君起身离席，皇后才览信。皇后的复函是写在红梅色调的

---

[1] 藤原道隆之子伊周也。

薄纸之上，那信笺与她身上所穿的衣裳极其配称；只可惜，她的这一番心意，究竟有什么人能真正了解！"今日的赏禄，可得特别一些才好。"赏禄遂由关白之君出。[1]有女装一袭，又添加小裆一件。恰有下酒之菜肴，本想让使者喝个痛快，但那使者却向大纳言殿下婉谢道："今日乃是有职责在身，请少爷见谅了。"遂起身离去。

公主们都打扮得花枝招展，人人不愿输给别人，穿着面红里紫的衣裳。三公主[2]看来较御匣殿[3]和一公主[4]都要高大，称呼她"夫人"还恰当些。

关白夫人[5]也莅临。她令人取来几帐遮挡，不让那些新出仕的女官拜见。这就难免有人会觉得不愉快了。

许多女官麇集一处，有人谈论着供养当日的衣着及扇子等等，也有人故意隐瞒道："我可是什么也没准备，就用现成的凑合凑合算了。"于是，难免给人诘责："你呀，又来了！"夜里，许多人都请假回家去。既然是为了这样的事情，皇后也不便于挽留。

---

1 敕使奉皇帝之御函于皇后，理当禄由后出，但当时借住旅邸，皇后于禄赏无所准备，故由屋主藤原道隆赏之。
2 道隆之三女，嫁与敦道亲王（冷泉帝皇子），为定子后之同母妹。当时年约十三。
3 道隆四女。
4 道隆次女，原子。
5 道隆之妻贵子。为伊周、隆家、定子、原子、三公主等之生母。

关白夫人日日莅临，连夜间都淹留着。公主们也都在此，皇后御前，自然就会有许多人伺候着，真是好极了。皇上的敕使也日日参上。庭前的樱花逢露自然色泽不会添艳，[1]而况遇日更形枯萎污秽，实在令人遗憾，无奈又雨其夜降，翌晨竟然完全走了样儿。我早早地起床，自言自语："跟那'离别泣'之'颜'相比，未免略逊一筹。[2]"未料，皇后听到了也说："真的，好像下过雨了。樱花如何？"真把我吓了一跳。这时候，关白之君府邸方面派来了家司下役多人，他们径自走到花下，便将那树推倒，一边嘟哝着："主上叫咱们'悄悄趁天黑取走'的呀，瞧，天都已经亮了，真糟糕。快，快。"弄倒了，拖起走。那样子可真滑稽透顶。"所谓'说归说'，难道是想学那兼澄之事不成？"[3]如果对方是好教养的身份，我倒是想这样挖苦他们；无奈全不对头，便只好呵责："那盗花的是谁呀？岂有此理！"一伙人竟逃之夭夭，将那樱树拖走。关白之君真是用心周到。若是一任其濡湿，那枝茎定会有花瓣粘住，不知多么不堪入目呢。我心里这般想着，遂入房内。

---

1 以其为人造花故也。
2 清少纳言此语实踏袭《拾遗抄》及《如意宝集》所见之无名氏所作和歌："樱之花兮沾露湿，见得花颜心难安，为忆恋人兮离别泣。"
3 此盖踏袭《后撰集》和歌："说归说兮守山人，高砂尾上多樱朵，吾遥撷取兮饰头身。"兼澄，或指源兼澄，但此歌非兼澄所作，日本学界采存疑态度。

扫部司[1]的人参上，将木格子门打开来。主殿寮[2]之女官也洒扫完毕，皇后才起床。她一看樱花已不见，不禁惊呼："哎呀，那些花儿都到哪儿去了？"又说："晨晓时听到了在怪责有人盗花，还以为只是折些枝子什么的。究竟是谁做的事情啊？你们见到了没有？""没有啊。那时候天还太暗，没法子看清楚，只见有白蒙蒙的东西，不放心，所以才叫喊：'想摘花的吗？'"皇后听后笑说："但是，怎么可能偷得这般彻底呢？大概是主公叫人偷偷藏起来的吧。"我便禀奏道："恐怕不是罢。是'春风'做的好事吧。""哟，你就是想要讲这句俏皮话，才一直闷不吭声的啊。不是偷儿，那倒是挺风流的事情嘛！"皇后的话虽然不见得有何奇特之意，却是饶富情致的。[3]

关白之君也已光临。我想，睡过头的"朝颜"，可不堪入目，[4]便躲入众女官背后去。主公一来就嚷嚷："樱花怎么不见了？怎么教人偷走了呢！你们这些贪睡的女官，竟然都不知

---

[1] 扫部司为后宫十二司之一，属下级女官。掌清扫等杂务，开关木格子门，亦为其职责。

[2] 亦后宫下级女官，掌清扫、舆伞、膏沐、灯油、火烛、薪炭诸事务。

[3] 此段文字，各本以为定子皇后会解清少纳言所用古歌而言，但新潮社荻谷朴注反众说，认为旧注以"降""旧"谐音之说牵强，当解作"风流"，今从后说。

[4] "朝颜"系双关词：一谓妇女晨起妆扮之素颜，为不宜入目；二谓如木槿（俗称"牵牛花"——日语"朝颜"即"木槿"异称，晨绽午凋），过时不堪入目。

道哇。"他在那里装蒜。我在一旁小声嘟哝:"许是有谁'先我止'[1]的罢?"主公竟然马上听见,大笑说道:"我早就料到了。别人决不会跑出来看的,一定是只有宰相之君和你才会如此。""原来是这么回事儿呀。少纳言之君竟嫁罪于春风呢。"皇后也笑着说。她那模样儿真个无可言喻。主公又说:"少纳言倒有些怨言哩。不过,这已是'山田农作'[2]的季节了嘛!"遂吟咏那歌词,委实优雅极了。"可恨哪。怎么会让人瞧见了呢!明明千叮咛万嘱咐过的,都怪你们这儿有这等讨厌的看守人。"他又如此埋怨。"不过,'春风',倒是出口成章,说得好哇。"接着,又重复吟诵了起来。皇后也附和道:"她那话中可有些什么含意的样子。至于今天早晨,究竟是怎么个情况呀?"遂又含笑。有个少小君[3]说:"但确实是少纳言之君最早发现,说什么'给雨淋湿了,挺不像话'的嘛。"关白之君听了,更是恨得咬牙切齿,真有意思。

过了八九天之后,我想请假回家。皇后说:"别走,等仪式的日子靠近点儿再说。"但我还是出宫去。一日,近午时

---

1 清少纳言此语盖为踏袭《忠见集》和歌:"为赏樱兮晨早起,晓月淡然浮天空,未料露珠兮先我止。"以藤原道隆比拟露珠,讽其早早令家司搬走樱树也。
2 此盖表示道隆已晓悉清少纳言所谓"春风",及定子后所称"嫁罪于春风"均踏袭纪贯之和歌:"时届春兮宜耕躬,山田农作正当力,花落花散兮莫罪风。"故亦承其歌句"山田农作"也。
3 或系近伺皇后之女官。

分,阳光较往常更为和煦。皇后差遣人赐函于我:"'花心开'[1]否?如何?如何?"遂谨复函曰:"'秋'虽尚早,而已觉'一夜魂九升'矣。"

皇后出宫赴二条宫殿之夜,[2]车队一无顺序,大家争先恐后,教人看着都心烦,故而同三个比较志趣投合的人说:"瞧她们挤车的德行,吵死人啦。简直像赶看贺茂祭归途的热闹似的,人都快要给推倒了,难看得要命!管他的,假如真没有车子让我们参上,皇后娘娘自然会听到消息,派车子来接我们的罢。"几个人正说笑着,赶巧别人挤来挤去,好不容易挤上了车。执役的问:"都上了没有?"便有人说:"还没,这儿还有人呢。"执役的又问:"谁谁可在吗?"又惊叫:"真奇怪。还以为大家都坐上车了的……怎么会没赶上呢?都准备要让膳房[3]的三位上去了。真是糟糕。"说着,一边把车辆靠近来。"哟,那就随便你爱让谁上车就让谁上去吧。我们后上也没关系。"执役者听了说:"可真是会挖苦人哪。"遂亦只得上

---

[1] 句出白居易诗《长相思》:"九月西风兴,月冷露华凝。思君秋夜长,一夜魂九升。二月东风来,草坼花心开。思君春日迟,一日肠九回……"(《白香山诗集·卷十二》)白诗原为男女相思,定子皇后转以喻对清少纳言之思念。清少纳言之复函,亦袭白诗后文。
[2] 此段文字,重述二月六日皇后一行人赴二条宫殿之情形。或因定子后信中"花心开"一语,导致作者联想也。
[3] 原文作"得选"。系指特自宫厨女中所选出之三位下级女官。当时阶级意识浓厚,执役者理当负责使所有追随皇后的上级女官上妥车,再安排厨中女官。

车了。跟着,便是真正的膳房女官们的车辆。火光微弱,[1]我们笑着,终于到了二条宫殿。

皇后的凤辇早已开入殿内。房间里的一切都已准备妥善,她便端坐在那里。"叫少纳言来此。"皇后命令。右京、小左京等年轻的女官环侍在侧。据悉皇后逢人便仔细端详,却见不到我。女官们顺序下车,每次有四个人去参见皇后。"奇怪啦。怎么不在呀?究竟是怎么一回事?"我并不知道蒙皇后如此焦虑地催问。等所有的人都下了车之后,大家才找到我。"皇后娘娘叮咛再三的,怎么来得这么迟呀!"于是,一伙子人连拖带拉地把我拉到皇后御前。一看,原来这地方已经一切就绪,就像是长年住惯了的地方似的。

"为什么教人这样子遍寻不着,躲到哪儿去了?"皇后责问。我一句话也答不上来,那些一齐跟我乘车参上的人便代答道:"没办法啊。乘坐最后一辆车子的人,怎么能够早早参上呢!还是膳房的人怜悯我们,让车子给我们,才得上的。哎呀,一路上漆黑,可着实给吓坏了。"听大家如此答复,皇后又怪责道:"执役的人也真是太奇怪了。可是,你们又是怎么回事……不明事理的人倒也罢了,像右卫门[2],你就可以讲一

---

1 膳房下等女官所乘之车,灯火微弱,未若上级女官所乘之明亮,故而清少纳言等人大惊小怪,以为可笑也。
2 盖资深女官也。

讲呀。"右卫门回禀道:"但是,又怎能够争先恐后呢?"那些在一旁的伙伴,大概都听得咬牙切齿的罢。皇后则颇有些不悦:"勉强乘坐身份不相称的车辆,也不见得就能提高身份啊,我想,还是要依规定的,恰如其分地行事才好。"右卫门只得连忙辩解说:"大概是恐怕等待下车的时间太久,所以才赶着先上车的罢。"[1]

皇后将于明日启程赴积善寺,举行《一切经》供养,所以我便在头一夜参上。在南院北厢露面时,见有女官们在高杯等物上点亮了灯,大伙儿三三两两地,要好的各聚在一处坐着。也有些人用屏风把彼此隔开着。有的则又几个人聚在一起,将重叠穿着的衣裳用丝线缝牢啦,或是将腰带缝妥啦,化妆啦。那模样儿自不待言,至于头发嘛,仿佛是明日以后都不去管了,只专注于今天这一天似的。有人来告:"预定寅时要启程的。你怎么到现在才参上呢?方才有人差遣个使者持扇寻找你。"

果真是寅时吗?于是赶紧去穿戴妥当。没想到天已大明,日头都出来了。听说"预备在西侧唐风的厢房边靠驻乘车",故而女官们大伙儿都得步行过渡廊,新参上的女官自然是战战兢兢,十分紧张,而关白之君便是住在西边厢房,皇后也

---

[1] 以上系作者追叙之文字。

光临于此。道是：先要看看女官们上车。[1]御帘之内依次立着皇后、淑景舍、三公主、四公主、[2]关白夫人，以及她的三位妹妹。

车辆的左右，由大纳言之君[3]和三位中将[4]负责掀开车帘子，将其下之帷幕分向两旁，让我们女官上车。若是大家聚集在一块儿，还有个地方躲藏一下什么的，偏偏却是每四个人依名簿顺序，叫到"谁谁"，就得一一走上前去乘车。这简直尴尬至极，称作"腼腆"，亦不为过。想到御帘之内各位光芒四射的人眼中，尤其是那一位皇后娘娘，若是觉得我这样子"不成体统"的话，那就更令我倍感难堪了。冷汗直冒，说不定连细心梳理过的头发都倒竖了起来罢？好不容易步行过御前，又来到车旁那两位教人自惭形秽的英俊男士之前，他们在那儿含笑看着我们，害我恍恍惚惚，有如在梦境中一般。不过，终于也没有晕倒，走到了那里，也不晓得应该算是自己还挺不错呢？还是脸皮厚呢？总之，每个人都上好了车，于是由前门拉出，在二条大路把车辆的辕轭停妥榻台上。车辆一列排开，犹如看热闹的情况一般，壮观极了。别人定

---

1 此主词不明，或谓系关白藤原道隆语气也。
2 定子后为道隆之长女，次女即淑景舍原子，三女、四女未详其名。各人年龄依次为十八岁、十四岁、十三岁、十二岁。
3 道隆之子伊周。当时二十一岁。
4 亦道隆之子，隆家。时十六岁。

唐车

也是这么想的罢。我的心遂不觉得怦怦跳。许多四位、五位、六位的男士们伺候在那里，有的来到车旁给我们修整车辆外观啦，还有的故意来跟我们搭讪啦什么的。

首先去恭迎皇太后[1]。自主公以下，殿上人和地下人等，悉皆参上。据说，要等皇太后抵达积善寺之后，皇后才始启程。心中不免嘀咕，等好久哟！待日头高升后，皇太后才莅临。包括太后辇车，共有十五辆车，其中四辆是尼车。[2]最前面的太后辇车为唐车[3]。随后为尼车，车厢后头露出水晶念珠、深灰色袈裟及衣裳等等，挺别致的。车帘未卷上，下面的帘帷，则系淡紫色而边缘为较深者。其次是一般女官所乘之车十辆，各着面白里红之唐衣，浅色之裳，深色之衣，硬挺的丝质上衣，看来缤缤纷纷，艳丽极了。阳光温暖，天空云霞淡绿，

---

1 即三条院诠子太后。
2 皇太后为出家者身份，故其高级女官多有追随出家为尼者。
3 车顶仿唐（中国式）之高大车辆。

大伙儿穿着各种质料的各种色彩互映着，较诸唐衣显得更鲜明优雅，无可言喻。

关白之君以下各位殿君，人人竞相伺候皇太后，那场面委实动人得很。这边的人，第一次拜见这种景象，大家交相赞赏不已，而我们的车辆有二十部排列，对方大概也会叹为观止的罢。

皇后快点儿出现就好了。期待的时间，越发令人感觉久远。"究竟是怎么一回事啊？"心老是定不下来。好不容易才盼到八位采女[1]骑坐的马匹，由人拉着，从门口出来。她们穿着裙边染着深色的青衣裳，裙带和领巾在风中飘起，十分好看。那位叫作丰前的采女，乃是医师重雅的情人，穿了一袭葡萄色的裤袴，[2]挺神气的，所以山井大纳言[3]便笑说："重雅可是蒙听禁色哩[4]！"采女们皆骑马依次排列着。总算看见凤辇出现了。跟先前所见皇太后的盛况相较，则又有另一番景象。

时值朝日晃朗上升之际，凤辇顶上装饰的金花闪闪发光，连车帷的色泽都清新亮丽。侍者牵引着四端的绳索而出。[5]车

---

1 采女，由地方郡司选出容貌端正之女子，其称呼以出身地名之。
2 妇女骑马，亦穿裤袴。
3 即藤原道顿。
4 紫色为禁止平民服用之色，而葡萄色近紫。道顿以重雅与丰前采女之关系，故迂回讽之也。
5 凤辇顶上四隅有绳索，侍者执其端以随行。

帷飘摇,人道是"毛发为之竖立"[1],其言诚不虚。以后若是头发不好看的人,定会嫁罪此事了罢。这真令人既惊叹,又觉庄严:"怎么能够亲近仕奉如此尊贵的人呢!"遂觉得吾身亦不可怠忽了。鲜辇经过时,辕轭全部放下在榻台上,随后又各自连忙去套紧牛颈上,然后才跟随凤辇之后移动。其景况之壮盛,简直无可言喻。

车队抵达积善寺,大门边奏起了唐土的音乐。又有《狮子舞》《高丽犬舞》。笙音、鼓声齐鸣,令人兴奋且茫然。那音乐响彻云霄,让人疑惑究竟来到何方佛国了。入得门内,看见各色锦缎的帷幔。青青的帘幕挂满周遭,加以屏幔处处,这一切的景象,简直不像是这个世界上的事情似的。车抵皇后的行在,又由两位殿君[2]站立两侧说:"快下来。"方才在上车的地方,已经是够尴尬的了,而今更是原形毕露。大纳言之君雍容清雅,所穿的裳裾拖得长长的,致令周遭颇嫌其狭隘。他掀起车帘子,催促我们"快"下车。梳理过的头发,恐怕已在唐衣里面变成蓬蓬松松,不成样儿了罢。又怕光线太亮,发丝中较红的部分也会让人分辨清楚,真不好意思就这么下车。"请罢。后上车的人请先下。"虽然这样子推让,但别人大概也正跟我一样的想法罢,只闻她们对着大纳言

---

[1] 谓感动也。
[2] 即前文所见伊周及隆家。

之君说:"请您退后些儿。真不敢当哪。"大纳言之君便笑说:"害臊吗?"遂退避。好不容易地下了车,他却又靠过来说:"皇后娘娘交代:'别让栋世[1]看见,偷偷儿让她下车。'才来此地的,怎么又要我退避呢!"于是把我拉下车子来,领着去参见皇后,想及皇后曾经如此叮咛大纳言之君,便十分感铭于心。

来到皇后御前。那些比我早下车的人,约莫有八位,已端坐在廊边易于观赏的靠外处。皇后则在一尺余、二尺左右的台上。大纳言之君向皇后启禀道:"我用身子挡着,将她带来了。"皇后说着:"如何?"便挪移出几帐这边来。她身上依然穿着裳和唐衣,[2]却格外美丽动人。那红色的衣裳,岂是寻常一般的?里面穿着柳绿色的唐绫袿子,染成葡萄色的五层衣裳,赤色唐衣,白底青纹的唐罗上绣着金银象眼图案的裳裙。这一切种种的色泽配合,自非寻常一般所可比拟。

"你看今日如何?"皇后垂询。"委实非同凡响。"可是这种话一说出口,反倒嫌其庸俗了。"害你们大家久候了罢?都是因为大夫认为陪侍皇太后的衣裳已给人看到了,不宜再拿来做陪侍皇后之用,所以找人再去缝制另外的一件,才会弄

---

[1] 此盖系反对清少纳言入宫仕皇后之男子。或为丈夫、子息、夫家兄弟。原文采日文拼音,今取新潮社本注,作"栋世",各本或作"藤原致孝"。
[2] 裳及唐衣为仕宫女官之礼服。定子后为表示对皇太后之敬意,乃着女官礼服,而抵达积善寺后,仍未卸去,故谓"依然云云"。

到这么迟。可真是爱美啊！"说着就笑起来。她看来分外明朗，而在这种喜庆的场合，则又更添增一种风韵。她那头发，由于钗簪固牢，梳上额际的关系，发丝分开处稍稍偏向一边，也让我能够仔细地看到呢……立一对三尺的几帐，以与女官们的座席隔开，几帐之后，横置一枚座席，将其铺置于走廊之上。那称作中纳言之君者，是关白之君的叔父右兵卫督忠君[1]的千金；宰相之君者，是富小路的左大臣[2]的孙女。她们两位坐在那长廊之上。皇后浏览四周，命令："宰相，你到那边去看看别的人如何了。"宰相之君意会，[3]乃道："这儿足够三个人看得清清楚楚的。""那好。"皇后便召我上去。那些坐在下席的同伴，有人笑说："这就像是准予升殿的内舍人罢。"[4]我说："也许是当作童殿上人的罢。"[5] "那么，是马副童喽。"[6]能上升入其座，确实是十分光荣的。这种事情，由自己说出，难免有自吹自擂之嫌，替皇后设想，又恐怕会引起高贵而有识见之人议论："竟然会宠爱这么微不足道的人。"那就太罪过

---

1 右大臣藤原师辅之子，兼家（道隆之父）之弟。
2 左大臣藤原时平之子显忠。
3 谓意会皇后想近召清少纳言之心也。
4 内舍人属中务省，位在侍从之下，以其"掌带刀宿卫，供奉杂仕，若驾行，分卫前后"（大宝令），故得升殿。资深女官以此讥嘲新参仕之清少纳言也。
5 此清少纳言受嘲反讥之词。内舍人不仅选自四位、五位以上家庭之子息，亦有大臣及纳言家庭之年少子息入选为"童殿上人"。
6 以其座位在右马头重辅之女宰相之君旁，故云。以上一句对话，原文颇暧昧不清，各本注释有别，译文从新潮社本说。

了。不过，事实终归是事实，如何能[1]……我也自知。

　　坐在那儿，看得见皇太后的厅房，以及许多尊贵者的厅房，确实是美妙极了。关白之君先行参见皇太后处。有顷，再到这边来。两位大纳言[2]陪同着他，三位中将[3]则仍穿着他在后宫卫府的制服，又佩弓箭，那模样儿十分英武。殿上人啦，四位及五位等许多人，也都陪侍着主公并坐在一起。关白之君入得皇后的厅房来，见到所有的女官都穿着整齐的礼服、裳和唐衣等，连御匣殿之君[4]都如此。关白夫人则在裳外加袭小裨。主公不禁叹道："啊，你们简直像图画一般美丽。但是，以后可别说今天的穿着令你们不舒服才好。"又说："三位之君，请将皇后的裳脱下来罢。这儿当然是由她做主人的。在厅房前设置卫兵，可不是装点装点而已啊。[5]"说罢竟然感泣，"真是的。"众人亦皆含泪。主公见我穿着面白里红的五层唐衣，乃转向我说："正好少了一件僧衣而弄得不知所措，早知该向你要回来就好了。[6]难道是裁了僧衣做的？"听主公这么一说，众人又笑了起来。大纳言之君原本坐在稍后，听此

1　谓"如何能不记下"也。
2　权大纳言伊周及权中纳言道赖。
3　左中将隆家。
4　指四公主。
5　三位之君，为关白道隆之三女。道隆呼其正称，盖在定子皇后前，欲以正其名，表示郑重其事也。
6　唐衣与僧侣正式礼服均为红色，故道隆说笑，以适时转换众人感泣之气氛也。

语,也凑趣地说:"那大概是清僧都的喽。[1]"真是没有一句不逗趣。

僧都之君[2]穿着红罗法衣、紫色袈裟,其下则为极淡的紫色单衣,以及裤袴,瞧他像菩萨似的,在许多女官之间走来走去,挺有意思。"看他一点儿也没威严,也不规规矩矩,真不像话。还跟咱们女官混在一起哩!"大家都跟他开玩笑。

松君[3]也跟他的父亲大纳言之君到这儿来。他穿着葡萄色的直衣、深红色捣练过的面红里紫的背心。照例又是一大群四位、五位的人随侍着。大伙儿把他带到众女官之中来。也不知什么事儿不称意,竟大声哭起来,却反而造成十分热闹的气氛。

法事开始。每一朵红色的人造莲花中放置一部《一切经》。僧、俗、贵族、殿上人、地下人、六位,以及其余各人都奉持列队以行,景象感人。道师莅临,遂开始大行道及回向,[4]稍后,有舞乐。参观了一整日,难免眼睛疲劳,十分辛苦。宫中差遣了五位之藏人为敕使来到,一切都好极了。道是:"皇上有旨:'伺候皇后。'"故而也不回宫去。皇后说:"我看,先

---

1 伊周加添笑闹气氛,戏称"清少纳言"僧都之僧衣也。
2 藤原隆圆,为伊周等之弟,当时年十五。
3 伊周之长子道雅,时三岁。
4 众僧列队,诵经游行于佛像或佛堂周围之仪式曰"大行道"。佛事完毕,唱诵回向文曰"回向"。

回二条宫殿一趟之后……"但藏人弁却又奏启于关白之君,而关白之君则劝告:"还是遵照圣旨罢。"皇后便准备直接上宫去。

皇太后那边遣人送来消息谓"千贺盐窑"[1]。另有一些精致的礼物,委实可喜。[2]法会仪典完毕,皇太后即归返。达官贵人这次只有半数人员随行。许多女官并未知晓皇后已直赴皇宫,还以为必然会先回到二条的宫殿,所以都到那边去等候,可是等待又等待,终于不见我们的踪影,而夜已深沉。另一方面,我们这些奉陪到皇宫去的人,则因为没有准备住宿用的衣物,以为她们会送过来,却也竟然一无消息。身上穿的簇新衣裳尚未服帖,受寒挨冻之余,难免抱怨起来,然而并无济于事。翌晨始见送达。"怎么这样不体贴呀!"众人愤愤,不过,听她们辩解,也实在是不无道理。

次日下雨。关白之君见此,对皇后说:"你看,我的运气还真不错吧。你觉得如何?"也难怪他会如此得意哩![3]

---

1 此语盖袭无名氏古歌:"千贺地分在陆奥,盐窑虽近若身边,无缘相会兮亦徒劳。"谓法会期间,居处近在咫尺,可惜未得相见也。
2 皇太后诠子,系定子后之姨母,亦为夫母。当时二人之间关系良好,清少纳言缅怀之,故如此一一记叙。
3 小学馆本此段文字终止于此。新潮社本则另有一段附笔,如下:"可是,当时看来可喜之事,与如今皇后身上发生的种种事情相对照,真不可同日而语。念及此,真令人意气萧散,以至于懒得记叙其他许许多多的事情了。"此当系清少纳言追记关白一族势力凋落后,定子后不遇之情况,或者竟系定子皇后崩逝后,作者执笔缅怀往事所发之感慨也。

二五七　神圣之事

神圣之事，如唱颂九条锡杖。[1] 念佛后的回向文。[2]

二五八　歌谣

歌谣，以《门立杉》[3]那首最为有趣。《神乐歌》[4]，亦然。至于时下流行者，则以歌词长而多变化为佳。擅长唱风谣，最是有意思。

二五九　裤袴

裤袴，以紫色之深者为佳。浅绿色。夏季，则以染成二蓝[5]者为佳。天气甚热时，呈青蛾色者，亦令人看来十分凉爽。

---

1 指唱《锡杖经》，九节之颂文。每唱完一节，即举杖振之。
2 称名念佛之后所唱颂的回向文。《观无量寿经》之"光明遍照十万世界，念佛众生摄取不舍"十六字也。
3 《古今和歌集·杂下》："三轮麓兮有吾庐，若其思恋请过访，门边矗立兮杉树株。"当时盖有风谣取其词也。
4 祭神之歌谣。
5 先染以蓝色颜料，再以红花染之，受光则往往呈红、蓝二色，故称。

二六〇　狩衣

狩衣，以染成丁香色之淡淡者为佳。表里皆为白色之袱纱。[1] 红色。松叶之色，青叶色。樱色。柳色。又有青藤色。

二六一　单衣

男人穿什么颜色的衣服都好看。单衣，以白色为佳。在正式盛会的场合，随便搭袭着红色单衣袙，是不错的，不过，还是以白色为宜。但若是白单衣而泛黄，那就十分惹人厌了。有人讲究穿那种生丝捣练的单衣[2]，不过，终究还是以白色为佳。

二六二　不论男人或女人

不论男人或女人，诸事之中最显出格调低者，莫过于说话不得体了。真怪，何以说话一端，会显出上流或下流呢？而事实上，做此感想者，倒也未必其本身就样样都好。然则，该如何去判断何者为尚，何者为恶是好？而即令如此——休管他人事罢——我却往往会忍不住将心里忽然想到的事情讲

1　此段各本句读有别，今从新潮社版本。袱纱为未施糨糊之表里同色绢。
2　生丝捣练后，自然带浅黄色光泽。

出来。例如底下的事情[1]——

有时言不及义，说"将那事去办""将其说出""将什么如何"，却把那"将"字省略掉，[2]而只说"说出""返乡"一类的话，常常会当场即予人颇低劣的感觉。而况，若是这样写信，那就更显得无可言喻的恶劣了。至于写物语，若是将文字给写糟了，那就不值得挂齿，连那作者都教人同情哩。又见书旁写着"校订""依定本[3]"等字，也令人遗憾。尝见有人把"一辆车"写成"一车"。[4]又有人把"觅"误书为"见"哩。男人往往不曾把怪异之事故作修饰，而坦然道出。这样倒是无可厚非。不过，若竟习以为常，那就教人不敢恭维了。

二六三　穿在袍下的衣服

穿在袍下的衣服，[5]冬季以面白里红而光洁者为佳。此外，则捣练上乘之红色者及面褐里红者[6]为佳。夏季，以紫色及

---

1 此段文字，各本或缺佚。原文含意不明。此从小学馆本注。
2 此段系讨论日本古代语法，原文用平假名，本不可译，今取其类似之例勉为译出，以避免删省。
3 盖指校订者于文字旁注出"此处校订出""此处保留原文"也。
4 原文系指"ひてつ车"误为"ひとつ车"。以其不可译，故酌予更改，译文且稍增益之。此段文字系讽刺时人之语文不当，多不可译，此与下文"觅""见"之笔误同。
5 原文作"下袭"。
6 以上三种色泽、织法各异之冬衣，皆有专称。下文夏衣亦同。

白色为佳。

二六四　扇骨

扇骨，以采用朴木者为佳。色泽尚红。紫色，则宜带绿。

二六五　桧扇

桧扇[1]，以无花纹者为佳。或取唐式绘饰。

二六六　神社

神社，以松尾神社[2]为最。八幡登社[3]，念及其所供祭者为曾是本国之天皇，焉得不肃然起敬！皇上行幸时，常乘坐葱花辇[4]，十分壮观。大原野神社[5]。积手神社[6]，其池中有鸳鸯，挺

---

1 剖桧木薄片为扇，系供装饰用，非具实用性。
2 在京都市右京区之松尾神社。配祭大山咋命神及市杵岛姬命神。
3 在京都府石清水八幡宫。社内合祭应神天皇（二七〇—三一〇，日本第十五代天皇）、神功皇后及玉依公主。
4 天子祭神时乘用之辇舆。
5 在京都市右京区大原野。相传，迁都平安京（即今京都）时，桓武皇后藤原乙年漏自春日神社请来氏神，祭于此。
6 原文作"つみて"。译文取谐音字，各本注亦未详。

有趣的。贺茂神社,则更是不待言了。稻荷神社[1]。春日神社[2],则予人神圣之感。佐保殿[3],其名也妙哉。平野神社[4]有空屋子,询以:"这里做何用?"答说:"停放神舆之处。"圣哉![5]神社之墙垣多为葛藤所覆,红叶深深浅浅。想起贯之的歌句"随秋兮奈何"[6],不禁久久伫立于其间。水分神社,可真有趣。[7]

二六七　岬角

岬角,以唐岬[8]为最。伊如贺岬[9]。三穗岬[10]。

二六八　屋宇

屋宇,以茅屋[11]为最有风味。东土民屋[12]亦佳。

---

1 在京都市,俗称诣见稻荷。
2 指奈良市之春日神社,参考第304页注5。
3 位于奈良市佐保之藤原氏府邸。为藤原一族人参诣春日神社等处之宿所。
4 在京都市北区之平野神社。
5 以其为供停神舆,故称。
6 句出《古今和歌集·秋下》,纪贯之和歌:"葛藤覆兮遍神垣,红叶深浅应时节,叶色随秋兮奈何言。"
7 在奈良吉野山。以其社名音近"身妊",故谓有趣也。
8 在滋贺县滋贺郡。
9 原文系和文拼音,以未详其地,取音译。
10 在岛根县,或滋贺县。
11 以茅草或苇草筑成之简朴房屋。
12 原文作"东屋"。指古代日本东土之民屋,四方,苇顶之简单形式。

二六九　报时，最有趣

报时[1]，最有趣。酷寒的夜中，咯噔咯噔地拖着鞋子走过，一边敲鸣了弓弦，一边报道："某家的某人。[2]时，丑三。""子四……"云云，而在时杭插上木简，十分有趣。民间虽常说"子九""丑八"，其实，只插四次而已。

二七〇　日暖暖的中午

日暖暖的中午，或是夜已深沉时，忽然想道：在这子时[3]的时分，皇上不知道如何？正思量之际，听说召藏人上去。那可真是妙极了。又夜半时分，听得皇上吹奏御笛，也真是极美妙的事情。

二七一　成信中将，系皈道者兵部卿宫的少爷

成信中将，系皈道者兵部卿宫的少爷。[4]容貌端丽，品性

---

1 指宫中左右近卫巡夜者，于庭中报时。一小时分为四刻，由亥至寅，每刻报时一次。
2 报时者，依规矩，须先报出自己官阶姓名，又于庭间所设置之时杭上插之以木简，故有下文。此段文字，颇暧昧不明。
3 此谓"子夜"。
4 源成信。致平亲王之子。当时二十三岁。

气质也优雅。想象伊予守兼资的千金被迫忘怀,[1]而给父亲带回家去时,她心中该有多悲伤啊!得悉父女将于翌日拂晓离京成行,当晚他去道别,那一副穿着直衣的英姿,在月下归去,更不知教人多么感动呢。

这位公子呀,当初常来我们这儿,同我聊天,品评别人时,往往恶则恶之的呢……

有个挺在乎忌避等事情的女官,将名字当姓称呼,做了人家的养女,叫作"平"的;年轻的女官们,往往拿她的旧姓来开玩笑。这女子,称为兵部,[2]姿色平平,也无甚值得夸奖之处,可又挺爱出风头的。皇后常嫌她:不成体统。但大伙儿也不知是故意的吗,竟没有一个人把这事情去告诉她本人。

一条院增建之际,我跟式部大殿日夜同住东侧宫门的一间别致小厢房内,我们绝不让讨厌的人靠近。皇后倒是有时候也幸临于此。"今晚,大家睡到靠里边儿处罢。"二人遂在南厢房就寝。后来,有人猛敲门。我们都嫌"烦死啦",便佯装睡着;岂料,那人却叫得更大声。皇后命令:"去把她给叫起来。是装睡的。"那兵部来喊我,但我仍装睡,她大概便去同那人讲:"叫也叫不醒。"可没想到,竟然会就那么地坐下,

---

1 源兼资。其女与源成信相恋故事,又见于《荣花物语》。此段文字,各本解作兼资之女遭成信忘怀(遗弃),然则与上文所云"气质优雅"矛盾。此取新潮社本新注,谓二人情谊遭女父反对,强行带回兼资守地。
2 此盖其人在宫中之地位称呼也。

跟人家聊起天儿来呢。少顷，夜已深。那人必是权中将[1]无疑。"他们到底在谈些什么呀？"我不禁偷笑，可是他们那边如何会知晓？而中将竟会谈到天明才回去。"这位公子，也未免太不像话，下次他再来，才不跟他讲话呢！究竟在谈什么呀？居然谈到天明。"我们正笑说着，那兵部赶巧打开拉门进来。

翌晨，照例又在小厢房里谈天。那兵部听见说话声，亦道："下大雨的时候来访的男士呀，真教人感动。即使平常不怎么表示情意，怨他薄幸的，见他来时那副落汤鸡似的模样儿，怨怼也都会忘得一干二净了呢。"这话到底是怎么说的啊？是啦，若是昨夜、前夜和大前夜，总之，近来频频来访的男士，今夜又风雨无阻地来访，难免会觉得对方大概是一夜都不舍得分离地爱着自己，而受感动的罢。反过来讲，倘使平素难得露面，教人不作什么指望的男人，即令在这种下大雨的时候来访，又怎能就猝然认定是绝对有真情意呢！不过，是否每个人的想法有别呢？有些女人，阅世颇多，思虑也相当深，又知情解趣的，既然跟这样的女人相好，却又另有许多经常涉足的对象，而且还有原配在，故而无法频频来顾，这样的男子，赶巧也有人传言："下那么大的雨，还来访。"于是乎，趁机博取别人赞美，这就是男人的本性吗？当

---

[1] 盖指成信也。

然啦，如果真的一点儿情意都没有的话，也不至于勉强作假去露面的罢。不过，下雨时，真是令人焦躁，真不能相信那一片天空，早晨还是晴的；真气人，即使像皇宫的走廊那么讲究的地方，都会觉得不怎么样；而况，若是寻常住宅，那就更只有希望："雨快些儿停就好了。"既然心中只想着这事，那就根本谈不上什么风流情韵了。[1]至于月明之夜来访的男人嘛，即使十天、二十天、一个月，或一年，乃至于七八年之后，才想起来再访，也挺有情味的，就算是在不便于会见的地方，或者不得不避人耳目的情况之下，也总会想法子稍稍会谈，才让他回去；至于若是可能的话，那就会挽留他过一夜了。

还有比月明时分教人心思遥念，忆起过去种种欢愁而衷情感动，犹如方今发生之事一般的吗？那《狛野物语》[2]，其实未见得有何特殊之处，表现也颇嫌陈腐，可观处并不多，但月夜忆昔，取出虫蠹的夏扇，吟诵着"且教来驹"[3]，那情景，可又是多么感人啊。

大概是我认为雨讨厌的缘故罢，就算是只下一会儿工夫，

1　此后一句，为各本所无。今据新潮社本补之。清少纳言不喜雨天来访之男士也。
2　今已散佚不传之古代小说。已见前第一九五段文中。
3　句出《后撰集·恋五》："夜深沉兮路幽暗，故里何方觉茫茫，且教来驹兮将途勘。"

我都不喜欢。譬如说,宫中隆重的仪式啦,有趣的游宴啦,庄严美妙的法会,等等,只要一遇到下雨,就令人顿觉遗憾;所以同样的道理,淋着雨,一边抱怨着来访的男人,怎么能够有什么情致可言呢?这么说来,那批评交野少将的落洼少将,[1]雨夜访情人,在那儿洗脚,[2]岂不恶心?脏死了!只因他昨夜、前夜都连续来会,才觉有情意。若不然,雨夜来访,又有什么情味!

风吹得猛,天气挺坏的夜晚,若有人来会,倒是十分值得欣慰,也教人高兴的。

雪夜,更是了不起。穿直衣的模样儿自不待言,即使是穿着狩衣,或者袍子啦,藏人的青色衣服啦什么的,冷冰冰、湿濡濡,也必定是相当风流多情味的。就算是六位的人穿的绿衫,若是因雪而沾湿,倒未必讨人嫌。听说从前的藏人往往穿着青色袍子,雨夜访情人,在那儿绞湿衣啦什么的。现在,连白天都没有人穿了。大家只管套上绿衫,就去会见情人哩。[3]卫府执役的人所穿的,可是真讲究[4]……

---

1 交野少将,系古代物语之男主人公。落洼少将,为《落洼物语》之主人公,又称"左近少将道赖",为落洼君之夫。尝评交野少将为好色之徒。
2 事出于《落洼物语》。
3 六位之服色,应为青色,有时则避开青色,代以葱绿色。清少纳言不喜绿衣,故云。
4 卫府执役所穿,为青色袍子。此段作者似兼谈论服装颜色,而暂忘前文雨夜来访男士之是非品评也。

听了我这些话以后，或者有人竟会停止雨夜去寻访情人的罢。月色明亮的夜晚，有人在信笺之特鲜红者上面仅书写着"可尝仰望"[1]一行字，将其推入厢房，我借着月光读出，觉得委实浪漫多情。如果遇着下雨，则又怎么能够如此呢？

二七二　总是寄会后之情书来的人儿

总是寄会后之情书[2]来的人儿，竟然说出："不成。如今说也没用。而今而后。[3]"次日，一无音讯。害人家天明之后见不到使者送信来，寂寂然挺难堪的；可又想道：怎的这般干脆啊！于是念念叨叨度过了一日。

又次日，雨其霖霖。等到过午，仍旧没有音讯。"可真的是情断恩绝了。"不禁私下喃喃着。傍晚时分，坐在靠外处，却见有一个撑伞的童使捎信来。遂较往常急急将那信拆开来看，没想到，上面竟写着"雨水增"[4]哩。这种时候，寥寥几个字，较诸胪列多首诗歌，更有意思。

---

1 句出《拾遗集·恋三》，源信明作："月色明亮之夜，赴君住所探谒，君心未必同吾情，可尝仰望今宵月。"
2 原文作"后朝之文"。平安时代男女幽会，翌晨男方必致情书于女，以示情义（此有异一般情书）。
3 暗示一刀两断，不再续前情也。
4 未详出处。盖谓："雨水愈降，恋情愈增。"

二七三　早起，并无甚征兆的天空

早起，并无甚征兆的天空，忽然间变成阴阴暗暗，雪就会四下昏暗地降了下来。有些意气萧散地眺望着外面的景象。不一忽儿工夫，竟已积雪皑皑，且又继续大降。见有一个随从模样的男子，长得清臞英俊，撑着伞，从一旁的某家门口进入，将一封信推入里面。那样子，十分有情趣。若是那男子莞尔一笑，那就更有趣味了。

二七四　庄严肃穆者

庄严肃穆者，如担任近卫大将的警跸。于宫中诵读《孔雀经》。[1]修法之中，以五大尊[2]修法为最庄严肃穆。藏人之式部丞，在白马节会之日，游行广庭。[3]御斋会[4]。左右卫门佐的折衣之破弃。[5]季节的宫中读经会。[6]炽盛光读经会[7]。

1　以孔雀明王为本尊之真言宗修法。
2　五大尊，为中央坛不动明王、东坛降三世明王、西坛大威德明王、南坛军荼利夜叉明王、北坛金刚夜叉明王等，五坛真言密教之明王。
3　藏人兼式部之丞。白马节日之官人皆为武官，仅式部丞一文官而已，且衣着特别，故称。
4　正月八日起，七日间于太极殿举行求祈国家护持之《最胜王经》法会。
5　各本注解未详。新潮社本注谓：指法官判决舍人等违制之折衣，令其破弃时，所表现之威严也。
6　宫中于春二月、秋八月，诵读《大般若经》。
7　奉金轮佛顶为本尊，于宫中诵读《炽盛光大威德消灾吉祥陀罗尼》之法会。

二七五　雷神大鸣时

雷神大鸣时，雷鸣之阵[1]可真是吓人。左右大将、中少将等人，皆须到清凉殿的木格子门外伺候着，真是有趣。事毕，大将大概会命令："升大殿者下！"

二七六　坤元录的屏风

坤元录的屏风可真是兴味无穷。[2]汉书的屏风，则宛如见到历史。[3]年中月令的屏风，亦饶有情致。[4]

二七七　忌避方向

忌避方向，[5]而于夜深时分回家，冻得连下巴都要掉下来似

---

1 雷鸣激烈时，于清凉殿、紫宸殿前，临时设置之警卫阵。
2 《坤元录》系中国地志。《日本纪略》天历三年载："左大弁大江朝臣令撰坤元录为诗题廿首，采女正巨势公忠令图屏风八帖。朝纲朝臣、文章博士橘直干、大内记菅原文时等作诗。一部大辅大江维时撰定之，右卫门佐小野道风书之。"此句盖谓《坤元录》之屏风，集众名家之心血，故甚为可贵，且颇饶兴味也。
3 《江谈次第·卷八》，相扑召合装束："五尺汉书御屏风于紫宸殿各处。"
4 于屏风绘制歌咏四季十二月行事之和歌及图画者。
5 此阴阳道之习俗。为忌讳躲避天一神及金神等凶神游行之方向，须出走自宅，借宿于其他方位之屋宇。

的。好不容易挨到家里，将火盆拉过来，在细细的灰中，拨出一大块炭火，一点儿黑的都没有，烧得艳艳的，可真是教人高兴极了。

又有时，跟人家聊天，没注意到火都快熄灭，赶巧有人来，加添了炭才燃烧起来，可真是懊恼。但是，把炭搁在火盆边儿上，围着中间的火，倒是挺不错的。我不喜欢把火全都拨到旁边去，重新放火炭，再将火搁在那上面。

二七八　雪降积得挺厚时

雪降积得挺厚时，较往常早些儿关下木格子门窗，几个女官在那儿围着火盆闲聊着。皇后忽然命令："少纳言呀，香炉峰的雪，如何了？"乃令人开启门窗，我又拨开帘子。皇后笑了。大家便异口同声地说："这句子挺熟悉的，甚至还朗咏出歌来过，可就是没想到啊。要伺候这位皇后娘娘呀，可得要像她这样子才行。[1]"

---

[1] 白居易《香炉峰下新卜山居草堂初成偶题东壁五首》之四："日高睡足犹慵起，小阁重衾不怕寒。遗爱寺钟欹枕听，香炉峰雪拨帘看。匡庐便是逃名地，司马仍为送老官。心泰身宁是归处，故乡何独在长安。"（《白香山诗集·卷十六》）此盖谓众女反省，宜以清少纳言之善体后意为典范也。

二七九　阴阳师身边的小童

阴阳师身边的小童，可真是伶俐。譬如说，他师父出去行祓祀读祭文，别人只是随便听着，可是那小童却径自起身，跑来跑去。师父尚未说"注清水"，他已在那儿做得有模有样，一点儿都用不着主人开口提醒。实在教人羡慕啊。有时候，甚至还会想道："有个那样的小童使唤，倒也不错哩。"

二八〇　三月的时候，为着忌避方位

三月的时候，为着忌避方位，去暂时借宿别人家里。那庭木，无甚特殊可言，而所谓柳树，则又与普通之优雅者大不相同，叶子宽阔，令人讨厌。我不禁说出："简直像是别的树嘛。"那屋主人却回说："也有这样子的呀。"我私底下觉得：

　　　柳眉阔兮欠和睦，
　　　　此屋庭中有树奇，
　　　　　遂教春光兮失面目！[1]

1　此为作者心中所咏，未发为言也。译文中句为演绎原歌，以补足形式而设。

那一段时间里，又有一次，也是为了忌避方位而出外借住在另一处人家。第二日的中午时分，觉得十分无聊，恨不得马上返宫参上，赶巧拜收皇后赐函，欣喜异常，立即拜读。是宰相之君的优雅笔迹，[1]书写在浅绿色信纸之上。

"如何度兮如何过，
　　自君别后心绪忧，
　　　　昨日今日兮总乏趣。

皇后娘娘如此说。又说，私心觉得度日如千年，望天明即早早返宫来。"这位宰相之君所书写的，已足令人感动，何况，此乃是皇后御旨，委实心怀感激，却遗憾，只怪自己想不出如何来报答是好。

"云上殿兮思悠悠，
　　春日迟迟难消遣，
　　　　穷巷暂居兮遂增忧。[2]

---

1 盖由宰相之君代笔。
2 "云上殿"，指定子后所住之宫殿。作者表示自己借居穷巷陋屋，尤难排遣忧愁，春日迟迟，思更悠悠也。

316

以此私信[1]，巴不得趁今夜之间，但未知是否将步少将之途欤？[2]"先行奉复如此，于天明之后始参上。皇后却说："昨日你那回信，所谓'思悠悠'，[3]倒是挺教人恼的，大伙儿都在讥讽你呢。"听此，未免伤心。不过，这话倒是有道理。

二八一　参诣于清水寺之际

参诣于清水寺之际，听蝉声鼓噪，正感动之际，皇后特派使者赐函于我。那唐纸的红色信笺上，用草假名[4]书写着：

"近山寺兮鸣夕钟，

　　一声一响诱心恋，

　　　知吾心数兮情最浓。[5]

然而，你却格外逗留长久。"

由于时值旅中，也没有准备什么适当的信纸，故只得将答歌书写于紫色莲花瓣以奉上。

---

1 作者以未敢直书于皇后，乃迂回作为致宰相君之私信也。
2 此"少将"之典故，未详。各本注解，或谓：深草少将访小野小町，百夜，行其九十九夜，未能忍而竟消失。
3 此处原文系取日语古代文法之语病而言，译文无法译出，故径设另意。
4 即《万叶集》体的草体平假名。
5 定子后此歌，借近山寺之声声钟响，以表达对清少纳言的思念之情。

二八二　十月二十四日

十月二十四日，后宫佛命名[1]之初，听过导师诵经而退出的人，大概已经过了夜半了罢。有些人回家去，或者也有些人是要去幽会情人，也都是夜晚时分才退出宫，大伙儿共乘一车，途中可真是乐趣多。

下了好几天的雪，今朝忽停，风吹得紧，所以四处都垂挂着冰柱儿。地上则有不少处露出黑色，而屋顶上却是一片白，就连贫贱者的陋屋，也隐藏于雪中，夜半的月光普照，饶富情致。所有的屋子都像似以白银为苫顶，冰柱则有如水晶之泉一般，长长短短，好比是挂上去似的，晶莹美丽，简直无法用言语形容，所以我们也不舍得放下车帘。那车帘子既然高高掀起，月光便也得直射入车厢深处。女的是重叠穿着七八件淡紫、面红里紫、白色等衣裳，其上又加袭深紫色的鲜丽褂子，各种色泽在月光下，格外显得好看；在一旁的男士，则穿着葡萄色显纹的裤袴，好几层的白色单衣及黄褐色、红色等裳裾露现，其上则加袭一件洁白的直衣。由于纽带松开，直衣滑落，自然地垂下肩部，故而车厢之外，可以见到那一大端。至于裤袴的一边，则又踏出车轼之外。这情

---

[1] 佛命名之会，每年于十二月十九日至二十一日之中，选一吉日举行之。分初夜、半夜、后夜三段。

况，若有人在道路上相遇，定会觉得挺有看头的罢。女方给月光照现得颇为腼腆，故躲到车厢后头去，男的却将她拉到身旁来，害她原形毕露，尴尬至极，有趣得很。"凛凛冰铺。"[1]听他一遍又一遍地吟诵，委实风流可赏，恨不得一整夜都让车子这么跑着，然而目的地终究是靠近了，真遗憾！

二八三　仕宫的女官们退出之后

仕宫的女官们退出之后，聚在一处，人人谈论着各自的主人家事务，作为主人的听到了，一定会感觉十分有趣的。

二八四　我喜欢房子宽宽敞敞

我喜欢，[2]房子宽宽敞敞，整整齐齐，亲戚自是不待言，连谈得来的朋友之间，最好也有做女官身份，让她们住在各种地方。至于有什么特殊事情的时候，大家则又聚集在一起坐坐，聊聊天儿，或者品评别人所咏的和歌啦，一块儿商量别

---

[1] 句出《和汉朗咏集·卷上》，公乘亿《长安八月十五夜赋》："秦句之一千余里，凛凛冰铺。汉家之三十六宫，澄澄粉饼。"(《唐书·艺文志》记载："公乘亿赋集十二卷。"原文佚失。)
[2] 此句为原文所无，译文补足含意，以助了解。又此段各本有与上段二八三联结不分者。

人寄来的信如何答复啦,又如果有谁的腻友来访的话,将他迎入装饰得挺清爽的屋子里,若遇着下雨,没法子回去的时候,也能够愉快款待才好;而仕宫的女官要返归宫里去时,也要照顾周全,让她们能够心满意足地回去。我又喜欢,多知道一些身份高贵人家的生活情况,不知道这样算不算好奇过度呢?[1]

二八五 见了人就学的

见了人就学的,如打哈欠。幼童。微不足道而不成熟的寻常百姓。

二八六 不可掉以轻心者

不可掉以轻心者,如似是而非的人。对了,这种人,常常赢得别人赞誉,其实,往往是颇差劲的。船行途中。

风和日丽,海面平静无波,有如打开一片青绿色的丝绸似的,丝毫没有可怖的景象。于是,年轻的女子,穿着短衣、裙裤,同年纪轻轻的侍者一齐摇动那橹桨,尽情地唱着船歌,

---

[1] 作者自己曾仕定子皇后,故得经常接触上流社会。此段文字,或为记退仕以后之感想与希望。

好玩儿极了，真恨不得让高贵的人也看到这景况呢。没想到，忽然间大风起，海面上怒涛汹涌，一伙人吓得魂儿都没有了。一路上朝原先预定停泊的地方驶去，那浪打船舷的恐怖景象啊，简直令人不能想象：这就是方才那一片风平浪静的海！

想来，再也没有比舟子更教人担心的了。即令在不怎么深的水上罢，也可别乘那种不可靠的东西来来去去。而况，在深不可测底，千寻[1]以上的海上……船上载满了许多货物，露出水面，还不到一尺，水手们却一点儿都不害怕，在那上面跑来跑去。稍一不小心，恐怕就要沉下去，却见他们将那很大的松树，大约有两三尺长的原木，五六根，连连地丢进水里，简直吓人。身份高的人则乘坐有舱房的船只旅行。人坐在里边，倒是较为安稳。至于站在外侧的人，恐怕是会头晕目眩的罢。那个叫作"命绳"[2]的，绑紧橹桨的绳子呀，看来可真不牢靠。万一断了，可怎生是好？大概会一下子掉进海里头去的罢。连那根绳子都不怎么顶粗哩。

但是，我们乘坐的船[3]倒是造得十分好看。有帘幔隐约，还有门[4]和格子窗，可以开关，而且又不像别的船那么重，就像是房屋之小小者耳。

---

1 一寻，为伸开两手之长度，约六尺长。
2 原文作"早绪"。
3 此段文字盖记叙作者之父元辅雇船旅行之事。
4 原文作"妻户"。为内外可开之门。

坐在船里远眺别的船，才叫作可怕哩。远方的船简直就像用竹叶做的小舟，散放在水面上似的。至于停泊着，在船中点灯的，则是十分好看。

翌晨，见人乘所谓"舢板"来回，心中十分感动。"拖白浪"[1]那首和歌，说的真是不虚假，可真容易消失啊。稍有身份地位的人，还是不宜随便乘船旅行。其实，在陆地上徒步旅行，也是有危险的，不过，至少两脚着地，所以还算令人感觉踏实些。

海女潜水，可真是教人担忧的工作。万一她们腰间系的带子断了，那可怎生是好？如果是男人做这种工作倒还好，至若是女人嘛，恐怕不是普通的勇气而已。男人乘船，哼哼歌啦什么的，把那救生的绳子抛到海面上，在那儿划来划去。难道他们不会放不下心吗？据说，海女想要浮出水面的时候，便要拉一拉那绳子。想象当其慌慌张张抛入之际的样子罢；又如她们浮将上来，抓住船缘喘气的景象，也着实会让在旁观看的人泪落的；而那些把她们丢进海中自己却在那儿晃来晃去的男人，可真教人不能相信眼睛所见啊。那简直不是人干的事儿嘛！

---

1 句出《拾遗集·哀伤》，满誓沙弥和歌："何所譬兮此世间，恰似舟后拖白浪，转眼即消兮晨晓湾。"

二八七 有个右卫门尉者

有个右卫门尉者,[1]只因为父亲不够体面,怕让人看到了会抬不起头来,乃于自伊予国上京之途中,将其父推落海中。大家对此,颇为讶异不齿。没想到,七月十七日盂兰盆的法会[2],这男子照样也要供养佛祖,在那儿忙于准备种种。道命阿阇梨见此,遂咏成和歌一首:

既推亲分入海中,

复将盂盆来供养,

世道人心兮忧忡忡。

二八八 又据说,小野之君的母亲

又据说,小野之君[3]的母亲嘛,在普门寺举行了法华八讲。次日,大家便麇集于小野殿,有管弦之游宴及吟咏汉诗等事,她还作了一首挺别致的和歌:

---

1 右卫门府之三等官。未详其人。
2 盂兰盆供养,系为救在地狱受难死者之法会,于七月十五日举行之。日本社会至今保有此习俗。
3 其人未详。或谓即藤原道纲。其母为藤原伦宁之母,兼家之妻。

> 辛勤勤兮采薪累,
>
> 昨日法事既尽完,
>
> 斧柄今日兮令朽此。[1]

这一阵子以来所记的,多有流于传闻备忘录之嫌哩。

二八九　又如,业平的母宫

又如,业平的母宫[2]所咏"愈为念汝"[3]那首和歌,岂不深深打动人心!读此歌,也每常令人想见业平展信拜读之际的心情哩。

二九〇　将自己认为好的和歌

将自己认为好的和歌记在笔记本之上,却没料到下役侍女随随便便哼唱着那首歌,那才真教人生气;尤有甚者,竟然还在那儿任意学作歌呢!

---

1 歌意谓:辛勤采薪汲水、诵读《法华经》之事,昨日已尽了,故当忘怀一切,如晋王质之观棋忘斧柄朽也。斧柄朽,典出《述异记》,已见前第七六段文字。
2 在原业平中将之母为伊登公主,桓武帝之女,阿保亲王之妃。
3 《古今集·杂上》:"吾既老兮多感慨,常恐相会期不多,愈为念汝兮愈疼爱。"

二九一　身份地位挺不错的男士

身份地位挺不错的男士，一旦给下役侍女夸赞说"那一位，可十分亲切啊"什么的，别人一定就会马上对他另眼看待而瞧不起了；反倒不如受她们讥评还好些。妇人受下役侍男的赞美，也同样不好。那些下层阶级的人往往会说偏了话，变成适得其反的效果。

二九二　有一回，大纳言殿君

有一回，大纳言殿君[1]参上，奏启汉诗文等于皇上。照常的，又迁延至夜深时分，伺候御前的女官们逐一消失，分别退下到屏风后、几帐下，乃至于小房间里，都躲起来睡觉去了。最后，只剩下我一个人，忍住困倦，勉强仍伺候着。忽闻"丑四"的报时，遂不觉地自我喃喃："天都快亮了。"大纳言殿君听了，竟然说道："那就别去睡了罢。"他岂当我是不眠之人吗？"唉，真是的，怎么说漏了嘴呀。"心里头这么想着，如果旁边另外还有别人的话，或者还可以装蒜躺下来什么的……皇上倚着柱子稍稍打起盹儿来。大纳言殿君对皇后

---

[1] 藤原伊周。正历三年（九九二）八月二十八日，升为权大纳言。此当指正历四、五年之间初夏之事。

说："您瞧。天都亮了，还能这么睡吗！""真是的。"皇后也忍俊不住地笑了起来，但皇上并未晓悉。这时，有个在宫中杂役使唤的丫环手里捉了一只鸡，藏在她自己的屋子里，打算明天要带回家去，不知怎的，却让狗儿找到，在后面追，于是逃到走廊前头，大声啼叫，害大家都给吵醒了。皇上也睁开眼睛，问："究竟是怎么一回事？"大纳言殿君大声咏诵"声震明王之眼"[1]的诗句，真是趣味无穷，连我这平凡人困倦的眼睛都会睁得大大的了。"哟，可真是贴切的句子呀。"皇后也兴味盎然地说。此类事情，委实是巧妙得很。

次日，皇后蒙召参上夜殿内。[2]夜半时分，我在廊上唤侍女，没想到，大纳言殿君却应声而出，说："你要退回房间去吗？让我来护送你罢。"我便将裳和唐衣搭挂在屏风上，跟着走。当时月光明亮，大纳言殿君身上穿的直衣，看来十分白净，他大步大步地踩着裤袴的下端走，拉着我的袖口，一边叮咛："小心，别摔跤了。"一路上又径自吟诵着"游子犹行于残月"[3]之句，则又是无限美妙。

---

1 《本朝文粹·卷三》，都良香对策："鸡人晓唱，声惊明王之眠；兔钟夜鸣，响彻暗天之听。"（《和汉朗咏集》亦收）
2 清凉殿内，天皇之寝室。
3 《和汉朗咏集·卷下》所载贾嵩《晓赋》句："佳人尽饰于晨妆，魏宫钟动；游子犹行于残月，函谷鸡鸣。"（《唐书·艺文志》《宋书·艺文志》《明史·艺文志》均载："贾嵩赋三卷。"但《四库全书》未收）

"这么点儿事,也值得大惊小怪地赞美的吗?"他说着笑了起来,但是,如何能不赞美呢?

二九三　有一回,我跟僧都之君的乳母

有一回,我跟僧都之君的乳母——妈妈[1]等人,坐在御匣殿君[2]的房里,有个下役男子来到靠近廊边处。"我碰到好惨好惨的事情,不知道跟谁申诉才好。"他说话的神情,几乎就像要哭出来似的。"到底是怎么一回事啊?"问他。便说:"才出去了一下子,回来,家就烧光了。这些天以来,就像是寄居蟹似的,成天窝在别人家里头。那火苗是从马厩里堆积秣草的地方烧起,一直延烧开来的。只隔了一道墙,睡在卧房[3]中的老婆和女娃儿都险些烧死了呢,更甭说家具了,一样也没拿出来。"见他说话那模样儿,连御匣殿君都忍不住笑了起来。我在纸条上写下:

　　春阳微兮燃秣草,
　　　火势未烈如何烧,

1　藤原隆円之乳母。"妈妈"为乳母之昵称,其人未详。
2　藤原道隆之四女,定子后之妹。
3　卧房,原文作"夜殿"。

烧得淀野兮不残稿。[1]

书毕，投掷于远处，说："把这个交给他。"大伙儿也都笑成一团，告诉那人："大家都说你的房子烧了，好可怜。要把这个东西赏给你呢。""这是什么赈给券啊？能赏几多钱？""你自己读呀！""小的怎么会读哪。我这可是睁着眼睛的瞎子啊。""那么，请别人替你看呀。我们这儿，皇后娘娘有命令，得赶紧参上了。既然人家赏了你那么些个好东西，还担心什么！"众人说笑着，慌慌张张参上。乳母向皇后禀奏："不知这时候把那首和歌给别人看了未？假如听到人家告诉他如此这般，定会气死！"皇后御前的女官们听此，也都笑了起来。连皇后都笑着说："你们可真爱闲啊！"[2]

二九四　有一个男子，母亲死后

有一个男子，母亲死后，只余父亲。那父亲对他虽然是十分疼爱，但自从娶了凶恶的继母之后，就连屋子里头也不

---

[1] 此和歌颇取音义双关之揶揄趣味。"淀野"是草原，音与"夜殿"同。谓马厩之秣草本星星之火，如春日一般微温，如何烧得光草原（卧房）致寸草不留耶？

[2] 此段文字，或表示阶级分明之当时，下层平民之困厄，未能赢得上层仕女同情，反以其直言卧室、妻女而惹众女揶揄，虽清少纳言亦不免于此种心态。

许他进去，日常的服装等诸事，悉交由乳母，或是亡母的侍女们照料。

男子住的地方，如西边或东边的厢房，以及客厅等处，都收拾得挺好，屏风啦，纸门上所绘的画啦，也都十分讲究情趣，而且作为一个殿上人，其进退举止，也都令人觉得无从挑剔。同时，又蒙皇上特别宠爱，经常应召参侍管弦游宴；尽管如此，他还是常常内心有所不满，总盼望着有些什么风雅之事发生才好。

他有一位嫁与贵人，挺受丈夫钟爱的姊妹。唯独与她，才会将心事相告，似乎视为唯一安慰的对象呢。[1]

二九五　定澄僧都无挂袍

"定澄僧都无长袍，推青君主无短袄。[2]"说此话者，可真有趣。仿佛谁说过的："须视情况而言。"[3]

1　此段文字所记之男子，未明何人（新潮社注以为：或指敦康亲王。其母定子后崩后，受彰子后排斥），且文章疑亦未形完整。或者故意采此令人猜疑之格式。

2　此段文字，各本或缺佚。小学馆本存疑。暂译之。定澄僧都已见前第十段文。以身材高著称，故寻常挂袍都变成短袄。"推青"系音译，其人未详，盖以身材奇短，故凡短袄均变成长袍也。

3　此句亦为各本所无。小学馆本犹豫未予注出。译文姑从上文推测其意耳。

二九六　真的要赴高野吗

"真的要赴高野吗？"[1]有人这样问我。我的答复如下：

　　未尝念兮何兴思，
　　　　艾草遍生满山麓，
　　　　　　伊吹山里兮究告谁？[2]

二九七　有一位女官

有一位女官，与远江守的儿子互通情款，听别人说，那情夫与自己的同侪——另一位女官也有来往，遂对之怨怼已极。那女官来谈："他说：'我以双亲为誓，绝无此事。连在梦中也没有跟她相会过。'到底如何是好？"我乃代她咏成一首和歌：

　　请为誓兮情人儿，
　　　　远江神祇当见证，
　　　　　　滨名之桥兮曾会之？[3]

1　"高野"与下和歌中"伊吹山里"全然无关，未详何地。
2　此歌无甚诗意，盖清少纳言逞其才华而作。全诗之中，音义双关处颇多，实不可译。
3　此和歌亦多取音义双关之妙。歌意谓：请以远江守为证人，发誓未曾与彼女官相会也。

二九八　某次，与一位男士

某次，与一位男士在不方便的地方相会，唯恐给别人见到不妙，心中正忐忐忑忑。那人儿问："怎么这样子呢？"我便回答：

逢坂关兮有瑞井，

唯恐他人恰窥觑，

心湖荡漾兮未得静。[1]

二九九　唐衣

唐衣[2]，以红色为最。其余则表紫里红，表青里黄，表白里红为佳。凡此种种，皆以浅色类为宜。

三〇〇　裳

裳[3]，以海景图纹为佳。小裳[4]亦佳。

---

1 "逢坂关"为男女幽会之歇后语。此亦多取音义双关之妙。
2 唐衣，为当时仕宫女官搭袭于最外之正式礼服。
3 亦礼服，着于下身者。
4 较裳为小，围于腰际之轻便礼服。

三〇一　织物

织物，以紫色为最。表里青黄之布面上织出柏叶图纹者亦佳。红梅[1]虽亦不错，但看久了往往会觉得厌腻。

三〇二　花纹

花纹[2]，以葵叶为最。

三〇三　夏天的外衣

夏天的外衣，以质地薄者为佳。酢浆。

最讨厌见到穿衣裳左右不对称的妇人了。[3]不过，说实在的，重叠穿好几层时，往往会偏到一边，挺不容易穿得好。倘若是那种铺着厚绵的，那就更容易胸口撮不拢来，难看极了。这种时候，最好别跟其他的掺在一起穿才好。自古以来，不管怎样，还是以穿着妥帖者为最佳。衣裳要以左右都有足够长度者为宜。不过，女官的装束，挺占地方，常显得相当

---

1 纵丝为紫，横丝为红，以织出之布。
2 指布帛上织出之花纹。
3 此指古代和服，由背中央裁向袖口之两片，其长短不均也。

笨拙。至于男人重重叠叠穿着不对称的衣服，那偏向一边的裤袴，恐怕也是挺重的吧。

清清爽爽装束的布料子啦，薄衣裳啦，如今似乎都流行挺长的样子。若是时髦而又标致的人，把这种东西送给我，那可就糟糕了。[1]

三〇四　俊美的贵公子

俊美的贵公子，若居柏台，可就极不相称了。[2]像中将公子[3]，当时委实是令人遗憾。

三〇五　疾病

疾病，以胸疾为最。此外，则中邪。[4]脚气病。总是令人十分不舒泰，胃口锐减。

十八九岁的女子，乌发清丽，长度与身等，那发尾十分丰饶，人也长得挺丰腴的，皮肤白皙，面貌姣好，算得上是

---

1 此段难解。或谓：作者自认非赶时髦之人，故若他人以最流行之新款式衣服相赠，则反倒不合穿也。
2 盖谓居柏台（原文作"弹正"）者，负弹劾纠正之责，若过于年轻俊美，恐威严不足也。
3 源赖定。为平亲王次男。盖以其人俊美，故有下文"遗憾"云云。
4 当时迷信，以为生灵及死灵附身，可致人于病。

美人坯子，偏偏却罹患牙病，额际的发丝呀，给泪水濡湿，一头乌发乱七八糟也不自知，脸嘛，涨得通红，在那儿按住疼痛处坐着，那模样儿，可真饶有风情。

时值八月，有个女子穿了一袭白色单衣，十分柔软服帖，裙裤也挺好看，上面搭着浅紫色的外衣，颇为鲜明的，却患了严重的胸疾。那些同侪的女官们轮流来探病。人人言不及义地说着"多可怜哪！""一直这么不舒服吗？"等慰问的话，对她关心的痴情男子自是悲叹不已，至于秘密的爱人，则又恐惹人注目，靠都不敢靠近她，独个儿慨叹着，才真有情味呢。她将那一头美丽的长发在背后整齐地扎起，一忽儿，说是要吐了，那起身的模样儿可真是惹人怜爱啊。

皇后闻讯，特别命令声音好听的僧侣来诵经祛病。周遭既有众多来探病的女官，也在那儿一齐听经，大伙儿挤得没法子躲藏。瞧，那些僧侣们坐在那儿诵经，眼睛却忙不迭地来回逡巡着。这样子的和尚，恐怕菩萨会对之罪加一等的罢！

三〇六　讨厌的事情

讨厌的事情，如外出，或上寺院参诣的日子，偏遇着下雨。偶然听到自己的侍女在跟别人诉苦："人家一点儿也不喜欢我。某某人，才是她现在最钟爱的。"原本就讨厌的人，偏又在那里自个儿瞎猜疑，径自怨怼啦什么的，还挺自以为是的样子。

见到心思不正的乳母饲养的孩子，其实，明明那孩子并没有错，大概是想到由这样子讨厌的人养育之故罢。那乳母还粗声粗气地说："那么些个孩子当中，就是这位少爷最不得双亲欢心哩。"幼儿可并不晓得这一切，径自在那儿哭索着乳母；那乳母大概也不怎么顶喜欢他的罢。这样的孩子，长大成人之后，即便是周遭的人簇拥照料着，恐怕总是没法子不教人讨厌的罢。

我讨厌的人，[1]即使对之恶言相向，依旧还是黏住不放。我若是说"不舒服"啦什么的，就会更贴近我卧下，给我喂东西吃啦，疼惜我啦；对于这一切，我都无动于衷，对方竟然还要追随照拂，大惊小怪的哩。

三〇七　来访仕宫女官的男子

来访仕宫女官的男子，居然就在这里吃起东西来。这简直是太不成体统！至于给食于他的女官，也是可恶极。当然

---

[1] 此人或者系女官同侪，或者指男子。

啦，对着喜欢自己的女官所讲的："请先用这个。"容或不便于侧过脸，绷住嘴表示嫌恶的样子罢，所以大概只好乖乖在那儿吃将起来。至于我个人嘛，即使有男人醉得一塌糊涂，深更半夜的，只好让他留宿，我还是连泡饭都不给他吃。假如男的因此便认为我对他不怀好感，以后再也不愿意来找，那也只好算了。如果那食物不是在宫中，而是从自己家里带来的，倒是另当别论；不过，即令如此，也还是不怎么好的事情。

三〇八　有一次去参诣初濑寺

有一次，去参诣初濑寺，坐在房间里，看见身份低贱的下役众人，背对着我们坐着，那衣裳的下摆彼此搅和在一起，真是邋遢得很。

这一回，可是下了很大的决心，河水湍急，声响挺吓人，好不容易才登上阶梯，想要快些去膜拜菩萨的脸。来到佛堂里，没想到，竟有一个橡皮虫似的穿了一身怪模怪样衣服的家伙，挺讨厌的，在那儿一忽儿站，一忽儿坐地顶礼膜拜着，我当时呀，恨不得将他一把推倒哩。

除非是身份特别尊贵的人借住的地方，前面会有清场，至于普通人嘛，总是管也管不了，真糟糕。好容易请了法师来警告那些挡路的人："喂喂，你们都到那边去！"说这种话的时候还好，可是，那法师一旦走开，就又马上回复到原来的状况了。

三〇九　难以言传者

难以言传者，如别人的信。要把尊贵的人说的许多内容，按照顺序，从头至尾传达清楚，可真是难事。又如替人传送答复，也是挺难的。高贵得教人自惭形秽的人送东西来，那种答礼，也是十分难以措辞。遇着长大成人的孩子突如其来的事情，[1]可真是难以当其面说什么。

三一〇　四位、五位之盛装

四位、五位之盛装，以冬季为佳。[2]六位，则以夏。[3]宿直服[4]亦复如是。

1　盖指男女情爱一类之事也。
2　四位之盛装，冬季为黑袍，五位为浅红色袍。
3　六位之盛装，夏季为深绿色袍。
4　宫中宿直所穿制服，相对于正式束带盛装，即简便之制服也。

三一一　品格

品格，乃是不分男女，都所应有者。可是，究竟身为一家主妇者，该由谁来品评其善恶呢？尽管如此，也总会有洞悉事物道理的使者到家来说好说坏的罢。更何况，若是仕宫身份的人，那就格外引人注目，就好比那猫儿在土堆中间似的，人人看得见它。[1]

三一二　人的脸部当中

人的脸部当中，那特别好看的部分，即便是每天看，还是会觉得：啊，真不错呀！至若是图画，看过好几遍以后，终究会不再受吸引了。譬如说，设置在身边的屏风，那上面的画，就算是再好，也不会自然地去看它的罢。这么说来，人的面貌可真是有意思，即使有许多看不顺眼的部分，也总挑得出一处或两处可观的地方罢。但是，反过来讲，惹人厌之处，必然也是这般自然地教人看见的，这可真是不好受啊。

---

[1] 此段文字，各本或缺佚。"猫儿"之句尤其难解，兹依小学馆本注译之。

三一三　工人吃东西的样子

工人吃东西的样子可真是奇怪。他们盖好了主屋，接着就要去盖东边的厢房。几个人并坐在那儿吃东西，我便坐在东边观看。先是，东西一拿来，他们就迫不及待地马上把汤喝光。那陶碗嘛，随便地搁在那儿。接着，又把菜肴也都一扫而光，所以我还以为他们不要吃饭了，可是没想到，饭也立刻都不见了。三四个坐在那里的人都如此，故而可见得，工人吃饭都是这样子的喽。啊啊，真个不成体统！

三一四　不管是普通讲话

不管是普通讲话，或者是讲故事的时候，我最讨厌答非所问，甚至于尽同别人瞎搅和的人了。

三一五　有个地方

有个地方，大概是二公主或是什么人住处，那人并算不得是贵公子的身份，不过别人都说他挺风雅解趣的。九月时分去造访，在晓月朦胧的雾中离去，他希望女方能够记得这么美丽的幽会，所以倾其所能地深情款款而道别。如今，他该已经离去了罢?女方久久地送别,这种时刻,岂不教人感觉十分香艳的吗?[1]那男的佯装出门,实则又掉回头来,赶巧有处短墙,便躲在那阴暗处,很想让女方知道自己也依依不舍得离去。"晓月明。"[2]那女的正喃喃着,探出头来,而月光并未普照她的头顶,她那额际的发丝垂下约莫有五寸许长。受到火光一般的月色惊觉,男的最后也便只好悄悄离去了[3]——这是男子对我讲的。

三一六　女官在退出、参上之际

女官在退出、参上之际,往往向人借车辆。车主倒是表面上满口答应,只是,那赶牛的饲童讲话却恶劣不堪,又猛抽打牛只,让车子跑得飞快,教人觉得真不舒服。至于陪侍的下役男子,又挺不耐烦似的嘟哝:"无论如何,要在深夜以前回去才好。"如此一来,车主的心地便可以察知,所以即使有什么急事,下回再也不会向他借用车了。

唯独业远朝臣[4],无论是夜中或拂晓,向他借用车辆时,都

---

1 此段原文颇迂回缠绵。Ivan Morris英译予以重新整合之。拙译宁保持原著句构特色,未予更动。
2 句出《拾遗集·恋三》,人麻吕和歌:"长月夜兮晓月明,君若肯来就侬侧,何需依恋兮憔悴情?"
3 此段文字,十分暧昧难解。
4 高阶业远,为定子皇后之母高内传之父成忠之外甥。

不会有此类不愉快的事情发生，可见得他平素教导有方。有一次，在道路上遇见一辆女车陷落于路边深处，拉也拉不上来，赶牛的正在发脾气；而业远竟命令自己的侍从去替人家鞭策牛只呢。可见得他平时真是十分注意这方面的教训了。

三一七　好色之徒单身独居

好色之徒单身独居，也不知道他晚上都到哪里去了，拂晓辰光才始回来，就那么坐着，显得挺疲倦的样子，拉了砚台到身边来，仔仔细细研着墨，可又不是那种漫不经心的态度，而是十分用心地在那儿写情书，那模样儿实在饶富情致。

身上穿的是好几层的白衣，那上面又搭袭着黄褐色及红色等的衣服。他边写边瞧着那一袭因沾露而仍然濡湿的白色单衣。书写完，也不将那信交给身边伺候的人，特别起身，叫了一个挺适合担任此类差事的童舍人过去，不知轻声交代些什么。等那童舍人走后，他久立在那儿若有所思的样子，口中还喃喃地吟诵着经典中的某些句子呢。[1] 房间里面已备妥盥洗用水和粥食，遂步入其内，斜倚着书桌阅读。遇着有所意会之处，还出声朗诵出来，真有意思。

---

1 当时男子以能诵咏经典为修身教养，故云。

尔后，盥洗毕，默诵起《法华经》的第六卷[1]来，令人感觉尊严无比。昨夜去的地方[2]大概就在近处罢，方才的使者已经回来，在那儿请示，便暂时停止诵经。瞧那看回信看得入迷的样子，怕是菩萨都要怪罪他喽。

三一八　清俊的年轻人

清俊的年轻人，不论他穿直衣，或是外袍，或是狩衣，都十分讲究，里面穿的衣服也颇不少，袖口看来厚厚的，骑着马匹，侍从的童舍人追随在下面，捧着信，仰望在空中的主人的脸。[3]那景况，颇有趣。

三一九　屋前林木高耸

屋前林木高耸，庭园广阔的宅邸，将其东南侧的格子窗一齐敞开来，所以屋子里头看来十分凉爽清明。主屋里面立着四尺高的几帐，其前置一圆坐垫，有一位三十多岁的僧侣，

---

1 分《法华经》二十八品为八轴，其中之第六卷，含"如来寿量品""分别功德品""随喜功德品""法师功德品"等。四品之中，尤以"寿量品"为最受重视。
2 此句为原文所无，译笔益之，以助明白。
3 主人骑马高高在上，童舍人追随马足之下，捧信进于主人，故仰望若浮现于空中的主人之脸也。

长得十分俊美的,穿着一身清清爽爽的淡墨色僧衣和薄质地的袈裟,手持香扇,正诵读着《千手陀罗尼经》。

这个宅邸里的主人给妖物附身所苦恼,想要祛妖除灵,所以叫一个稍大的女童,头发颇端丽,生丝的单衣之上穿着一件鲜明的长裙裤的,挪移出来,端坐在横立着的三尺几帐之前。于是那僧侣便侧身退下,将一具细致而有光亮的独钴,交给女童拿着。"哦哦——"他紧闭双目,诵读《陀罗尼经》的样子显得极其尊贵。

帘外较显露处聚坐着许多女官,大伙儿屏息守着。不一会儿工夫,女童的身子便开始颤抖起来,已失去了正气,一任僧侣加持,而随法力行动,也是难得的尊严的景象。

女童的兄弟——细致而穿着褚袍的年轻人坐在背后替她打扇子。众人都一本正经聚集在那里,假如那女童在正常情况之下,一定会觉得十分腼腆的罢。她本身未必是痛苦的,却正苦恼地连连长吁短叹。她的知交见此情况,十分不忍于心,乃移近几帐旁边,为之修整衣乱啦什么的。

其间,据说病人已觉稍愈,遂趁着去北边[1]煎药之际,年轻的女官们仍有些担忧,连药盘都没来得及搁下,就来凑近女童身旁坐着。她们所穿的单衣都十分爽净,浅色的裳也丝

---

1 盖为厨房所在之方向也。

毫没有皱痕，挺清丽的。

申时，严诫妖物，将其祛走之后，女童才讲："还以为自己是躲在几帐里头的呢；原来都跑到外面来了。也不知道究竟发生了些什么事哩！"她尴尬至极，甩乱一头长发来挡住自己的脸，溜进屋里头去。僧侣拉住了她，再替她举行加持法事，问："现在如何？有没有觉得好一些呢？"女童只是腼腆地笑笑。

"原来想再陪伺一会儿，又怕已到勤行的时刻[1]了。"僧侣正要辞出，那屋主方面的人想挽留："请稍待一下。布施还没给您呢。"却由于匆遽赶时间，遂由屋内的上级女官模样的人挪移出帘边说："多谢您来访。原来挺厉害的样子，现在看来是好得多了，千谢万谢，感激不尽。明日得空时，请再过访罢。"那僧侣回答道："看样子，是挺执拗的妖物，千万大意不得，否则不容易治好。幸亏稍稍有了起色。"他言简意赅，那模样儿，简直就像是菩萨借穿了僧袍现身似的。

有清丽的女童，头发长长，身体硕大的；也有长了些胡须的，头发也意外长的；[2]更有白发苍苍，看来挺吓人的，各种不同的信徒很多。忙进又忙出，法师岂非要如此才是好？这种法师的双亲，真不知他们心里头有多骄傲哩！

---

1 指一定时间之诵经时刻。
2 此二句未详，据小学馆本注译之。

三二〇　难看的景象

　　难看的景象，如所穿的衣服，背上的缝褶偏到一边去的人。又如穿衣服将衣衿扯高的人。贵族所乘的车辆，其车厢下帘之腌臜者。当着寻常难得一见的人前，却拖儿带女来相会。孩童穿着正式裙裤，脚上却趿拉着一双木屐。这大概是时下流行的风尚罢。妇人穿着旅用的束壶装，慌慌张张走过来。施法的阴阳师戴了纸冠，在作祓祭祈祷。[1]又如肤色黝黑又骨瘦如柴的丑女子，戴了假发，同一个干瘦多须的男子睡午觉。究竟也不知是看上对方哪一点而躺在一起的呢？倘若是夜间，反正也看不清容貌，而况，习惯上大家都要睡觉的，所以也不必因为自己长得难看而硬撑坐着，晚上睡觉，晓晨早早起身就走，这样才是上计。夏天，午睡起来坐着，若是身份好的人，比较起普通的人，还令人有些好感的罢；至于其貌不扬者，往往脸上油光光，又睡肿了面庞，弄得不好，还说不定面颊都歪了呢！这样的人，睡起互觑着，才真正叫作活得不耐烦啊。黑黑瘦瘦的人，穿着生丝的单衣，可真是难看透了。若是捣练过的红色单衣，虽然同样也是透明的，却还不算太难看。但若是生丝的单衣，说不定会让人看到肚

1　纸冠为三角形白纸制，本为仕神道者所戴，此盖以神厌佛教僧侣，故戴纸冠以行祓祭也。

脐眼罢。

三二一　天色逐渐暗下

天色逐渐暗下,连写字都困难,而笔也使尽,就只想把这一段文字写完算了。[1]这草子,乃是我家居无聊之际,将所见所思记下。想着别人不一定会要看,全都是些无甚大意义之事,而且有一些地方恐怕还说得太过分了些,对于别人容或有不便之处也说不定。我原是以为自己藏得好好的,没想到终究如"只缘泪涌"[2]那首和歌所咏的,还是泄露了出去。

一日,内大臣[3]将一些纸张献给皇后。"在这上面写些什么才好?"皇后垂询于我,又说道:"皇上[4]已经写下《史记》的文章了。"我便又说:"若是我的话,要当作枕头。"没想到,皇后竟然说道:"那就赏你。"遂以赐下。我本来打算要将那些奇妙的故事种种什么的,在无限多的纸张上写完,可是写来写去,竟然都是些莫名其妙的事情占了大部分。[5]

1　此盖谓书写跋文也。
2　句出《古今集·恋三》,平贞文和歌:"枕或知今人未知,侬情秘恋藏心底,只缘泪涌兮遂泄私。"
3　藤原伊周。正历五年(九九四)八月,为内大臣。
4　一条天皇。
5　清少纳言答复定子后语,实踏袭白居易《秘书后厅》:"槐花雨润新秋地,桐叶风翻欲夜天。尽日后厅无一事,白头老监枕书眠。"(《白香山诗集·卷二十八》)此或为本书书名之由来也。

这里面多数是世间趣事之中，选出别人或者会认为有意思的事情，至于歌诗，则挑选那些记述草木虫鸟等的，只怕或有人会讥刺："比预期的差些。但也还看得出心意来。"[1]其实，这只是将我心中自然想到的事情戏为之书出罢了，万万没想到竟会跟别的著作杂在一起受人评判；不过，据说有些读者居然还说："真是了不起！"那可真是太奇妙了。当然，世界人士，也有故意夸奖别人所憎恶的，却贬诋别人所推许的。这一点，我自己倒是知晓，所以只遗憾这草子公之于世罢了。[2]

三二二　左中将仍为伊势守时

左中将仍为伊势守时，[3]有一回过访我的家，当时我想把廊边的坐垫子推出去让他使用，未料竟将这草子也跟着给一齐推了出去。我连忙要取回，却硬给他抢走，过了很久才还给我。想必是从那时候起，我的书才在世间流传起来的罢。[4]

1　盖指作者清少纳言之心意也。
2　此段文字记述《枕草子》的成书，然各本多有异文，且日本学界众说纷纭。译文据小学馆本。
3　源经房。长德四年（九九八）十二月二十二日为左中将。长德元年（九九五）正月至二月末，为伊势守。
4　各本或以此段为跋文终结，亦有缺此段文字者。

三二三　我只是想将自己心中所感动之事对人谈说

我只是想将自己心中所感动之事对人谈说，又如此书写下来。或者有冒犯君主[1]之嫌，实在罪过，罪过。

不过，这本草子是将我之所见所思的许多趣事，趁百无聊赖之际，也没指望别人会看，予以整理书记下来而已，间或有一些对别人不便的言重之处，原本是想要巧妙地隐藏起来，万万想不到竟如"只缘泪涌"那般泄露了出去。

内大臣曾奉献纸张于皇后。"在这上面写些什么才好？"皇后垂询于我，又说道："皇上已经写下《史记》的一部分文章了。我想用来抄写《古今》[2]那本书。""若蒙赏赐，将当作枕头。"我如此启上。"那么就赏了你罢。"遂以之赐下。我将它带回家中，由于十分思念皇后，遂将种种故事啦什么的，想写满在无限的纸张之上，怎料，竟然都是些莫名其妙之事占了大部分。

这里面又多数是选自世间许多趣事，或了不起的人物所想的事。我不过是将自己心中所想的事情，戏为之书出而已，可真没有想到会与别的著作杂在一起，受人评判呢；不过，

---

1 盖指定子皇后也。
2《古今和歌集》之简称。

据说有些读者居然还说:"真是了不起!"那可真太奇妙了。不过,这也是当然之事啊。听别人评议事物之好好坏坏,总是可以推察其心。只不过,让别人读此,无论是记草木花的部分,或记虫的部分,都是挺遗憾的。内中所记任何事,乃自己心中之印象深刻者,例如听别人所讲的歌物语[1]啦,或是世态人事啦,或是风雨霜雪等等,故而其间或亦有些奇妙有趣之事罢。不过,万一有人讥评"奇怪,何以只对这种事情特别有兴趣呢?",那可就真的毫无辩解的余地了。既然我原本无意令此书与他人之著作杂在一起而广受众人阅读,所以其中自难免有一些写得教人读后感到不充足、不好意思、不方便,甚或不称意之处。其实,这些都不足以构成刻意铺张,或者当作一回事地加以讥刺才是。

擅长吟咏诗的人所写的歌诗,无知者往往不免要评论一番。据说也有不吃鸭蛋的人呢。[2]恐怕还有人会认为梅花欠佳的罢。乡下人的孩童,哪有不拉扯牵牛花的呢?读此书的人,或者会觉得:竟有些想的做的,都跟普通人大异其趣啊。若此,则当然不得令我遗憾了。不过,这微不足道之事,何以不能像过去那样子搁置一旁,而偏会备受瞩目,却又到底该如何是好呀?

---

[1] 平安时代,以和歌为重心之短篇小说。
[2] 盖谓世人均食鸭蛋,而竟有人不食之。以喻人之好恶,各有不同也。

权中将仍任伊势守时曾来访，当时想把靠外处的坐垫子推出去给他使用，可恨，这草子竟也一齐跟着给推了出去。我连忙要把它取回，可是正犹豫着，若是伸长了手腕，也太不像话罢。对方却说"蛮特别的东西嘛！"，便拿走了；那时开始便流传于世，而济政[1]式部君等人，又渐渐更使之广布，才弄到这般遭人笑话的地步了。[2]

---

[1] 源济政，为左大臣源雅信之孙，大纳言源时中之子。
[2] 此系作者谦词也。此三二三段文字，与前三二一、三二二颇有重复，而同中有异。日本学界或谓前二段为不同版本之跋文，三二三段，则集大成者；不过究竟何者为原始跋文，则又难定论，故译文据小学馆本并存之。

跋文

　　《枕草子》，人人都备，但真正好的本子，却为世所难得。此虽亦非真正善本，但据云系为能因之本[1]，不致太差，因书抄之。纸张的品质及笔迹都不算好，但希望不要随便借予他人。在众多《枕草子》传本之中，此本应属尚可观者，却也未必是最好的本子。往昔一条院的一品宫之本[2]，是为分本。原书如此记载。

　　写此书的清少纳言，是出类拔萃的人，她不谈普通人所信赖之事，唯多关心优雅有情趣之事。皇后势力凋落后，她便也不再仕官。皇后崩逝后，郁悒度日，也没有再仕他处，而当年亲近之人亦次第谢世。以膝下无子女，老年无所依靠，故而托身为尼。借其乳母之子的关系，赴阿波国[3]，过茅庐简陋之生活。据称，她头戴斗笠，

---

[1] 能因所持之本。根据此文，凡此系统之书，称为"能因本"。能因法师，生于永延二年（九八八），出家后，受庇于藤原赖通，擅长和歌。《后拾遗集》等敕撰集，收其六十余首作品。

[2] 今已佚失。

[3] 今四国德岛县。

外出晒菜干之时，曾忽然说道："令人回忆从前直衣官服的生活啊！"可见得仍念念难忘往昔情况，委实令人感伤。如此看来，在人生终极之时回想起来，年轻时候得意，未必是可依恃的啊。[1]

---

[1] 此段跋文，仅能因本记载。文章书成时间，盖在《枕草子》书成以后相当长时间。内容虽简，篇幅亦短，却于《枕草子》流布之情形及对作者之评价，乃至于其晚年生活，均不失为可贵资料。